徳間文庫

愛人は優しく殺せ

笹沢左保

徳間書店

目次

東京　その一

1

場所が違ったように、静かであった。

雨が降っているせいである。晴れていれば、まず競《きそ》い合うように蟬《せみ》が鳴く。それに、隣の幼稚園の園児たちが、小さな運動場で大騒ぎをしながら遊び回ることになる。だが、雨降りでは蟬も沈黙するし、幼稚園の子どもたちも屋外では騒がない。

今日は朝から、病院らしく静かな雰囲気であった。しかし、雨の日の病院は、何となく陰鬱《いんうつ》である。特に、病人は気が滅入《めい》る。妙に人恋しくなって、誰か見舞いに来てくれないだろうかと、しみじみ思ったりする。

春日多津彦《かすがたつひこ》も、珍しく見舞い客を期待していた。外科病棟《びょうとう》二階の特A号病室は、個室であった。広い病室でベッドのほかに、応接セットが置いてある。白いカバー付きのソファと椅子《いす》が二脚、それにテーブルであった。

あとは浴室にトイレ、付添人用の小部屋である。付添人用の小部屋には、炊事の設備や冷蔵庫などが取り付けてあった。特A号というのは、この病院の最高の病室なのだ。病人だろうと、ベッドの上にだけいるのが馬鹿らしくなるような病室であった。

それに春日多津彦は、もう病人という気持ちではいられなかった。自由に歩けるし、身体《からだ》のどの部分にも痛みは残っていない。当人は全治したものと、勝手に診断を下している。ただ主治医からの退院許可が、出ていないだけだった。

しかし、理由によっては外出許可はもらえるだろうと、看護婦たちも言っていた。つまりそこまで身体が、恢復《かいふく》しているということなのだ。大事をとって、退院を延ばしているにすぎない。

朝食のあとで、病室の掃除がある。そのときに、春日多津彦はベッドを下りた、それっきり、彼はベッドに戻っていない。パジャマ姿で病室の中を歩き回ったり、体操をしたり、ソファにすわったり、窓の外を覗《のぞ》いたりであった。

何とも、退屈で仕方がない。それに、人恋しかった。二十九歳の男の肉体が、鈍《なま》ることを恐れている。もともと精力的な行動派である春日多津彦にとって、退屈は一種の拷問《ごうもん》でもあった。

　病室には、テレビも電話もある。だが、昼間のテレビは見る気がしなかった。電話をかけても、相手は留守に決まっている。男は、誰もが働いている時間なのだ。そう思うと自分だけが取り残されたようで、焦燥感さえ覚えるのであった。

　春日多津彦は、窓際に立った。激しくはないが、密度の濃い雨のようである。夏の雨にしては、しつこくて、昨夜から小やみなく降り続いている。空の雲の色と厚さから推《お》して、間もなく晴れることは望めそうにない。

　南に多摩《たま》川、東に小田急《おだきゅう》線の和泉《いずみ》多摩川駅がある。だが、多摩川も駅も、病室からは見えなかった。気にならない程度に、小田急線の電車の音が聞こえるだけだった。この私立の総合病院は、都下狛江《こまえ》市の和泉の南東の端《はし》に位置している。

　かつての郊外を思わせるように、閑静で緑の多い一帯であった。北側に幼稚園が隣接していて、南西に都立高校があるほかは、新しい家が多い住宅地であった。この総合病院自体も、古い建物ではなかった。

　私立なので、大学病院のように大きくはない。鉄筋三階建ての病棟が二棟と、二階建ての病院そのものが、欅《けやき》と銀杏《いちょう》の林に囲まれている。その林の緑が、雨に濡《ぬ》れて鮮やかであった。

見舞い客は期待できなかった。大勢の人々が病院を訪れたのは、入院してからの半月間だった。その後は、ごく親しい友人、上司、同僚が、思い出したように訪れるだけである。二カ月もたつと、それも来なくなる。

もう見舞う必要がないほど、元気になったと思うからだろう。自分たちより健康そうだと、はっきり口に出して言う見舞い客もいるくらいだった。この一週間、病室を訪れた客はひとりもいなかった。

春日多津彦には、肉親という者がいない。独身だから、妻子もいなかった。それだけに毎日、病室へ顔を出すような人間がいないわけである。病院へ通ってくるような、恋人という気の利《き》いたものもいないのだ。

間もなく十一時三十分、昼食の時間であった、春日多津彦は、ぼんやりと地面の水溜《みずたま》りを見おろしていた。身長一メートル八十センチ、体重八十一キロという大きな身体を、完全に持て余しているという感じだった。

ドアがノックされた。

「どうぞ」

春日多津彦は、無愛想に背中で応じた。看護婦が、食事を運んで来たのだろうと思ったのであった。だが、看護婦の明るい呼びかけの声は、聞こえなかった。春日多津彦は、初めて振り返った。

「ああ、どうも……」

春日多津彦は、恐縮して向き直った。ドアの前には、三十七、八の男が立っていた。夏ものの背広姿で、レイン・コートを抱《かか》えている。

「近くまで、来たんでね」

男は、表情を動かさずに言った。

「すみません」

春日は、頭を下げた。待望の見舞い客のはずなのに、春日は特に嬉《うれ》しそうな顔をしなかった。その見舞い客は、長居《ながい》をしない。もう十回ぐらい春日の病室を訪れているが、ソファにすわったことは一度もなかった。

今日も十五分とはいないだろう、と、春日多津彦には、わかっていたからなのである。

男は小宮《こみや》警部補、雪ケ谷《ゆきがや》警察署の刑事課捜査一係長であった。春日多津彦の直属の上司、ということになるのだ。

「おみやげだ」

小宮係長が、箱を差し出した。カートン入りの、チューイング・ガムである。雪ケ谷署の人間で、春日のガム好きを知らない者はいないのだ。だが、小宮係長がガムをくれるとは、珍しいこともあるものだった。

刑事がガムを噛《か》みながら捜査に歩くのは、日本の警察の伝統として是認できることではない。しかし、法律で禁じられているわけではないし、お前に限って大目に見てやろうと、春日は日頃《ひごろ》から小宮係長に言われていたのである。

その小宮係長が、ガムを持って来たのだった。やはり、病人に対する甘さ、というものだろうか。あるいは春日が公務に復帰することは当分あり得ないと、小宮係長は判断しているのかもしれなかった。

「ありがとうございます」

春日多津彦は、カートンの箱を受け取った。

「その後、変わりないかね」

小宮係長が言った。

「ご覧の通りです」

春日は、胸を張って見せた。

「退屈しきっているんだろう」

小宮係長は、苦笑した。

「退院許可が出ないのが、不思議みたいですよ」

春日は、窓の外へ目をやった。

「二、三日前に主治医の先生に、電話で訊《き》いてみたよ」

「それで、結果は……」

「あと一カ月、つまり八月いっぱいで、退院を許可してもいいだろうと、先生はおっしゃってた」

「あと一カ月もですか。それは、冗談じゃないんですかね」

「いや、真面目《まじめ》な話だ」

「まいりますね。もう入院して、三カ月なんですよ。完全なる健康体です。それなのに、あと一カ月なんて……」

「先生の話だと、外科的な意味では全治しているそうだ。しかし、お前は頭を打っているんで、その点でもう少し様子を見たほうがいいということだった」

「頭痛もないし、熟睡できるんですがね。頭のほうだって、心配はいりませんよ」

「いろいろと、気遣《きづか》ってくれているんだ。ありがたいことじゃないか」

「しかし、あと一カ月もこのままでいたら、退屈の余り気が狂っちゃいますよ」

「贅沢《ぜいたく》を言うなよ。こんなに結構な病室にいて、いたれり尽くせりの扱いを受けているんじゃないか。お前は、そんなことができる身分じゃない。普通なら、刑事には到底、望めない贅沢なんだぞ」

「そりゃあ、そうですがねえ」

「まあ、この機会に、ゆっくり休養するんだな」

「ですが、四カ月の入院となると、休職になってしまうんじゃないですか」

「その点は、大丈夫だ。お前の怪我《けが》は、公傷とは言えん。しかし、公務執行中の勤務時間内に、負傷したことは事実なんだからな。休職の扱いは、受けないよ」

「じゃあ一カ月後には、署に復帰できるんですね」

「当然だ」

「いま小宮班としては、忙しくないんですか」

「このところ、事件《やま》らしい事件《やま》はないな。だから、気にするな」

「そうですか」

「本庁捜査一課のベテラン刑事と、お前とは違うんだ。仮に何かあったとしても、雪ケ谷署の捜査一係はお前が抜けているからって、別に不自由を感じたりはしないさ」

　小宮係長は、鼻の先で笑った。

「さあ、どうですかね」

　春日多津彦も、ニヤリとした。

「じゃあ、また来るよ」

小宮係長はあっさりと背を向けると、大股《おおまた》にドアへ足を運んだ。

「たびたび、すみません」

春日多津彦がそう言ったとき、小宮係長の姿はすでにドアの外へ消えていた。今日もまた、小宮係長は八分間しかいなかった。春日は窓のほうへ、身体の向きを変えた。いまの自分はこの雨みたいだと、春日多津彦はふと思った。

春日多津彦が事故に遭《あ》ったのは、ちょうど三カ月前の四月三十日であった。時間は午後十時二十分、場所は大田区雪ケ谷二丁目だった。

そのときの春日は、強盗傷害事件の容疑者の恋人の住まいを監視して、張り込んでいたのである。

午後十時十五分に、その女がアパートから出て来た。慌《あわ》てているようだったので当然、春日は女を尾行することにした。女は中原《なかはら》街道へ出て、すぐにタクシーを停《と》めた。そのナンバーを確かめながら、春日も別のタクシーを摑《つか》まえようとした。

そこへ、一台の乗用車が突っ込んで来たのである。春日は、撥《は》ね飛ばされた。路上に叩《たた》きつけられて、彼は意識を失った。そのまま近くの救急病院に運ばれて、応急手当てを受けたのであった。

翌日、春日はほかの病院へ移されることになった。治療や精密検査に万全を期すため、ということだった。当然、春日は警察病院へ移されるものと思っていたが、彼が運ばれた先は、狛江市にある私立の総合病院であった。

あとになってわかったことだが、事故を起こしたのは未成年だったという。運転しながら同乗のガール・フレンドと口喧嘩《くちげんか》を始め、そのために前方不注意による事故を起こしたのである。

ところが、その未成年の若者が私立の総合病院『恵仁堂《けいじんどう》病院』の、事務長の息子だったのだ。

そこで誠意と責任を持って、恵仁堂病院で春日多津彦を治療したいという申し出があったわけである。

すでにその事故そのものは、刑事事件として成立している。加害者側が医療施設を提供したいというのは、民事の示談などの場合に誠意として認められることであった。だから、その申し出を拒《こば》む理由もない。

問題は、春日の怪我の恢復にある。それには、誠意と責任を持って治療にあたるという申し出に、応じたほうがよかった。その結果、春日は恵仁堂病院の狛江分院へ移されることになったのである。

春日の負傷は、左腕と肋骨《ろっこつ》の骨折、全身打撲《だぼく》であった。彼は狛江分院の外科病棟特A号病室に収容され、外科部長が主治医となった。まさにいたれり尽くせりで、誠意と責任を持っての治療でもあった。

まず最初に、肋骨の骨折が治った。次に、全身打撲の痛みが取れた。挫傷《ざしょう》もすべて、完治した。そして左腕が、元通りになった。三日前には、左腕のマッサージも終了した。三カ月で一応、全治したのである。

だが、小宮係長の話によると、退院は一カ月も先のことらしい。主治医の外科部長は、後遺症を心配しているのだ。頭を打っているからである。あと何回か頭の精密検査を行なって、異常も見られないようであれば、退院を許可する考えなのだろう。

あと一カ月――。

春日多津彦は、雨の中の風景を眺《なが》めながら、昼飯を食べた。刑事とは、孤独なものである。だが、捜査活動の中での孤独感は、嫌いではなかった。誰も頼ることができない疎外感、そして気持ちが張りつめているときの男の孤独を、春日は愛していた。

しかし、いまの孤独感は雨降りの日のように、陰気で湿っている。男の孤独には、ほど遠かった。退屈で、何の張り合いもない。一日を終えたという充足感がなければ、自分の存在価値まで見失いそうであった。

また、ドアがノックされた。春日は、立ち上がっていた。誰かが来てくれたと、直感したのである。その春日が応じないうちに、ドアは押し開かれていた。部屋の中へ、男と女が入って来た。

「よう」

白に近い水色の背広に、濃紺のネクタイを締めた男が手を上げた。小木曾《おぎそ》高広《たかひろ》であった。その脇《わき》にいるのは、赤いブラウスに白いスラックスをはいた若い女だった。女優にしても珍しいほど整った顔立ちで、華やかな美貌《びぼう》の持ち主である。

「しばらくね。ご無沙汰《ぶさた》しちゃって、ごめんなさい」

女がバラの花束を手にして、春日のところへ駆け寄ってきた。見た目には間違いなく女だが、声はかすれていて男であった。

2

顔も小さいし、喉《のど》にも突起がない。ほっそりとした首である。身体も全体に小柄で、スカートをはいていれば、脚線の美しさが見られる。腰が張っていて、尻《しり》にも女らしい厚みがあった。

第一、白い肌が女のものだった。化粧は濃いが、美しく整った女の顔である。胸も適当にふくらんでいる。声にしても、ハスキーな女のそれで通らないことはなかった。名前は、ミナであった。

しかし、ミナは戸籍の上では男だったし、本名は中川秀雄《なかがわひでお》である。それに性格が、男であった。さっぱりしていて陽気なのだ。義侠心《ぎきょうしん》に富んでいるし、行動的で度胸がよかった。それに、頭の回転が早かった。

誰からも信頼され、好かれるというタイプだった。年は自称二十四歳で、六本木のゲイ・バー『ローゼ』のママであった。乳房だけが、人工である。女には一切、性的興味を覚えないという。そうかといって、男色《だんしょく》の傾向があるわけでもないのだ。

小木曾高広が『ローゼ』の常連で、春日も何度か連れて行かれた。そうした関係で、春日多津彦はミナと知り合い、親しい友人同士となったのである。小木曾と春日とミナは、不思議と気が合う奇妙なトリオなどと、『ローゼ』の連中に言われていた。

小木曾高広は、春日と同じ二十九歳である。小木曾もまた長身で、彫りの深い顔の好男子であった。ちょっとバタ臭いところがあって、渋味もある顔なのだ。甘さがあって、男っぽい。

それが女から見ると、たまらない魅力らしい。小木曾の男の色気には痺《しび》れると、年齢や職業の別なく女たちが異口同音に言う。春日にしても、小木曾のように女にモテる男は、ほかに知らなかった。

小木曾と知り合った女は、残らず好意以上の感情を彼に持つ。そのうちの三分の一は、女のほうから積極的に働きかける。残りの三分の二は一方的に夢中になっているか、小木曾がその気になることを期待しているかである。

だが、小木曾のほうは、ひどく冷淡であった。女嫌いというより、浮気ができない性質《たち》なのである。いまのところ、結婚する意志はないらしい。あるいは、心に決めている女がいるのかもしれない。

そうなるともう、すべて浮気による関係になってしまうし、小木曾にはそれができないのであった。だから、女に対しては冷淡になる。冷淡にされると、女は逆に熱くなる。それで、さらにモテることになる。

小木曾に誘われて、断わる女はいない。彼に求婚されて、首を横に振る独身の娘はいないだろう。どこへ行ってもモテるし、縁談も絶え間なく持ち込まれている。まったくもったいない話だと、彼を知る男たちは、嫉妬《しっと》と羨望《せんぼう》の言葉を口にする。

見た目の魅力、ムード、独身ということだけでなく、小木曾がモテる条件の一つに経済力があった。小木曾の父親の善造《ぜんぞう》は、東日本の山林王と言われている資産家だったのだ。

小木曾善造は株で派手に儲《もう》けた金を注《つ》ぎ込み、二十年間に各地の山林を買い漁《あさ》って、今日の地位を築いたのであった。小木曾善造の所有の山林は、奥羽地方の六県、東京都を除く関東地方の六県、愛知と富山を除いた中部地方の七県に及んでいる。最近になって、九州の山林にまで手を伸ばし始めたという。すでに大分、宮崎、熊本の三県で、取引に乗り出しているらしい。六十五歳だというが精力の固まりみたいで、一風変わった人物だと聞いている。

小木曾善造は、小木曾木材の会長と、小木曾建材の社長に就任している。小木曾木材の社長のポストは、善造の実弟の小木曾次郎《じろう》に与えられている。もう一つ、全国の所有の山林を管理する小木曾商会の社長を、小木曾高広がやっているのだった。

ただ、社長だからというのではない。小木曾高広は、資産の額が正確に摑めないという山林王の膨大な遺産を、相続するただひとりの人間なのである。小木曾善造は十五年前に、離婚している。

再婚はしなかったし、多くの愛人たちにも子どもを産ませていない。離婚した妻との間にできたひとりっ子、高広のほかに実子はいないのである。したがって、善造の遺産相続人は、小木曾高広だけなのであった。

相続税に遺産の大半を持っていかれては可哀想《かわいそう》だと、善造は所有の山林を順次、高広名義に変更しつつあるという。つまり、善造は生きているうちに贈与税も払ってやり、財産をそっくり息子に譲ろうという考えなのである。

非情で好色で変わり者の善造入道《にゅうどう》などと陰口を叩かれて、評判はむしろ悪いほうであった。だが、その善造も、息子だけは可愛《かわい》いのだ。小木曾高広にとっても、ありがたい父親といえる。

ほかに善造は、小木曾事務所というのを持っている。その事務所は、善造の道楽のために置かれているという。善造は、ある種の研究会を組織していて、おそろしく金のかかる道楽に打ち込んでいるらしい。そのための事務所であった。

小木曾父子が住む豪邸は、大田区の上池台《かみいけだい》四丁目にある。五年ほど前、傷害事件の犯人が日本刀を持って、その豪邸へ逃げ込んだことがあった。まだ雪ケ谷署の捜査一係の刑事となって間もなかった春日も、小木曾邸へ急行するよう指示された。

春日は小木曾邸の離れの縁の下に潜んでいた犯人を発見し、柔道の一本背負いで投げ飛ばして取り押さえた。そのとき協力して、犯人の手から日本刀をもぎ取ったのが、小木曾高広だったのである。

春日にとっては初手柄であり、小木曾高広も警視総監賞を贈られた。互いに二十四歳の青年同士ということもあって、春日と小木曾はすっかり意気投合した。二人は以来、個人的に付き合うようになった。

資産家の息子と、肉親縁者のいない捜査係の刑事とでは、生活環境も日常もまるで違っている。将来にも生き方にも、共通点は見出《みいだ》せなかった。だが少年時代からの知り合いみたいに、二人はウマが合うのだった。

日本刀を持った凶悪犯に、協力して立ち向かったときの連帯意識が、そのまま友情となったのかもしれない。五年間の付き合いで、二人は親友に準ずる間柄となった。その小木曾と春日のどっちが早く結婚するかと、ミナがいまでは興味津々《しんしん》のようであった。

「もう、退院しちゃったかと思ったわ」

ミナが春日と並んで、ソファにすわりながら言った。

「この前、見舞いに来たのは、いつだったたっけな」

小木曾高広は、向かい合った椅子に腰をおろした。

「七月十五日よ」

ミナが答えた。

「ちょうど、半月前か」

「そのとき、わたしも一緒だったでしょ。だから小木曾さんもわたしも、半月ぶりにお見舞いに来たってわけね」

てさ」

「小木曾さん、冷たいんじゃないの。半月も入院中の親友のことを、ほっぽっておくなん
「ミナだって、同じだろう」

「あら、わたしは春日さんの、親友なんかじゃないもの」

「じゃあ、春日の何なんだ」

「わたし、春日さんの恋人。あら、いやだわ。そんなの、嘘《うそ》よ。気持ち悪いわ、わたし男なんですものね」

「ミナこそ三日に一度ぐらいは、見舞いに来るべきなんだ」

「駄目よ、そんなの……」

「どうしてだ」

「だって、看護婦さんに誤解されちゃうでしょ」

「どう、誤解されるんだい」

「春日さんに、そのほうの趣味があるんじゃないかって……」

「看護婦さんたちだって、あんたのことは正真正銘の女だと思うよ」

「そうかしら」

「当然さ」

「でもさ、この病院は遠すぎるんですもの。わたしのマンション、赤坂でしょ。赤坂からここまで来るのは、一日仕事だわ」

「薄情だな」

「わたし、お金儲けに忙しいのよ。時は金なり、美貌はミナなりよ」

「あんた、女なんだろう。女らしく、やさしさってものを持てよ」

「わたしは、男だって言ってるでしょ」

「いや、女そのものだ」

「男だよ」

「女さ」

「男だって、言っているじゃあねえかい。わかんねえのかよ、この唐変木《とうへんぼく》」

ミナが凄《すご》んだ声で、乱暴な言葉を口にした。突然、男以上に荒っぽい言葉になったりするのを、ミナは得意としているのであった。そのあと、ペロリと舌を出して、急に女っぽいポーズを取るのである。

ミナとその相手のやりとりは、いつ聞いてもおもしろい。少しでも馴《な》れている者が相手になれば、ミナが完全に漫才にしてしまうのだった。それがゲイ・バーでは、楽しいサービスになるのである。

「退院まで、あと一カ月だそうだ」

春日は、顔をしかめてみせた。

「あと一カ月かい」

「そんなに……？」

小木曾とミナが、同時に言った。

「頭を打っているので、もう少し様子を見るんだそうだ」

春日は、ガムを口の中へ押し込んだ。

「ああ哀れ、囚《とら》われ人よ」

ミナが悲しそうな表情を作って、春日へ投げキッスを送る仕種《しぐさ》をした。

「元気なだけに、辛《つら》いだろうな」

小木曾が、深刻な顔つきで言った。

「しかし、外出許可だったら、もらえるらしい」

春日は、また雨を見やった。蟬の声が、聞きたかった。

「だったら、ちょいちょい外出すればいいのよ」

ミナが、花瓶《かびん》を引き寄せた。

「ただ、外出したって、仕方がないだろうよ」

春日は、時計に目を落とした。正午を五分ほど、過ぎていた。

「あら、どうしてよ」

ミナはバラの花束を花瓶に入れて、自己流に形を作っている。

「行くところがないだろう」

「目的がないってわけね」

「目的がないのに外出したって無意味だよ」

「六本木へ、いらっしゃいよ」

「〝ローゼ〟かい」

「そう。退屈を忘れるためには、天国じゃないの」

「おれが行くところにしては、勘定が高すぎるよ」

「小木曾さんのつけにしておけば、いいじゃないの」

「入院中の人間のやることにしては、不謹慎《ふきんしん》すぎる」

「堅いのね」

「常識だ」

「ほかに、どこか行きたいところは、ないのかしらね」

「おれには、家庭ってものがないからな」

「こういうときのために、恋人のひとりや二人は作っておくべきなのよ」

「ひとりや二人ってことはないだろう。それに、恋人ってのは、入院するために必要なものなのかねえ」

「そう、ムキにならないで……」

「要するに、おれは仕事がしたいんだ」

「わかるわ、同じ男として……」

「今日はまたばかに、男を強調するじゃないか」

「そうかしら」

バラの花をいじりながら、ミナは片目をつぶって見せた。顔も、やっていることも女であった。瞬間的にどうしても、美人だ、いい女だなと思ってしまう。ミナは満足そうに、バラの花を見やった。

「春日さん……」

ドアをノックする音とともに、そう呼びかける声が聞こえた。担当のひとりである若い看護婦が、ドアの間から顔を覗かせていた。

「何ですか」

春日は訊いた。

「小木曾さんって方、お見えですか」

看護婦が言った。

「おりますよ」

春日は、小木曾と顔を見合わせた。

「センターのほうに、電話がかかっているんですけど、この病室のほうへ回してもらいましょうね」

そのような言葉を口にしながら、看護婦はドアを閉めた。

「すみません、お願いします」

春日は、ドアへ声を投げかけた。

「会社の者に、春日君のところに見舞いに行くと言って出て来たもんで、電話をかけてよこしたんだろう」

小木曾が、申し訳なさそうに弁解した。

「何か、急用ができたんだな」

春日は立ち上がって、ベッドの脇の電話機に近づいた。とたんに、電話が鳴った。春日は、送受器を手にした。

「もしもし……」

と、女の声が聞こえた。春日は、いま小木曾と替わります、と伝えようとした。しかし、女はそうする暇を、与えてくれなかった。電話に出たのは当然、小木曾だと思い込んでいるのだった。

「大変なことになりました。すぐに小木曾事務所のほうに、連絡なさってください。たったいま、九州の宮崎県西都《さいと》市の警察から、電話がはいったんです。三時間ほど前に、西都市で有馬和歌子《ありまわかこ》さんが殺されたそうなんです。有馬和歌子さんが、殺されたんですよ、社長、聞いていらっしゃるんですか！」

興奮した女の甲高《かんだか》い声が、一気にまくし立てた。

3

改めて、小木曾高広が電話に出た。小木曾は緊張した面持《おもも》ちで、相手の話を聞いていた。社長と呼びかけたから、電話の女は小木曾商会の社員に違いない。やがて電話を切った小木曾は、すぐにダイヤルを回した。

小木曾事務所のほうへ、電話を入れるのだろう。電話をかけてきた女の指示に、従ったのである。宮崎県の西都市の警察から、まず小木曾事務所へ連絡がはいったのだろう。小木曾事務所では、とにかく小木曾高広に報告しようとした。

それで、小木曾事務所から小木曾商会へ、電話がいった。小木曾高広は、外出中だった。だが、行く先は春日多津彦が入院している恵仁堂病院の狛江分院と、わかっていた。その結果、小木曾商会の社員が、ここへ電話をかけてきたというわけである。

職業柄、そうしたことについては、分析と判断が早かった。それに、何となく神経がピリピリしていた。怠惰《たいだ》な眠りから、覚めたときのような気分であった。一種の条件反射で、殺人事件と聞くと、そういう春日になるのかもしれなかった。

電話を切って、小木曾が戻って来た。心持ち、顔色が悪くなっていた。不安そうであった。その魅力的な容貌が、急に老《ふ》けたように感じられた。深刻な表情と、暗い目差《まなざ》しのせいだろう。

「迷惑をかけて、すまない」

椅子に腰を戻しながら、小木曾高広は言った。

「人の生き死にの問題だ。連絡してくるのは、当然だろう」

春日は、新しいガムを口に入れた。

「しかし、病人のところへ持ち込むべきことじゃない」

小木曾は、両手で頭を抱えるようにした。

「おれはもう、病人のうちにははいらんよ」

春日は、タバコを取り出した。

「いずれにしても、気が重くなるような話だ」

「有馬和歌子って、何者なんだい」

「小木曾事務所にいるおやじの秘書で、年は二十三、おとなしい女の子だ」

「だったら、おやじさんのところに、連絡すべきことじゃないか。どうして小木曾事務所では、君を捜したりしたんだろう」

「おやじは、留守なんだよ」

「東京にいないのか」

「うん」

「どこへ、行っているんだ」

「九州へ行ったんだ」

「九州へ……?」

「有馬和歌子を連れてね」

「じゃあ、おやじさんは殺された秘書と、一緒だったのか」

「そういうことになる」

「すると、おやじさんはもう、秘書が殺されたことを承知しているんだな」

「それが、まだらしい」

「どうしてなんだ」

「今日は宮崎県の西都市で、有馬和歌子と一緒だったというわけじゃないんだ」

「有馬和歌子を西都市に残して、おやじさんは別のところへ行ったってことか」

「そうだろう」

「どこへ、行ったんだ」

「わからない。勝手気ままに行動するし、朝から夜遅くまで精力的に動き回る男だからね。あのおやじは……」

「おやじさんの行方が摑めないので、西都市の警察では東京の小木曾事務所へ連絡してきたってわけか」

「そうだろうね」

「有馬和歌子は、西都市のどこで殺されたんだい」

「詳しくはわからないんだが、絞殺されたんだそうだよ」

「三時間ほど前に、殺されたという話だったな」

「うん」

「午前九時頃か」

「とにかく、これからすぐ九州へ飛ばなければならない」

「大変だな」

春日は、口先だけで同情した。九州へ飛んで行ける小木曾が羨《うらや》ましいというのが、春日の本音であった。籠《かご》の鳥でいなければならない自分に、彼は改めて苛立《いらだ》たしさを覚えていた。

口数の多いミナが、いまは沈黙している。神妙な顔つきで、小木曾と春日のやりとりを聞いていた。こういうときに沈黙を守るのが、またミナの利口なところでもあるのだった、

「じゃあ、悪いけどこれで失敬する」

小木曾が、腰を浮かせた。

「わたしも……」

ミナが言った。

「わざわざどうもありがとう」

春日はドアのところまで、小木曾とミナを送って行った。

「また、来るよ」

ドアの外へ出て、小木曾が言った。

「アテにしないで、待っているさ」

春日は苦笑した。

「あら、わたしは必ず来るわ。そうね、一週間後よ。約束しますから……」

ミナが振り返って、艶然《えんぜん》と笑った。

春日は、ドアを閉めた。自由な彼らが羨ましいと、つくづく思った。窓から外を眺めることが、せめてもの慰めとなる。心だけでも、自由に空の彼方《かなた》へ飛んで行けるからであった。春日は、窓際に佇《たたず》んだ。

雨が降っている。ひどく孤独な春日に、戻っていた。陰湿な孤独感であった。

八月六日になった。

午後一時に、ミナが病室を訪れた。正直なところ春日は、一週間後にミナが来るということを忘れていたのだった。だが、ミナのほうは律義《りちぎ》に、その約束を守ったのである。ミナは、約束に忠実だった。

実行できないことは、口に出さないのだ。調子よく適当なことを言っているようだが、筋を通すとか節度を守るとかいった点については厳しいのである。そんなところは、やはり男であった。

今日のミナは、白でまとめていた。真っ白なスーツ、靴、バッグ、日傘《ひがさ》とすべて白であった。ターバン風に頭に巻いているスカーフも白だし、白くないのはサングラスだけであった。

さぞかし、大勢の男女の注目を浴びたことだろう。身につけているものは何もかも超高級品だし、華麗なる美女なのである。それでいて、得体《えたい》の知れない女という感じなのだ。あらゆる意味で目立つのであった。

「暑いわねえ」

ミナはテーブルの上に、バッグと自動車のキーを置いた。今日は晴天だった。真っ青な空に、雲一つなかった。窓外の緑が、目に染みるようである。真夏の風景を、絵に描《か》いたようであった。

「ここは、涼しくていいわ。冷房の調節が適当だし、自然の涼しさね」

ミナはソファにすわると、形よく脚《あし》を組んだ。男と女の違いが、最もはっきりしているのは脚である。いかに巧みに女装しても、脚を見れば一目で男とわかる。だが、ミナの場合はその脚も、女とまったく変わらないのだ。

それも、綺麗《きれい》な脚だと言われる女のそれと、同等なのであった。チラッと見えたりする内腿《うちもも》なども、色が白くて軟らかそうで肌が滑らかである。筋肉質には、ほど遠かった。どう見ても、男の脚ではなかった。

「いま、おもしろかったわよ」

ミナはまた花瓶に、バラの花を活《い》け始めた。

「どうしたんだ」

春日は起き上がって、ベッドの上にあぐらをかいた。

「病院の駐車場で車を降りたら、若い男が三人で冷やかすのよ。そのうちのひとりが、わたしの後ろを通りながら、いきなりお尻を触《さわ》ったの」

ミナは、サングラスをはずした。

「うん」

春日は、ガムを噛みながら頷《うなず》いた。

「それで、わたしが怒《ど》鳴《な》ったわけよ」

「怒鳴ったのか」

「気持ち悪いことを、するんじゃねえよ！　この馬鹿野郎って……」

「凄《すさ》まじいな」

「そうしたら、相手は驚いてね。三人とも慌てて、車の向こう側まで逃げちゃったわ」

「そりゃあ、驚くだろうよ」

「愉快だったわね」

「しかし、ママみたいな美人が、口にする台詞《せりふ》じゃないぜ」

「だって、スカートが汚れたら、いやじゃないの。オシャレをすることが、わたしの生き甲斐《がい》なんですもの」

と、しおらしい女の顔になって、ミナは言った。

「まあ退屈しきっているおれにとっては、楽しい話だったけどね」

春日は寝転がって、枕に頭を沈めた。

「蝉が鳴いているのねえ」

ミナが窓辺に近づいて、しみじみとした口調でいった。

「今日は、賑《にぎ》やかだよ」

春日も窓の外の銀杏の林へ、視線を走らせた。風があるのか、葉が一葉に躍っている。それが水面の漣《さざなみ》のように、チリチリと光って見えた。そして、呼吸するように蝉の声が、絶え間なく聞こえている。

「こんなに蝉の声を聞くなんて、久しぶりのことだわ。田舎《いなか》を思い出しちゃうな」

「田舎は、どこなんだ」

「岐阜《ぎふ》県よ」

「岐阜県か」

「もっとも、中学を出てからは、一度も帰っていないけどね」

「どうしてだい」

「決まっているでしょ。女に変身したわたしが、このままで田舎へ帰れると思う?」

「そうか」

「親だって、自分の息子かどうかわからないわ」

「親は帰って来いって、言わないのかい」

「言わないわ」

「それもまた、薄情だな」

「帰って来て欲しくないんでしょ。わたしは中学生になっても、まだ男なのか女なのかはっきりしないような子どもだったんですものね。オトコオンナなんて言われていたし、みんなから好奇の目で見られていたでしょ。親にしてみれば、そんな子どもは敬遠したくなるわよ」

ミナは、春日のほうを見て笑った。寂しそうでもないし、苦にもしていないようであった。達観しているのかもしれない。蟬の声が聞こえるだけで、二人が沈黙するとあたりは急に静かになる。

隣接している幼稚園は、夏休みにはいってからも七月いっぱいは園児たちを集めていた。プールが新設されて、プール祭が連日続けられたのだ。雨天の日も教室内で、水泳の指導が行なわれたらしい。

だから、雨天でない限りは、賑やかであった。しかし、それも七月三十一日に終わって、本当の夏休みにはいったのである。森閑《しんかん》としていて人影もない幼稚園が、真夏の訪れを感じさせるのであった。

「ところで、小木曾は相変わらずかい」

春日が言った。

「そうそう、すっかり忘れていたわ」

思い出したというように、ミナはパチンと音がするほど、激しく手を叩いた。

「何かあったのかい」

春日は、空の雲を目で捉《とら》えていた。いつの間にか、淡いちぎれ雲が銀杏の木の上に、流れて来ていた。

「小木曾さんも、気の毒ねえ。またなのよ」

ミナが、ベッドのほうに近づいて来た。

「また……?」

春日は視線を、雲からミナの顔へ移した。

「また、殺されたのよ」

ミナは、ベッドに腰をおろした。

「誰が、殺されたんだ」

春日は、上体を起こした。

「小木曾さんのお父さんの秘書で、木原由美《きはらゆみ》って人なんですってよ」

「それは、いつのことなんだ」

「昨夜よ。昨夜の九時頃に、小木曾さんが来てくださったのよ」

「〝ローゼ〟にかい」

「ええ。そうしたら十二時近くになって、お店へ小木曾さんの自宅から電話がかかったの。小木曾事務所の責任者だという男性からね。小木曾さんの家に、その責任者って人は住み込んでいるんですってね」

「そうらしい」

「つまり、その人が警察から連絡があったことを、伝えてきたわけよ。小木曾さんのことだから、その人に〝ローゼ〟にいるって言い置いて出かけて来たんでしょ」

「するとまた、彼のおやじさんは留守だったんだな」

「その木原由美という秘書を連れて、福島県へ行ったんだそうよ」

「じゃあ、木原由美もまた、その旅行先で殺されたのか」

「そうなんですって……」

「いつのことだ」

「昨夜の八時頃。つまりお店に電話がかかる四時間前かしらね」

「福島県のどこなんだい」

「喜多方《きたかた》市だって聞いたわ」

「喜多方市……？」

「小木曾さん、憂鬱《ゆううつ》そうな顔ですぐお帰りになったわ。明日の朝、ということは今朝《けさ》なんだけど、いちばん早い列車で喜多方市へ向かうんですってよ」

「あの男も、気が休まるときがないな」

「木原由美って人、秘書としてはいちばん古いんですってね。三十だけど綺麗な人だって、小木曾さんが言っていたわ」

「どうやら重大な事件に、発展するような気がするな」

春日多津彦は、そう呟《つぶや》いていた。彼は、落ち着けなかった。じっとしていられない気分なのである。もちろん、春日には何の関係もないことだった。だが、傍観者ではいられないと、何かが彼を煽《あお》るのであった。

4

有馬和歌子が殺されたことについては、あまり派手に報道されなかった。西都市では、大騒ぎだったかもしれない。だが、東京ではほんの形式的に、ニュースとして扱われたにすぎなかった。

事件発生の場所が、東京から遠く離れているせいであった。もし被害者が東京の人間でなかったら、まったく報道されなかっただろう。被害者が複数だったり、バラバラ事件だったり、ピストルを乱射したり、一般の興味を引くような特異な事件は別である。

しかし、事件発生の場所も被害者も東京には無関係で、特異な事件でもないとなると普通、東京の新聞には載らないことが多い。西都市での殺人事件は、被害者が東京の人間だったので一応、新聞記事にはなった。

だが、特にニュース性に富んだ事件ではないので、記事としても小さく扱われていた。

有馬和歌子(23)が、七月三十日の午前九時頃に宮崎県西都市の松本塚《まつもとづか》古墳の近くで殺された。鈍器で後頭部を一撃したうえで、絞殺したものと思われる。そのように、事実だけが報じられていた。

木原由美の場合も、同じであった。木原由美（30）が、八月五日の午後八時頃、福島県喜多方市の路上で殺された。鈍器で撲《なぐ》られたうえ、絞殺されたものと思われる。簡単に言って、そうした内容だった。

ミナから聞かされた話によると、小木曾善造には三人の私設秘書がいるのだという。小木曾善造が取締役になっている二つの会社にも、それぞれ会長秘書と社長秘書がいた。だが、それらは男であって、私設秘書ではない。

三人の秘書はいずれも女であって、小木曾事務所にいるのだった。三人揃《そろ》って、それぞれ個性のある美人であった。小木曾事務所の仕事は、それほど忙しくない。善造の指示のままに、動くだけなのである。

善造は、旅行することが多い。一年のうち半分は、東京を離れている。各地に点在する所有の山林の様子を見に出かけたり、新たに山林を買い入れるための商談なりで、全国を飛び歩くのだ。

その旅行には必ず、私設秘書のひとりを連れて行く。三人のうちのひとりを、そのつど善造が指名するのである。秘書のいちばん主要な仕事となると、その旅行のお伴《とも》ということになる。

善造は、ただそれだけのことをする三人の秘書に、常識はずれの給料を払っている。能力のある秘書の報酬は、確かに高額である。だが、その三人の秘書は有能どころか、むしろ無能というべきであった。

それなのに善造は、いちばん若い有馬和歌子にさえ三十万円の給料を払っていたという。善造は、水商売の女を嫌った。素人娘《しろうと》が、好きなのである。いかにも、好色な善造らしい趣味であった。

しかも、善造は貧しい環境にある娘を、選ぶのだった。家族の中に病人がいたり、大勢の弟妹《ていまい》たちを抱《かか》えていたりで、その貧しい環境から抜けるに抜けられない素人娘というのが、理想的なのである。

これまでの代々の秘書がそうだったし、現在の三人も例外ではなかった。したがって、東京の女はほとんどいなかった。善造に言わせると、家族たちを養うような殊勝《しゅしょう》な女が、東京にいるはずはないというわけである。

現在の三人も地方出身で、いずれも郷里の家族へ仕送りをしていた。だが、いまではもう外見も気質も、東京の女と変わらなくなっている。とにかく、善造は金と人間を動かして、自分の理想とする女を見つけ出し、私設秘書に採用するのであった。

有馬和歌子　二十三歳
長谷部陽子《はせべようこ》　二十五歳
木原由美　三十歳

この三人が、現在の秘書だったのだ。以上のようなことから推察できるが、善造の私設秘書は愛人をも兼務するのであった。高額の給料とボーナスの中には、肉体関係に対する報酬も含まれている。

愛人というよりも、秘書という名の妾であった。強制はされないが、三人の秘書は小木曾邸に住み込みということになっている。お手伝いとして、使われるわけではない。それぞれ個室を与えられて、食事も上げ膳《ぜん》・据《す》え膳だった。

住居費と食費が浮くし、誰に気兼《きが》ねすることもない。プライバシーは、守られるのだ。結構な話である。これまで、住み込みを断わった秘書は、ひとりもいなかったという。また彼女たちが、ガメツイ考えの持ち主であることは当然と言えた。

そうした秘書をひとりだけではなく、三人も抱えていたというところが、いかにも善造らしい。善造の好色は本物なのである。ただ奇行の多い変人というのではなく、善造は規模こそ小さいが、ハレムへの願望を満たしていたのに違いない。

その私設秘書のうち、有馬和歌子と木原由美が殺された。残ったのは、長谷部陽子という秘書だけである。次に殺されるのは、長谷部陽子ということになる。春日は小説のストーリーを追うような気持ちで、そんなことを想像していた。

そのとき、電話が鳴った。意味もなくギクリとしながら、春日は送受器に手を伸ばした。八月十三日の午後三時であった。春日は送受器を耳にあてがって、嚙んでいたガムを灰皿の中に捨てた。

「もしもし……」

春日はなぜか緊張して、低い声で呼びかけた。

「わたし……」

かすれた声が、そう言った。

「ママか」

春日はホッと、短く吐息した。

「そうよ」

ミナは、へへっと笑った。

「一瞬、ピンとこなかったな」

「何が……」

「ママだってことがさ」

「あら、どうしてなのよ」

「電話だと、声だけだろう」

「声だけ聞くと、男だと思ってしまうってんでしょ」

「うん」

「だって、わたしは男だもん。男だって思って、いいんじゃないの」

「やっぱり、ママとは会って話をしたほうがいいね」

「あら、だったらこれからすぐに、そっちへ飛んで行こうかしら。と、これは冗談よ。真面目に話さなきゃあね」

「マンションかい」

「そう。いま、ベッドの中。電話で、叩き起こされたところなの」

「誰からの電話だ」

「小木曾さんからよ」

「小木曾は、どこから電話をしてきたんだい」

「いまは、自宅から……。でも、すぐに出かけるんですってよ。それで、わたし小木曾さんから、頼まれちゃったの」

ね」

「春日さんに協力してもらうかもしれないから、よろしく頼むって言っておいてくれって
「何をだ」

「どうして直接、おれのところへ電話をかけてこないんだろう」

「病室へ電話するのは、やっぱり遠慮すべきだろうってさ」

「無用な気遣いだ」

「わたしには、お見舞いに行ったついでに伝えてくれって……。でも、わたしは無神経だから病室だろうと、お通夜の席だろうとジャンジャン電話しちゃうの」

「それで小木曾は、おれに何の協力をしろと言うんだ」

「お知恵を拝借したいんですってよ」

「例の事件のことでか」

「そう。四、五日のうちに小木曾さんはそこへお邪魔《じゃま》して、詳しく説明するそうよ。そのうえで、春日さんの考えを聞かせて欲しいって……」

「ご免だね」

「あら、どうしてよ」

「推理小説に登場する名探偵じゃあるまいし、話を聞いただけでは何の判断も下せないよ。

知恵なんて、あるはずもない。捜査というものは、自分の足と目と耳でデータを集めて、初めて一つの判断が下せて、それを足がかりに、さらに前進するんだ」

「だって春日さんの場合は、それができないでしょ」

「外出許可を、もらえばいいだろう」

「たとえ、それで娑婆《しゃば》へ出られたとしても、春日さんは東京の警視庁の雪ケ谷警察署の刑事でしょ。何の関係もない事件の捜査なんて、許されるはずがないじゃないの」

「そりゃあ、刑事としては許されないさ。しかし、個人としてなら、誰にも知られずにすむ。現在のおれは休暇中の身なんだし、病院を正式に退院するまでなら、何とかなるだろう」

「本気なの？」

「当たり前だ」

「素敵ね」

「何がだよ」

「春日さんの意欲と情熱、わたしジーンときちゃったな」

「何を言っているんだ」

「ねえ、わたしにも応援させてよ」

「どうするんだよ」

「わたしを春日さんの、助手にして欲しいの」

「遊びじゃないぞ」

「わかっているわよ。わたしね、きっと役に立つと思うわ」

「店は、どうするんだ」

「わたしがいなくたって、お店のほうは何とでもなるわよ」

「金儲けに響くぞ」

「てやんでえ、べらぼうめ。見損なうねえ。金で縛られるような、ミナ姐《ねえ》さんじゃねえやい。というわけでね、わたしスポンサーになってあげるわ」

「スポンサー……？」

「だって、資金が必要でしょ。その点は、わたしに任せておいてよ」

「そうなると、大助かりなんだけどね」

「じゃあ、これで話は決まったわ」

「しかし、その前に至急、小木曾と会って詳しい話を聞かせてもらわないとな」

「小木曾さん、明後日にならないと、東京に帰ってこないわ」

「こんなとき、いったいどこへ出かけたんだ」

「岐阜県よ」

「岐阜県……？」

「いけない。肝心な話が、あと回しになっちゃったわ」

ミナは額《ひたい》か頰《ほお》を叩いたらしく、ピシャッという音が聞こえた。

「肝心な話とは……」

春日は両足をスリッパに落として、ベッドに腰かける恰好《かっこう》になった。

「三人目が、殺されたのよ」

ミナが、弱々しい声になって言った。

「長谷部陽子か！」

春日は、立ち上がっていた。想像通りだったというより、空想と実際が一致したのであった。

「そうなの」

「いつだ」

「殺されたのは昨夜だけど、死体が発見されたのは今日の午前十時ですって」

「場所は、岐阜県か」

「岐阜県の関市《せき》よ」

「鈍器で撲られた上に、絞殺されたというんだな」

「要するに、ほかの二人の場合と同じね」

「それで、長谷部陽子もまた、小木曾善造のお伴をして、岐阜県の関市へ行ったということかい」

「そうよ」

「善造は旅行先で別行動をとり、長谷部陽子が殺されたということも知らずにいる。その点も同じなんだね」

「ええ。だからまた小木曾事務所へ警察から連絡があって、小木曾さんが現地へ向かったというわけよ」

「あまりにも、共通点がありすぎる」

「そうね」

「まず第一に三人が三人とも、小木曾善造のお伴をして行った旅先で殺されている」

「殺し方が三件とも、鈍器で撲ってから絞殺でしょ」

「小木曾善造は三度が三度、別行動をとっている」

「三人とも、屋外で殺されている」

「長谷部陽子の場合も、そうだったんだろうか」

「関市の市街地の南を流れている津保川《つぼ》の岸辺で、死体が見つかったそうよ」

「だったら、屋外で殺されているということも、共通点の一つに数えられる」

「三人の被害者が全員、小木曾善造の特殊な秘書だったということも、大きな共通点でしょうね」

「まあね」

「もう一つ、もっとはっきりした共通点があるのよ。これは、いまの電話で小木曾さんから、聞かされたことなの。このことは、新聞にも載っていなかったって……」

「どんなことなんだ」

「どの死体にも、字が書いてあったそうなの。それも同じことが書いてあるんだけどね」

「死体に、字が……?」

「それもちょうど、二つの乳房の間に赤いマジックで、〝壇ノ浦〟って……」

「ダンノウラ……?」

「ほら、瀬戸内海の壇ノ浦よ。源平のさ、壇ノ浦合戦ってあったでしょ」

「あの壇ノ浦かい」

「そう。ほかには、何も書いてないそうよ」

「壇ノ浦ねえ」

春日多津彦は指先で、眉間《みけん》に皮と肉を寄せ集めると、それを摘《つ》まみ上げるようにした。
なるほど、はっきりした共通点である。
それにしても『壇ノ浦』とは、ひどく変わったことを書いたものだった。

喜多方市　その一

1

宮崎県警、福島県警、岐阜県警の合同捜査ということになった。三つの県で発生した殺人事件の犯人は同一人と、断定されたからである。犯行の場所がいずれも旅先であること、殺しの手口、三人の被害者の勤務先、死体の乳房の間に書かれた『壇ノ浦』の文字などの共通点から推《お》して、同一犯人の犯行と見るのは当然であった。

合同捜査本部は、東京の警視庁内に設けられた。三つの県のうちのどこに合同捜査本部を設置していいものか、決定の根拠となるものがなかった。それに三人の被害者が東京在住ということもあって、警視庁に合同捜査本部を置いたわけである。

春日多津彦は合同捜査本部に集められた事件関係のデータを、詳しく知りたかった。彼はそのことを、雪ケ谷《ゆきがや》署の小宮捜査一係長に頼み込んだ。親友の父親の秘書三人が被害者となった事件だし、退屈凌《しの》ぎに、ベッドの中でじっくり考えてみたいのだと、春日は小宮係長に伝えた。

小宮係長にしてみれば、造作《ぞうさ》もないことであった。かつての同僚や上司で、現在は本庁勤務というのが少なくないのである。そのうちの誰かに頼めば、部内者でもあるからデータの内容は知らせてもらえるのであった。

その日のうちに、小宮係長から電話がかかった。三十分ほどかけて、春日は小宮係長の話を詳細にメモした、小宮係長は最後に、容疑者として小木曾善造を内偵中だそうだと付け加えた。

そう聞いても、春日は別に驚かなかった。小木曾善造が容疑者とされるのは、当然すぎることだった。疑わないほうがおかしいし、世間の目などはもう小木曾善造を犯人として見ているのである。

三人の秘書はいずれも、小木曾善造に随行して、その旅先で殺されている。しかも、三度とも善造は別行動をとっていたことになっているし、それでいてアリバイが明確ではないのであった。

春日は電話を切ったあと、メモに繰り返し目を通した。窓の外には、紺碧《こんぺき》の夏空が広がってきた。台風の接近が予想されているが、まだその気配すらなかった。午後の強い日射《ひざ》しを受けて、銀杏《いちょう》の木がぐったりとなって眠っているようだった。

小木曾善造を容疑者とする根拠に、まず動機というものがある。動機の一つは、はなはだ通俗的なことであった。肉体関係を伴《ともな》った三人の秘書が揃《そろ》って、小木曾善造の妻の座につくことを狙《ねら》っていたというのだ。

小木曾善造のほうに、そんな気持ちはさらさらない。善造にとっては、目に入れても痛くないというただひとりだけの実子、小木曾高広がいる。その高広に善造は、莫大《ばくだい》な財産を残らず継がせたいのである。

六十五歳になって、いまさら妻を迎える必要はない。最初の妻の花子と離婚してから、十四年も独身でいたことが無意味になる。これまで多くの愛人を妊娠させまいと、用心を続けてきたことも徒労に終わってしまう。

もともと好色な善造は、自由を束縛する妻というものの存在を嫌ってもいた。金力で娘のような若い女たちを、幾らでも獲得できるのだ、以前と違って若い女が金で割り切るようになった現代の風潮を、善造は歓迎し珍重《ちんちょう》していたのである。

だから善造は結婚を求められても、相手にならなかったのだ。相手にされないとなると、女の要求は一段と執拗《しつよう》になる。ほかに二人の競争相手がいるので、必死にもなるのであった。

好色であっても、六十五歳という年には勝てない。しかも、三人の若い女を、相手にするのであった。最近の善造の性生活は、かなり衰えを見せていたらしい。そうなるとなおさら、結婚を求める女たちが煩《わずら》わしく感じられる。

三人の秘書たちは、もちろん善造を求めているのではない。妻の座が欲しいのであり、遺産の相続権が目的なのである。そうとわかっているだけに、善造は腹も立つだろうし、女たちが憎らしかったのに違いない。

善造にはもう、必要のない女たちと言えた。いちばんいいのは、相応の退職金を支払って、秘書たちを解雇することだった。だが、それがむずかしかったのである。円満に話し合いがつけば別だが、そうでないと女たちに報復される恐れがある。

秘書として彼女たちは、善造の公私にわたる秘密を知り尽くしている。その中には、世間に知られたくないこともある。たとえば、小木曾事務所なるものの実体であった。一応、株式会社『小木曾事務所』ということになっている。

事業目的は、『古美術品の情報蒐集《しゅうしゅう》並びに調査発掘、およびその販売』とされている。何とも、得体《えたい》の知れない会社である。噂《うわさ》によると、善造はおそろしく金のかかる道楽に打ち込んでいて、そのために設立された会社とも言われている。

事実、この株式会社『小木曾事務所』は年々、膨大な赤字を出していた。調査発掘にばかり費用がかかり、販売による利益が上がらないのである。そうした小木曾事務所に、カラクリなり裏なりがあるのではないだろうか。

税金逃れのための赤字会社、あるいはトンネル会社、また噂通り善造の道楽のための名目だけの会社、というふうにも考えられる。そのへんの秘密について、もちろん三人の秘書は十分《じゅうぶん》に承知している。

善造は三人の秘書に、弱みを握られている。それで、多少の色をつけた退職金を支払っても、秘書たちは辞職を受け入れようとはしない。強行すれば、秘密を暴露されることにもなりかねない。

そこで善造は三人の秘書に、いいかげんな返事をする結果となったらしい。つまりは三人に対してそれぞれ、あるいは結婚してもいいというようなことを、匂《にお》わせたらしいのである。

証拠があった。

有馬和歌子は、新潟の母親へ出した手紙の中で、次のように書いているのである。

思わぬ幸運が、訪れようとしています。結婚です。まるで夢みたいで、まだ実感が湧《わ》きません。大金持ちの奥さんになれば、みんなの生活も楽になるでしょう。

この手紙は、三カ月ほど前に書かれたものだった。小木曾善造と結婚するとは、明記されていないが、ほかに該当するような男がいなかった。大金持ちの奥さんと書いてあるから、善造の妻と判断して間違いない。

長谷部陽子も郷里の福井県にいる姉のところへ、今年の四月に出した手紙で、それらしいことに触れている。これは、あまり具体的ではないが、それらしいことと察しがつくのであった。

とても、いい話がありました。でも、指輪ぐらいもらってからでないと、詳しいことは話せません。あんまり、あっさりイエスと言われたので、まだ半信半疑というところなのです。

指輪をもらうというのは、婚約を意味していると解釈していいだろう。それに、あっさりイエスと言われたために半信半疑でいるというのは、善造が結婚を曖昧《あいまい》な言葉で承知したことを裏付けていた。

もうひとりの木原由美は、郷里の岡山県の親友宛《あて》に送った手紙で、それらしいことを匂わせている。この手紙は、今年の二月に書いたものだった。これは、かなり具体的な報告である。

果報は寝て待て、まさにその通りだわ。三十まで、独身でいた甲斐《かい》があったみたい。相手との年の差が気になるけど、とにかく山林王の奥さまになれるのよ。来年になると思うけど、私のイニシャルはY・Oに変わります。

これはもう間違いなく、善造との結婚を物語っている。相手との年の差が気になると、三十歳と六十五歳という年齢の開きについても触れていた。それに、山林王の妻になることを明記しているし、イニシャルがY・Oつまり小木曾由美に変わることを打ち明けていた。

木原由美の場合は、間違いなく善造から結婚の約束を取り付けている。有馬和歌子も長谷部陽子も、同じと判断すべきであった。善造の愛人でもある彼女たちに、プロポーズするような恋人がいるはずはない。

善造も面倒くさくなって適当なことを言ったのだろうし、どうせなら三人に同じ返事をしてやろうという気持ちもあったのに違いない。今年の二月に木原由美、四月に長谷部陽子、五月に有馬和歌子と、空手形《からてがた》を連発したのである。

その空手形の始末は、やがてつけなければならない。善造に死という形で、始末をつける意味があったかどうかはわからない。しかし、いずれにせよ漠然《ばくぜん》とした殺意が、内在していたというふうに考えられなくはなかった。

そしてさらに、その起爆剤にもなるような事実が、あったのである。三人の秘書が半月ほど前に、善造を激怒させたのであった。それは、単なる怒りではなかった。善造は彼の情熱と執念に冷水をかけられ、男の命を賭《か》けた仕事という自負を傷つけられたのだった。

例の善造の道楽のために私物化されているという株式会社『小木曾事務所』には、十人ほどの社員がいる。常時、事務所に詰めているのは、三人の秘書だけであった。あとの社員は、ほとんど出払っている。

古美術品の情報集めと、調査発掘のために全国を歩き回っているということになっていた。給料を払っている社員だが、その集まりは一種の研究会の組織みたいにも受け取れるのであった。

これまで、書画墨跡《ぼくせき》、玉、漆器《しっき》、剣《つるぎ》、鏡などの古美術品を蒐集し、そのうちの一部を販売している。また、特に小木曾事務所が大金を投じて蒐集にとりかかっていることで、よく知られているのは古筆切《こひつぎれ》であった。

古筆切の古筆とは、単なる古代の筆跡という意味ではない、平安時代から鎌倉時代にかけて書かれた和様書道の、良質品をいうのである。この古筆は桃山時代から江戸時代初期の茶道のブームにより、鑑賞用として多くの愛好者を得た。

それまでは古筆の物語や歌集は、巻物や冊子《さっし》のままで保存されていた。しかし、それでは多くの愛好者の需要に応じきれないことになる。そのために巻物や冊子を、切断する結果となったのだ。

そのように所有された古筆の断片が、古筆切なのである。有名なものや、筆者が確認できる古筆切は公の所有となっているので、売買はできなかった。だが、藤原基俊《ふじわらのもととし》、定信《さだのぶ》、俊成《としなり》など筆者が確認できるものを除くと、所有者が先祖伝来の品物というだけで何であるかを知らない古筆切も、存在しないことはなかった。

そうした筆者不明の古筆切でも、価値はあるのだった。古美術品として、通用するのである。その古筆切を追跡調査して蒐集していることで、小木曾事務所は好事家《こうずか》の間で知られていた。

ところが、さらに小木曾善造は大変なものを見つけ出すことに、意欲と情熱を傾けていたのである。死ぬまでに必ず手に入れて見せると善造は宣言したし、事実、そのことに彼は異様な執念を燃やしていたのだ。

魅せられた、引き込まれた、といったものではなかった。善造は何かにとり憑《つ》かれたように、そのことに熱中しているのだった。そのための費用であれば惜しまないし、生命を賭けての生涯の事業だと、善造は言いきっているのである。

小木曾善造はいったい何を捜し出すことに、異様な執念を燃やしているのか。それは、なんと約八百年前に、瀬戸内海の海底に消えた剣だったのである。約八百年前というのは、平家滅亡のときであった。

三種《さんしゅ》の神器《じんぎ》というのがある。冷蔵庫、洗濯機、掃除機が主婦の三種の神器だったり、カー、カラーテレビ、クーラーの3Cがマイ・ホームの三種の神器だと言われたりした時代があった。

しかし、断わるまでもなく三種の神器とは、日本国皇位の証《あかし》として歴代の天皇が伝承するものである。これまでの歴代天皇で、後鳥羽《ごとば》天皇が唯一の異例として、神器を受けずに皇位についたと言われている。

天叢雲剣《あめのむらくものつるぎ》のちに草薙剣《くさなぎのつるぎ》と称されるようになった剣。

八咫鏡《やたのかがみ》という鏡。

八坂瓊勾玉《やさかにのまがたま》という玉。

これが、三種の神器であった。この三種の神器については〈国体の尊厳〉ふうに解釈されたり、〈鏡・玉・剣は知・仁・勇の三徳を表わす〉という説があったりしたが、要するに鏡・剣・玉は古代日本人が愛好し、信仰心を寄せたものなのである。

鏡はのちに伊勢《いせ》神宮の神体に、剣は熱田《あつた》神宮の神体となった。鏡と剣の模造品を造り、宮中に安置したということになっている。しかし、剣の本物のほうも、最初から草薙剣とは同一品ではないのである。

一一七九年以後、平重盛《しげもり》、清盛《きよもり》の死、源頼朝《よりとも》、木曾義仲《きそのよしなか》などの挙兵によって、平家の旗色はにわかに悪くなった。平家は幼帝と三種の神器を奉《ほう》じて西国に逃れ、源義経らの急追を受けることになった。

一一八五年、文治《ぶんじ》元年三月に壇ノ浦合戦に敗れ、平家は滅亡のときを迎えた。八歳の幼帝安徳《あんとく》天皇も平家一門と運命をともにすることになる。安徳天皇は三種の神器のうちの草薙剣を所持、二位《にい》の尼《あま》に抱かれて海中に消えた。

草薙剣は安徳天皇と一緒に、壇ノ浦の海底に沈んだのである。その後の三種の神器の剣は、皇大《こうだい》神宮から献上した代用のものを、草薙剣としているのであった。

2

三年前、小木曾善造は中国地方を旅行した。彼は一種の習慣から下関市の古本屋にはいり、ふと目についた古い郷土史料の小冊子《しょうさっし》を束《たば》で買い込んだ。帰京してから、その郷土史料に目を通していた善造は、おもしろい一文にぶつかった。

それは昭和三年に発行された小冊子で、郷土史家が『草薙剣復活説』という一文を寄稿していたのである。まず古い伝説から、その文章は始まっていた。山口県厚狭《あさ》郡山陽《さんよう》町地方に伝わる、古い話だという。

昔、津布田《つぶた》に住む若い漁師が朝早く浜辺へ出てみると、海の上に金色の光が見えた。若い漁師は怪しんで小舟を漕《こ》ぎ出し、その黄金の輝きに近づいた。すると、そこには船板に縋《すが》った下人《げにん》が、浮いていた。

下人はすでに死んでいたが、背中に縛りつけてある立派な剣が金色に光り輝いていた。若い漁師はその剣を持ち帰り、地頭《じとう》に届け出た。若い漁師は大いに面目を施《ほどこ》し、やがて鎌倉へ召し出され若武者に出世した。

だが、数年後に主君とともに伊豆国で殺されることになった。だが、その若武者は死んだあと、金色の剣が放つ光の中へ吸い込まれて、天高く舞い上がった。そして間もなく、津布田の浜へ若い漁師が、ひょっこり戻って来た。

伝説の内容は、そうしたものであった。そのあと郷土史家は、伝説に一つの解釈を加えているのであった。その郷土史家の解釈というのは、だいたい次のようなことだったのである。

この話は金色の輝きとか、死んだ若武者が天に舞い上がったとか、若い漁師に戻って津布田の浜へ帰って来たとかいう点で、いかにも伝説らしく作られている。しかし、そうした部分を除くと、実話のようにも受け取れる。

ただ『昔』とあるのを、それらしい年代に当て嵌《は》めると、頷《うなず》けない話でもなくなるのである。〈地頭に届け出た〉とあるが、平家が滅亡した文治元年に鎌倉幕府が開かれ、同時に諸国に守護《しゅご》・地頭が設けられている。

また〈鎌倉に召し出されて〉とあるが、これは鎌倉に幕府が開かれていたことを裏付けている。〈数年後に主君とともに伊豆国で殺される〉というが、その主君とは誰なのだろうか。

源頼朝が征夷大将軍《せいいたいしょうぐん》に就任した次の年の健久《けんきゅう》四年八月に、頼朝は、義経殺害の後、伊豆の修善寺《しゅぜんじ》で弟の範頼《のりより》を殺している。伊豆国でともに殺された主君とは、この範頼のことではないのだろうか。

若い漁師は〈若武者に出世した〉とあるが、何の功を認められて漁師から若武者に出世したのか。当然、海上で見つけた剣を、届け出た功でなければならない。大いに面目を施したうえに驚くほどの出世を遂《と》げたのだから、若い漁師が見つけた剣にはよほどの値打ちがあったのだろう。

金色の光を放っていたというのは、由緒《ゆいしょ》ある品物の場合に、好んで用いられる表現なのだ。壇ノ浦合戦のあと、津布田の浜に流れついた平家の兵士の死体と由緒ある剣であるならば、その剣を安徳幼帝とともに海底に沈んだはずの草薙剣だったと推定しても、大きな矛盾は感じられない。

実は平家の一兵士が滅亡の混乱時に、草薙剣を携《たずさ》えて逃亡を図った。だが、その兵士は力尽きて、死亡した。それを見つけた津布田の浜の若い漁師が、剣を地頭のところへ持ち込んだ。

やがて、その剣が三種の神器の草薙剣だと判明し、偉大な功労者として若い漁師は鎌倉へ召し出され、源範頼に仕えることとなった。しかし、その範頼が伊豆の修善寺《しゅぜんじ》で殺されたことから、武士社会に嫌気がさした功労者は津布田の浜へ帰り、漁師に戻った。

こうした実話が、伝説化されたのではないだろうか。だが、本物の草薙剣が、朝廷へ返されたという記録はない。だとすると、本物の草薙剣は何者かが私物化するか、名もない神社の神体として保存されるかしていて、いまだに世に埋《うず》もれているのかもしれない。

この一文を読んで小木曾善造は、にわかに本物の草薙剣の発見熱に、とり憑かれたのである。伝説を信じたというより、本物の草薙剣が地上に存在すると彼は信念を持ってしまったのだ。

以来、善造の本物の草薙剣捜しへの情熱と意欲は、燃え盛ったままである。むしろ、異様な執念に変わりつつあった。

いまや山林王としての商売と、草薙剣捜しが善造の人生そのものになっていた。

半月ほど前のことである。

三人の秘書が揃って、『草薙剣の所在探索の件』について、ひどく怠慢であったことに善造は気がついていた。まず有馬和歌子に命じてあった『探索分布図』が、十五パーセントぐらいしか作られていなかった。

長谷部陽子は、情報と記録の整理に、まったく手をつけていなかった。木原由美は、百通からあった情報提供者の手紙に対して、その十分の一しか照会をすませていなかったのである。

善造は、三人の秘書を詰問《きつもん》した。彼は、血相を変えていた。善造に罵倒《ばとう》されて、三人の秘書もカッとなったらしい。そのために三人が三人とも本音を吐いて、善造に反論したのだった。

「わたしには、ピンときません」

「まるで、夢物語です」

「真剣に取り組むだけの、張り合いというものがありません」

「見つかれば、大した値打ちがあるんでしょうけど、見つかるはずがないと最初からわかりきっているんです」

「根拠は、一つの伝説だけなんでしょう」

「郷土史家の解釈が、正しいという保証もありません」

「全国から寄せられる情報にしたって、まともなものは一つもないんです」

「悪戯《いたずら》かお金欲しさに、でたらめな情報をよこすんです」

「ばかばかしくて、相手にできません」

「本物の草薙剣を捜すなんて、現実離れしすぎています」

「事実そんな話があるなら、今日までそのままになっているはずはありません」

「とっくに、専門の歴史家が捜し出しています」

「子どもを相手にしているような話では、熱だって湧きません」

こうした秘書たちの逆襲に、小木曾善造は激怒した。口返答そのものに、腹を立てたわけではない。彼の信念と執念に水を差されたことが、我慢ならなかったのである。ワンマン実力者の信念を、善造は絶対のものとしていたのだ。

「わしの生涯と命を賭けた大事業を、否定するようなお前たちに、どれだけの存在価値があるというのだ！」

「そんなお前たちには、生きている値打ちさえない！」

「死んじまえ！」

「わしの信念と執念に逆《さか》らうやつは、草薙剣の名をもって殺してやる！」

「いまに見ていろ！」

入道《にゅうどう》と陰口《かげぐち》を叩《たた》かれている禿《は》げ上がった大きな頭を振り立てて、小木曾善造は咆哮《ほうこう》するような怒声を発したのだった。三人の秘書は縮み上がって、一応その場では善造の許しを乞《こ》うたのである。

善造もそれ以上、怒りを長引かせることはなかった。しかし、そのときから善造は三人の秘書に『草薙剣の所在探索の件』に関しての一切の仕事を与えなくなったのであった。善造が受けた心の傷は、癒《い》えなかったと言っていいだろう。

結婚を要求する一方で、善造の信念と執念を嘲笑《ちょうしょう》し、彼の生涯と命を賭けた大事業を否定する。そうした三人の秘書への殺意が、この時点で固まったのではないだろうか。つまり厄介《やっかい》者を消すという通俗的な動機と、憎しみと怒りという偏執《へんしゅうきょう》狂的な動機が重なって、殺意が膨張《ぼうちょう》したのではないか。

三人の被害者の乳房の間に、『壇ノ浦』と書きつけたのも、それらしい感じがする。草薙剣の名をもって殺してやると言い放った善造は、その執念から関係の深い『壇ノ浦』を書き記《しる》したのではなかったのか。

善造のアリバイについては、次のようになっていた。


有馬和歌子の場合。

七月三十日の午前七時に、小木曾善造は宿泊先の宮崎県宮崎市の『宮崎観光ホテル』を、ひとりで出ている。善造は旅行先で、必ずレンタ・カーを借りる。自由に山道を走り回って、山林を見て歩くためである。

このときも、前日に借りたレンタ・カーに乗って、善造は出かけている。秘書に運転させる場合もあるが、この朝は、善造がひとりハンドルを握って出かけたのだった。午前八時前に、今度は有馬和歌子がタクシーを呼んで外出した。

有馬和歌子は西都市《さいと》へ向かっている。宮崎から北へ三十一キロほどで、西都につく。西都でタクシーを降りてからの有馬和歌子が、誰と接触し、どのように行動したのかは、一切わかっていない。

午前九時に小学生のグループが、松本塚《まつもとづか》古墳の近くで有馬和歌子の死体を発見した。鈍器で後頭部を一撃したあと、絞殺したのである。犯人の遺留品はなく、被害者の所持品も手つかずで、暴行された形跡もない。

乳房の間に赤いマジックで、『壇ノ浦』と書いてあっただけである。

一方、善造は翌日、山林の売買の件で持ち主と会うことになっていた。その取引の下検分のために、国道二六五号線を走り、じっくりと山林を見て回って小林市《こばやし》から宮崎市へと、夕方になって戻って来た。

ただし、これは善造自身の主張であって、その行動を終始、証明できる者はいなかった。嘘《うそ》をついていると判断されない代わりに、善造のアリバイも立証できない曖昧なものということになる。

木原由美の場合。

八月五日の午後三時に、小木曾善造は木原由美を伴って、福島県喜多方市の旭町《あさひ》にある旅館『花沢荘《はなざわ》』に到着した。この花沢荘にただ一つだけある離れ家を、予約してあったのである。

喜多方市は蔵《くら》の町として、テレビや雑誌で紹介され、それを鑑賞しに来る観光客が多くなっていた。粗壁《あらかべ》、白亜、黒漆喰《くろしっくい》、煉瓦《れんが》造りの蔵が、市内に二千棟《むね》以上もある、ほかには見られない珍しい蔵が、現存しているのであった。

善造も五時半に夕食をすませたあと、蔵を見に出かけた。暗くなってからでは興味も半減するが、明日は朝から仕事で忙しい。何とか今日のうちにと、精力的に動き回る善造はひとりで市内の散策に出たのだった。

田付川《たつき》を中心に市役所の北の一帯を歩き回り、東町《ひがしまち》と西町《にしまち》の土蔵小路をはじめ多くの蔵の家並みを外観でも見物して、善造は九時前に花沢荘へ戻って来たということになっている。これもまた善造の主張であって、裏付けは取れていなかった。

花沢荘の離れの出入りは自由であり、誰の監視下にも置かれていないのだ。十時の門限を過ぎない限り、離れの客の外出についての動向は摑《つか》めない。だから、善造だけではなくて、木原由美が何時に外出したのかも、正確にはわからなかった。

見当として、木原由美は七時すぎになって、花沢荘を出たものと思われる。そして午後八時二十分頃、通行人が、死亡して間もない木原由美を発見したのである。場所は市内菅《すが》原《わら》町の北であった。

いわば郊外で、田園風景に囲まれているあたりであった。市内の西側であり、西から押《おし》切《きり》川、日中《にっちゅう》線の線路、主要地方道路の喜多方西会津《にしあいづ》線が並行して走っている。押切川から遠田堀《えんでんぼり》と呼ばれる水路が、南東に続いて市内をよぎっていた。

菅原町の北に天満宮《てんまんぐう》と、天満公園がある。その天満公園のさらに北の位置で、遠田堀に沿っている小道に木原由美の死体はあったのだ。所持品は手つかずで残っていたし、暴行された形跡もない。

鈍器で後頭部を一撃したあと、絞殺したのである。乳房の間に赤いマジックで、『壇ノ浦』と書かれていた。犯人の遺留品は、まったくなかった。また善造のアリバイも、成立しないのであった。

長谷部陽子の場合。

八月十二日の午後四時に、小木曾善造は岐阜県関《せき》市の旅館『関の孫六苑《まごろくえん》』に到着した。この夜、善造は商売上の友人の招待で、岐阜市内の料亭へ呼ばれていた。そうした席へ秘書を連れて行かないことにしている善造は、迎えの車にひとりで乗り込んだのであった。

長谷部陽子は旅館にいたわけだが、電話がかかったあと急に出かけて行ったのだった。電話は、男の声でかかった。善造の声のようでもあるし、あるいは違うかもしれないと、取り次いだ従業員は証言している。

長谷部陽子が外出したのは、夜の十時にならないうちであった。それっきり彼女は戻って来なかった。善造は十時半に旅館へ、送りの車で帰って来た。しかし、善造は長谷部陽子が遅くなって外出したまま、まだ戻らないと聞かされると、心配だからと言ってすぐ出て行った。

善造は十二時近くなって、長谷部陽子は見つからなかったと『関の孫六苑』へ帰って来た。長谷部陽子の死体が見つかったのは、翌日午前十時頃であった。所持品は手つかずで、暴行された形跡もなかった。

後頭部を一撃した上で、絞殺したのである。乳房の間に赤いマジックで、『壇ノ浦』と書いてあった。犯人の遺留品は、見つからなかった。現場は関の市街地の南西二キロほどのところで、東西に流れる津保《つぼ》川の岸辺だった。

推定される死亡時間は、八月十二日の夜十一時前後ということである。十時半までの善造のアリバイは明確だが、それ以後になると立証することはできなかった。やはり、曖昧なのであった。

合同捜査本部から得た事件のデータは、いまのところその程度のものだった。

3

四、五日のうちに小木曾高広が相談に来るという話であったが、彼が病室を訪れたのは八月十五日のことだった。ミナから電話をもらった二日後であり、小木曾高広は岐阜から戻ったばかりのようであった。

小木曾高広が早々に相談を持ち込んで来たのは、事態が悪いほうへ進みつつあることを物語っている。事態が悪化するとは、善造への容疑がさらに濃くなったということを、意味するのであった。

春日多津彦は、ベッドの上にすわり込んだ。小木曾高広は、ソファに腰を沈めている。距離があるので、話し声が自然に大きくなる。看護婦が病室へ入って来るたびに、春日と小木曾は口を噤《つぐ》む。大声で喋《しゃべ》っていては急に沈黙するので、ひどく疲れるような気がした。

それにしても、看護婦の出入りが激しかった。どれも顔見知りの看護婦だが、入れ代わり立ち代わり病室を訪れるのだ。

大した用事が、あるわけではない。病室の温度を見に来たり、薬を飲んだかと念を押しに病室を覗《のぞ》いたり、明日に脳波の検査があると伝えに来たりする。

それに、交替でひとりずつ、来るのであった。どの看護婦も必ず、小木曾へ目を走らせた。さりげなく見るのだが、好奇心が働いているようである。どうやらすでに小木曾高広のことは、看護婦センターで話題になっているらしい。

滅多にお目にかかれないような美男子、超魅力的で素敵な人が、春日のところへ見舞いに来る。いまその人が、来ているらしい。どれどれ、見てみよう。と、おそらくそうしたことから、看護婦たちが病室を訪れるのに違いなかった。

そのくらい、女の目を引いたとしても、不思議ではない小木曾なのである。だが、現在の彼にとっては、やや気の毒みたいな気がしないでもない。小木曾はすっかり意気消沈して、深刻に苦悩しているのである。

「おやじは、損をしているんだよ」

小木曾は疲れ果てたように、放心した顔で窓の外を眺《なが》めやっていた。

「どういうふうに損をしているんだ」

春日はガムを嚙《か》みながら、新しいガムを掌《てのひら》の上で、弄《もてあそ》んでいた。

「この世に敵なし、という性格だろう」

小木曾は、力なく首を振った。

「傲慢不遜《ごうまんふそん》というわけか」

春日は二度ほど会ったことがある善造の、赤ら顔と肥満体を思い浮かべていた。

「世間に通用する常識というものを、弁《わきま》えていないんだから……」

「警察に対しても、協力的ではないんだろう」

「協力しないということ事態は、当人の勝手だと思う。しかし、それはあくまで、第三者としての場合だと思う。おやじは自分が殺人事件の重要参考人として、取り調べを受けているんだから、協力しなければ自分が損をするんだ」

「まるで、反抗的なのか」

「うん」

「黙秘するんだろうか」

「いや、もっと反抗的なんだ」

「ほう」

「わしには関係ないことだ、で終始するんだよ」

「まずいな」

「取り調べの刑事を、怒らせちゃうくらいだ」

「好んで、心証を悪くするようなもんじゃないか」

「シラをきる、とぼけている、と受け取られても仕方ないだろう」

小木曾高広は吐息して、やりきれないというように両手で頭をはさみつけた。その小木曾の話によると三件の事件の直後に、善造は参考人として西都、喜多方、関の三つの警察で事情聴取に応じなければならなかった。

そして昨日、帰京した善造は設置されたばかりの警視庁の合同捜査本部へ、重要参考人として任意出頭を求められたという。さらに今日も朝から、自宅を訪れた刑事たちと話し合いを続けているらしい。

善造は三つの警察と警視庁の合同捜査本部で、一貫して同じ態度を取り続けたというのである。それは傲慢不遜で、自分の意のままにすべてを動かしてきたワンマンを、絵に描《か》いたような言動だった。善造が多くの刑事たちに対して、何度も口にしてきた言葉として、次のようなものがある。

「わしには、まったく無関係な事件だ」

「あんたたちに、協力する義務はない」

「わしが呼び出しに応じてやったことだけでも、あんたたちは感謝すべきだ」

「わしにこんな迷惑をかけて、いまに、きっと後悔するぞ」

「わしは、もっと大物だ。くだらんことで、警察へ呼びつけたりするな」

「わしには、数えきれないほどの金がある。もし、わしがその気になれば、殺し屋を雇《やと》うことだってできる」

「直接わしが手を下して、三人の女を殺す。わしは、そんな小物じゃない」

「わしは、忙しいんだ」

「わしの夢は、あんたたちとはスケールが違う。人殺しなんて、そんなミミッチイことと、わしを結びつけんでくれ」

「アリバイ？　そんなもの知るか」

「わしは、自由に動き回っている。いつでも警察のために役立てるよう、気を配って生きているわけじゃない」

「とにかく、ごめんだな」

「わしには、顧問弁護士が五人もいる。政財界の大物を、何人も知っている。社会的名誉と莫大な財産と、不自由を知らない生活がある。そんなわしが、どうして人殺しをするのかね」

「これ以上、協力はできん」

「やれるものなら、逮捕してみろ」

「知らんものは知らんのだし、そんなことで警察に協力を強《し》いられるなんて、馬鹿馬鹿しいにもほどがある」

「仮に何か気づいたことがあったにしろ、それをあんたたちに喋るかどうかは、わしの自由じゃないのかね」

「三人の秘書が殺されたことに、わしは何の関心も持っていない」

「もう二度と、任意出頭には応じない」

「あんたたちが、誰を疑おうとそれは勝手だろう。わしを疑うのであれば、どうぞ幾らでも疑ってくれ」

こういう調子なのである。

それにまた善造は言葉通り、三人の秘書の死に対して、まったく無関心だったのである。誰にどうして殺されたのか、気にかけようともしなかった。秘書が殺されたことで、驚くふうもないのであった。

まず七月三十日に、有馬和歌子が殺された。善造が西都市から帰京したのは、八月一日であった。あとのことは、すべて人任せである。東京から急行した小木曾高広や、『小木曾木材』の秘書課の連中が、事後の一切を処理するのだった。

善造は有馬和歌子の家族へ、退職金と香典《こうでん》を送るよう指示した。それだけであった。有馬和歌子の死に、同情するふうもなかった。無関心だし、問題にもしない。何事もなかったみたいに、ケロッとしている。

有馬和歌子の死後六日、八月五日になると善造は、木原由美を連れて福島県の喜多方市へ向かっている。その木原由美が殺されても、善造は動じなかった。驚きもしなければ、気味悪がることもない。

一切を事務的に処理することを命じ、八月七日に帰京したときには、もうすべてを忘れているみたいな顔つきであった。善造が口にするのは仕事と、草薙剣に関してだけであった。彼は先のことしか、考えていなかった。

木原由美が殺されて七日後の八月十二日になると、善造は長谷部陽子を伴って岐阜県の関市へ向かった。その長谷部陽子が殺されたとあって、さすがに善造はうんざりした顔つきであった。

しかし、これまでと同様に、関心も興味も示さなかった。何の精神的打撃も、彼は受けていない。薄情すぎるくらいに事務的に対応し、善造はもうそのことを思い出そうともしないのである。

木原由美と長谷部陽子の家族にも、善造は退職金と香典を送っている。それで秘書たちとの関《かか》わり合いに、終止符を打ったつもりでいるのだった。彼にとって三人の秘書は、二度と記憶に甦《よみがえ》ることのない過去の存在となったのである。

善造は事情聴取や取り調べの際に、三人の秘書について次のように冷酷な言い方をしたという。

「死というものは、動かしがたい厳然たる事実だ。それを、いかに嘆き悲しんでも無意味ではないか」

「死者を振り返ることは、愚かなセンチメンタリズムだ」

「彼女たちとわしは、雇用関係にあった。死によって、その関係が立ち消えになった。それだけのことではないか」

「肉体関係によって情が湧くなど、わしにはおよそ縁のないことだ」

「肉体が消滅した彼女たちは、わしにとって無用の存在だよ」

「彼女たちは、わしにとって忠実な秘書とは言えなかった。わしが、それなりのお返しとして彼女たちの冥福《めいふく》を祈ったりしないのは、むしろ当然のことだろう」

「わしは彼女たちの死を、惜しむ気持ちなど持っていない」

「彼女たちは、わしを蔑《ないがし》ろにしたことがある。その報いを、受けたのだろう」

「彼女たちは、わしの妻になりたがっていたかもしれない。しかし、わしにとっては、問題にもならないことだ」

「彼女たちが誰にどうして殺されたのか、わしには何の関心もない」

「明日がある者にとって、他人の死は一つの結果にすぎない。そんな結果に興味を持っているようでは、商売や事業のために精力的に働くことはできない」

「すべてが、他人事《ひとごと》じゃないか。三人を殺した犯人についても、他人事ということになる」

「要するに何から何まで、わしの知ったことではないんだ」

善造はとにかく、関係のないことでとやかく言われたくないと、主張しているのである。傲慢不遜な怪物としては、いかなる妥協も拒《こば》もうとしている。いったんこうと決めたら徹底して、それに固執するワンマンのやり方なのだ。

怖いもの知らずの頑固一徹で、善造にはもう法律も常識も通用していないのである。犯行も否定しない。関係のないことなのだから、否定する必要もないだろうという論法であった。

善造は自分とその周囲に対して、自分が法律のつもりでいる。誰にも支配されたがらないし、制約を受けることを何よりも嫌う。殺人事件の参考人にされて、善造は完全にヘソを曲げたのである。

「不利だな」

春日は新しいガムを、三つに折って口へ入れた。

「ところが、おやじは不利になるということを、考えようともしないのさ」

小木曾は、沈痛な面持ちで言った。

「自分が不利になるなんて、考えてみたこともないんじゃないか」

「そうなんだ。とにかく、負けることを知らないおやじなんでね」

「自信の固まりだな」

「このままじゃあ、おやじは犯人にされてしまうだろう」

「その心配はない」

「そうかね」

「逮捕まで、漕《こ》ぎつけられないよ」

「どうしてだ」

「当人が、自供するとは思えない。それで、何の裏付けも取れないだろう。つまり、証拠がない」

「物証か」

「そうだ」

「目撃者もいない」

「だから、まず当人の自供を待って、その裏付けとなる物証を、得るほかはないんだよ。ところが、おやじさんは絶対に、自供しないだろうよ」

「まあね」

「それに、おれはおやじさんを、シロと見ているんだ」

「力強いことを、言ってくれるね」

「秘書と二人きりで旅行に出て、その旅先でひとりずつ秘書を殺す。これではあまりにも、単純すぎるやり方じゃないか」

「まるで自分を犯人だろうと、疑ってもらいたがっているようだ」

「そうさ。それに死体に〝壇ノ浦〟と書くなんてことも、わざわざ証拠を残すようなものだからね」

「効果のない小細工、ということになる」

「殺人犯というものは、芝居がかったことを嫌うんだよ」

「ただ、心配になることが、一つだけあるんだがね」

「何だい」

「おやじが自分の執念と信念を軽《かろ》んじられたと、三人の秘書に対して怒りを爆発させたということだよ。おやじの異常な執念を批判することは、絶対タブーとされていた」

「つまり、そのタブーを破った者に対してだけは、おやじさんは容赦《ようしゃ》せずに怒り狂うからなんだろう」

「その通りなんだ。そうなると、おやじは何をするかわからない。計画的犯行なんてことも無視して、おやじは三人の秘書に制裁を加えたのではないか。そんな不安を、捨てきれないんだよ」

「タブーを破った三人に、罰を下したというわけか」

「そうだ」

「とにかく、おれは動いてみるつもりだ。二、三日のうちに、福島県の喜多方市へ行こうと思っている」

春日は言った。驚いたように目を円《まる》くして、小木曾が春日の顔を見守った。

4

春日は主任看護婦を通じて、主治医に外出許可を申請した。

北海道にいる伯父《おじ》が死んだため、という口実であった。もちろん、嘘である。北海道には、ひとりの親戚《しんせき》もいなかった。そのへんのことは見抜かれていて、次は九州の伯母《おば》さんを殺すのだろうと、主任看護婦が主治医の言葉を伝えに来た。

しかし、外出許可のほうは、認めてくれたのである。注文通り八月十八日から、二十一日までの四日間の外出許可であった。その前日に春日は、ミナに電話を入れた。行動に移ることを連絡したのだ。

ミナこと中川秀雄は、すぐに切符を買いに行くと意気込んでいた。ミナが調べた時刻表によると、上野《うえの》発六時四十一分の『急行ばんだい一号』がよさそうであった。四日間を有効に過ごすためには、朝が早いのもやむを得なかった。

六時の待ち合わせ、ということになった。午前五時に小木曾が恵仁堂《けいじんどう》病院の狛江《こまえ》分院へ、車を回してくれるという約束もできた。荷物は、何もなかった。着替え少々とガムを、アタッシェ・ケースに入れた。

八月十八日の午前四時に、春日は目を覚ました。髭《ひげ》を剃《そ》り顔を洗いながら、彼はいささか緊張していた。春日は看護婦センターに寄ると特別室の鍵《かぎ》を渡し、深夜勤務が間もなく明ける看護婦たちに挨拶《あいさつ》した。

がらんとした病院の中を歩きながら、春日は久しぶりに触れる娑婆《しゃば》の空気を感じ取っていた。病院を出てその足で旅行に出発することが、何とも妙な気分であった。正面玄関の前に、ハイヤーが停《と》まっていた。

ハイヤーは、早朝の静寂の中を走り出した。まだ完全に、明るくなってはいなかった。車も少なかった。行き交《か》う自家用車が、ライトをつけている。夜の道を走っているように、錯覚しそうであった。

だが、水色がすぐに乳色に変わり、朝が急ぎ足で訪れて来る。間もなく用賀《ようが》へ出て、ハイヤーは首都高速へ入った。世の中は広いと、春日は思った。窓の外には、眠りから覚めきっていない大都会の人家の密集が、広がっていた。

一気に、上野へ抜ける。東京は一変して、朝のラッシュを迎えていた。すべてのものが、動いている。人と車の雑炊《ぞうすい》が煮えくり返り、活気というよりも慌《あわ》ただしい離合集散が繰り返されていた。

上野駅も、もう混雑していた。早朝の静寂と冷気が嘘のようで、騒音と熱気が感じられた。久しぶりに接するせいか、その雑踏と騒音に、春日は何となく圧倒されていた。大胆で派手な女の夏姿が、珍しいもののように目についた。

改札口の手前に、真っ白なパンタロン・スーツを着た女が立っていた。まるで、女優みたいな美人である、だが厳密な意味での中身は、女ではなかった。鍔広《つばひろ》の帽子も化粧ケースも、靴も白であった。

「あら、打ち合わせたみたいに、お揃いじゃないの」

ミナが、淡いピンク色のレンズのメガネをかけた顔を向けて、艶然《えんぜん》と笑った。声だけは特にハスキーなと受け取れないこともないが、やはり男のものに近かった。ミナは春日も白い背広を着ていることを、そのように指摘したのであった。

「行こう」

春日は、ミナの背中を押しやった。

「これ……」

ミナが一枚だけの乗車券を、春日に手渡した。

「急行券も、兼ねているんだな」

「それに、グリーン券もよ」

「グリーン車かい」

「そうよ」

「奮発したな」

「当然だわ。わたしが旅行するんですもの」

「おれは、お情けかい」

「わたしだけ、グリーン車ってわけにはいかないでしょ」

「おそれいりました」

「女王様の旅行ですからね」

「わかったよ」

二人は改札口を抜けて、十七番線ホームへ向かった。『急行ばんだい一号』は、すでに入線していた。八月も中旬をすぎたウイークデーなので、早朝の列車はさすがに空《す》いていた。グリーン車も半分以上が空席になっている。春日が、窓側にすわった。ミナは近頃の若い女みたいに、当然というような顔で窓側の席にすわるといったことはしない。そうしたところは、ミナのほうがはるかに女っぽい。

「あれ……」

春日は、ミナの肩を叩いた。あれを見ろ、という意味である。春日の目に映じたのは、グリーン車へはいって来た女の姿であった。ブルーのワンピースを着た女で、二十四、五というところだろうか。

チャーミングな美貌《びぼう》の持ち主で、やや暗い愁《うれ》い顔だが気品があった。薄化粧だが、何者だろうと思わず見てしまうほど、目につく美人であった。目も鼻も唇も顔の輪郭も、髪型も表情も雰囲気も、神秘的な魅力といったものを感じさせる。

「うん」

ミナが、低く唸《うな》った。

「魅力的だな」

春日は女の顔の唇の斜め上に、小さなホクロを認めていた。女はミナの脇《わき》の通路を抜けて、後ろ姿を見せた。いいスタイルをしている。抜群のプロポーションだった。女は五つばかり、後方の席にすわった。

「久しぶりで娑婆へ出て来たんだから、女が綺麗《きれい》に見えるのは当然よ。でも、いまの彼女に限り、春日さんの錯覚にはならないわ」

ミナが春日を見て、悪戯っぽく片目を閉じた。

「そうだろう」

春日は、ガムを取り出した。

「わたしが、美人だって認めるんだから確かだわ」

「ひとり旅だぜ」

「男の連れが、遅れて来るかもしれないわよ」

「いや、連れはいない」

「どうして、そう言いきれるの？」

「彼女、週刊誌を二冊も持っていた」

「さすがは、春日刑事ね。観察が、ゆき届いているわ」

「連れがいるなら、女は週刊誌を二冊も買い込んだりはしない。ひとり旅だって証拠だよ」

「安心したでしょ」

「冗談じゃない」

「何よ、彼女のことが気になっているくせに……」

「妬《や》いてんのか」

「この野郎、張り倒すぞ」

ミナが笑いながら、小さな声で言った。発車時刻になったが、グリーン車は半分の席だけが埋まったままであった。後方の席にすわった女の連れも、姿は現わさなかった。やはり、ひとり旅である。

特急ではないので、停車駅が多かった。赤羽《あかばね》に停まったあと、埼玉県では大宮、茨城県では古河《こが》、栃木県では小山《おやま》、宇都宮《うつのみや》、西那須野《にしなすの》、黒磯《くろいそ》、福島県へはいって白河《しらかわ》、須賀川《すかがわ》、郡山《こおりやま》にそれぞれ停車する。

郡山からは磐越西線《ばんえつさいせん》で、磐梯熱海《ばんだいあたみ》、猪苗代《いなわしろ》、会津若松《あいづわかまつ》、そして終着の喜多方であった。

喜多方着が、十一時四十六分である。空は晴れているし、暑さが感じられない列車内にいる限りは快適な旅行日和《びより》であった。

「喜多方市について、予備知識を持っているの？」

列車が小山を出て間もなく、缶《かん》ジュースのストローを持ちながら、ミナは不意にそんなことを言い出した。

「蔵の町として有名だってことのほかには、何も知っちゃあいないんだ」

ガムを嚙みながら、春日は煙草の煙を吐き出した。

「怠慢《たいまん》ねえ」

ストローをくわえて上目遣《うわめづか》いに、ミナは春日を軽く睨《にら》んだ。

「ママには、予備知識があるのか」

春日は、苦笑した。

「あるわよ」

ミナは、得意そうな顔をした。

「慌てて、仕入れたんだろう」

「まあね」

「一夜漬けか」

「お客さまに、喜多方出身の重役さんがいらっしゃるのよ。それで、そのお客さまを先生に、お勉強させてもらったの」

「それをまだ、忘れずにいるのか」

「わたし、記憶力が抜群なのよ」

「だったらまず、喜多方市の位置について、説明してもらおうか」

「ええと、喜多方市は福島県の北西部にあるのよ。つまり、山形県と新潟県寄りね。磐梯《ばんだい》朝日《あさひ》国立公園の、すぐ西側に位置しているんだわ」

「磐梯朝日国立公園の向こう側、つまり東側はどこだ」

「福島市じゃないの」

「なかなか、しっかりした知識だ」

「北のほうには、山形県の米沢《よねざわ》市がある。すぐ南に会津若松市、南東には猪苗代湖があるのよ」

「人口は、どのくらいなんだ」

「四万近くだって、教えられたわ。三万九千人ぐらいじゃないかって……。古くからの市場町で、かつては代官陣屋が置かれていたんですってよ」

「市制は、いつ頃なんだ」

「昭和二十九年だそうよ」

「要するに、会津盆地の北半分の中心都市ということなんだろう」

「阿賀野《あがの》川の支流の田付川が市内の中心を南に流れていて、それを中心にH型に発展したんだわ」

「ずいぶんむずかしいことまで、教え込まれたんだな」

「漆器、桐《きり》下駄、家具の産物で知られているんだそうよ。現在は、アルミニウムの大工場があるんですって……」

「それだけの予備知識があれば、十分《じゅうぶん》すぎるくらいだ」

「ところで泊まる場所だけど、花沢荘というのを予約しておいたわ」

ミナはジュースの缶を、足許《あしもと》に置いて押しやった。

「ママは、知っているのか」

春日は、ミナの顔を見やった。

「何を……？」

「小木曾善造氏と木原由美が、花沢荘に泊まったってことをさ」

「知らないわ、そんなこと……」

「小木曾から、聞いていたわけじゃないのか」

「全然……」

「すると、偶然なんだな」

「市内の五、六件の旅館を見て、何となく花沢荘というのが目についたので、それを選んだのよ」

「それで部屋は?……」

「いちばん、いい部屋をって頼んでおいたわ」

「すると、離れじゃないのか」

「そう、離れですってよ」

「善造と木原由美が泊まったのも、その一つしかない離れだったんだぜ」

「本当なの?」

「すべて偶然の一致とは、こいつは縁があるじゃないか」

「気味が悪いみたい」

「それで、何泊の予約だ」

「とりあえず、一泊だけ……」

「それで、オーケーだよ」

「どこかへ、移るかもしれないのね」

「もちろん喜多方市を基地にしてのことだが、もう一カ所だけ行ってみたいところがある」

「どこなの？」

「鏡石《かがみいし》というところだ」

「鏡石……？」

「鏡石町ということになるんだろうな」

「その町は、どこにあるのかしら」

「わからない」

「わからないって……」

怪訝《けげん》そうに、ミナは眉《まゆ》をひそめた。

「喜多方へ行ってから、尋ねてみようと思っている。福島県にある町だってことだけは、はっきりしているんだよ」

春日は答えた。

「鏡石町ってところが、事件に関係しているのね」

シートを倒しながら、ミナが言った。

「木原由美が、なぜか鏡石というところへ行きたがっていたと、善造氏がふと洩《も》らしているんだ」

春日は、窓外へ視線を走らせた。ミナは目を閉じて、やがて浅い眠りに落ちたようだっいた。春日はまとまりのないことを考えながら、ぼんやりと山が多くなった景色に見入っていた。

　郡山で大勢の乗客をおろして、列車は磐越西線へはいった。磐梯山地を右に見て、列車は猪苗代湖の湖畔を走った。ようやく、旅をしている気分になれた。夏空の下の磐梯の山《やま》脈《なみ》が、雄大で美しかった。

　会津若松に到着した。ここで、大半の乗客が下車した。会津若松から、列車は真北へ向かう。会津盆地の地上は、濃淡の緑に被《おお》われていた。山を背景として田園風景が、視界を占めている。ふと夏のある日に、帰郷した人間の気持ちを味わう。

　会津若松を出て、十六分後に喜多方へついた。春日とミナは、ホームに降り立った。かなりゆっくりとホームへ出たのだが、さらに遅れて降りて来た乗客がいるのを、春日は気配で感じ取った。

　春日は、振り返った。ブルーのワンピースを着た美しい女の姿があった。女は春日のことを意識していないみたいに、さりげなく装っていた。だが、女は春日たちを、追い抜こうとしなかった。春日とミナがどこへ向かうかを、見定めようとしているのではないか。

喜多方市　その二

1

駅前は、真北を向いている。

駅の南側の広大な範囲に、例のアルミニウムの大工場があるようだった。大手の企業の喜多方工場なのである。その工場の従業員の住宅、厚生施設などもあって、一つの町を作っているようであった。

駅前に立つと、まず古い歴史を持つ小都市の、比較的裕福で落ち着いた生活の雰囲気が感じられる。高層建築物がないので、空が広かった。近代的という名の安っぽさが目につくような家がなく、その土地の伝統が生活に根をおろしている。

人も車も少なく、平和な一日の経過が絵になっていた。誰もが忘れてしまっている『素朴さ』と、失われない自然が、大都市から来た人間の心に安らぎを与える。『故郷』とか『郷里』とか、呼びかけたくなるのであった。

駅前で訊《き》くと、『花沢荘《はなざわ》』という旅館はすぐわかった。タクシーに乗るほどの距離ではなかった。駅から、三百メートルだという。駅前から東へ向かい、左に曲がって斜めに伸びている駅中道というのを行く。

その道は、喜多方市を南北を貫いている通りへ抜ける。幹道へぶつかる手前の右側に、花沢荘はあった。黒坂塀に囲まれていて、冠木門《かぶき》をはいることになる。旧家の粋《いき》な屋敷か、料亭という感じである。

『花沢』とある軒灯《けんとう》を見上げながら、春日多津彦は来た道を横目で捉《とら》えていた。ゆっくりと歩いている人影があった。まだ近くまでは来ていないが、ブルーのワンピースを着た例の美人に間違いなかった。

春日とミナは、冠木門を潜《くぐ》った。武家屋敷の玄関のような入口に、高校生と変わらない若い娘が姿を現わした。春日だと告げると、娘はサンダルを突っかけて、玄関から出て来た。

娘は石のほうへ先に立って歩き、小さな池に架《か》かっている石の橋を渡った。石橋を渡った目の前が、ガラス格子の玄関になっている。離れというよりは、一戸建ての隣の家みたいなものだった。

部屋も、四つほどあった。広い座敷と寝室、小座敷と次の間である。トイレも和洋の二つがあって、広々とした浴室がついている。女王さまを自認するミナも、一応は満足したようだった。

東京のように不快な蒸し暑さは、感じられなかった。自然環境に余裕があるせいか、同じ夏でもそれなりの爽快感《そうかい》を覚えるのであった。樹木の緑が豊富で、座敷が青く染まっている。

本物の風が、絶え間なく吹き抜ける。空気の芯《しん》が冷えているという感じで、日陰にいれば涼しいのである。冷房を入れる必要は、まったくなかった。つくつく法師の声が、のんびりと聞こえている。

娘が茶菓《さか》を運んで来たあと、ワイシャツ姿の男が現われた。愛想がよくて、腰の低い五十男であった。花沢荘の支配人だというが、番頭と呼んだほうがぴったりする。支配人は丁寧《ていねい》に、歓迎の挨拶《あいさつ》をした。

「喜多方へは、例のことで調べに来たんですよ」

春日多津彦は、素直に打ち明けた。初めから、はっきりさせておいたほうが、何かと好都合だろうと思ったのである。

「例のことと、おっしゃいますと……？」

　支配人は忙しく目を動かした。

「今月の五日に、この離れを予約したけど泊まるところまではいかなかった客のことです」

　春日は言った。

「ああ、あの殺された木原さんのことですか」

　白髪を短く刈り込んでいる頭に、支配人は手をやった。さすがに印象に残っているらしく、八月五日の客と言われただけですぐにわかった。それに支配人は、木原由美という名前を記憶していた。

「そうなんです」

　春日は抹茶《まっちゃ》に、口をつけた。

「調べにとおっしゃいましたけど、お客さまは警察の方とは……」

　支配人は、春日とミナを交互に見やった。

「個人的に、調べているんですよ」

「さようでございますか。それはまた、大変なことで……」

「一つ、協力してやってください」

「それはもう、知っていることでしたら、何でもお話しします」

「木原由美は、なかなかの美人でしょう」

「はい。綺麗《きれい》な方だって、女子の従業員たちが噂《うわさ》しておりました」

「支配人も、木原由美に会っているんでしょう」

「こうして、ご挨拶に上がりましたときに、お目にかかりました」

「支配人は、どういう印象を受けましたかね」

「さようでございますねえ。あとでお年を知ってびっくりしたんですけど、お若く見えましたなあ」

「木原由美は、三十でしたね」

「それが、二十三、四かと思ったんです。華やかな感じがするし、お肌が綺麗だったせいでしょうか」

「若く見えるのは、やっぱり美人だからでしょうね」

「しかし、こんなことを申してはなんですが、怖いほどきつい女の人という感じを受けました」

「うん。気の強い女ってことですね」

「はい。それに、冷たい感じがして、隙《すき》がないというか、絶えず他人を警戒しているというか、こうした女の人を怒らせたら怖いだろうなって、わたしは思いました」

「ほう」

「そういう意味では、魅力のないお方でしたねえ。もう、こちらの奥さまのほうがずっとお綺麗で、魅力的でございます」

支配人は、真面目《まじめ》な顔で言った。支配人はミナのことを、女だと思い込んでいるのである。春日は、ミナの顔に目をやった。ミナはつんとした顔で、澄まし込んでいる。噴き出すのを、堪《こら》えているのであった。

「ところで、ここに到着してからの木原由美に、外から電話はかかりませんでしたか」

ミナが噴き出さないうちにと、春日は話題を変えた。

「そのことは警察にも申し上げましたけど、小木曾さまにも木原さまにも、お電話はただの一本もかかりませんでした」

支配人は答えた。

「木原由美のほうから、電話をかけたということは……？」

「それもございません」

「面会に来た者も、いなかったんですね」

「はい。夜分《やぶん》になって直接この離れへ、どなたかがお見えになったのだとしたら、わたしども気がつきませんでしたけどね」

「そうですか」

「これはまあ余談ですが、実はいまのようなことと同じ質問をされたんですよ」

支配人は苦笑して、頭に手をやった。

「それは、警察にでしょう」

春日は、タバコをくわえた。ミナが素早く、最新型のダンヒルを取り出した。

「いいえ、お客さまにでございますよ」

支配人が言った。

「客に……?」

ライターの火をタバコに移しながら、春日は慌《あわ》ててすわり直していた。

「はい。昨夜からお泊まりのお客さまで、根掘り葉掘りいろいろなことをお尋ねになるんです」

その客というのに好感を抱いていないのか、支配人はうんざりしたとばかり顔をしかめてみせた。

「ちょっと、待ってくださいよ」

春日は、テーブルの上に乗り出した。これは価値ある聞き込みだと、思ったのである。

「二泊のご予定ですから、まだいらっしゃいますよ」

質問されないうちから、支配人が言った。昨夜から二泊の予約で、滞在している客だというのだ。

「どこに、泊まっているんです」

「本館二階の〝紅葉の間〟でございます」

「男ですか」

「はい」

「ひとりで……?」

「さようでございます」

「警察の者じゃないというのは、確かなんでしょうな」

「はい」

「何者なんだろう」

「小木曾さまの部下の方ではないかと、思っておるんですけどもねえ」

「小木曾善造の部下……?」

「はい」

「どうしてです」

「お名刺を、いただいたんでございます。それに、株式会社小木曾事務所とありましたから……」

「だったら、小木曾事務所の社員に間違いない」

「滝沢清次《たきざわせいじ》さまで……」

「名刺に、そうあるんですね」

「はい」

「そうなると、偽名《ぎめい》じゃないな」

「それが陰気で、何とも感じの悪い方なんでございますよ。わたしだけかもしれませんけど、ナメクジみたいで一緒にいるだけでゾッとしてくるんです」

「ここへ小木曾事務所の社員が、何をしに来ているんだろう」

「とにかく、木原さんのことで、あれこれとお尋ねになるんです。電話がかかったか、電話をかけなかったか。誰か会いに来なかったか、小木曾社長とうまくいっていたか、言い争ってはいなかったかって……」

「お願いが、あるんですがね」

春日は、支配人の顔を見守った。

「はい」

支配人も、緊張した面持ちになった。

「その滝沢という客に、われわれのことを話さないでおいてください」

「それはもう、そばへも行きたくないくらいですから、そんなお喋《しゃべ》りはいたしません」

「それからもう一つ、滝沢という客が出かけるようでしたら、すぐに知らせてくれませんか」

「承知いたしました」

「実は個人的に動いていて、今度の旅行も公務ではないんですが、こういう者なんですよ」

春日は内ポケットから、警察手帳を抜き取った。身分証明をしておいたほうが、支配人も確実に協力してくれるだろうと思ったのである。

「やっぱりねえ。質問する口調をお聞きしていまして、刑事さんみたいだなって思っていたんですよ」

得心したように、支配人は頷《うなず》いた。

「個人的に私用で動いているんですが、どうぞよろしくお願いします」

春日は、頭を下げた。

「承知いたしました。では、これで失礼させていただきます」

支配人は、立ち上がった。

「ああ、もう一つだけ、お尋ねしたいことがあるんです」

思い出して春日は、支配人の背中に声をかけた。

「はい」

支配人は、座敷の入口にずわり込んだ。

「われわれとその滝沢のほかに、どんな客の予約が決まっているんですか」

「今日でございますか」

「ええ」

「団体さまが二組、おつきになります」

「それだけですか」

「ご家族連れで三人さまというのが、ほかにございますね」

「あとは……？」

「もうそれで、お部屋が全部、塞《ふさ》がってしまいます」

「満室ですか」

「はい」

「そうなると、もしフリの客が来ても、泊まれませんね」

「お断わりするより、仕方がございませんでしょうね」

「わかりました。どうも、すみません」

　春日は言った。

「失礼いたします。奥さまも、ごゆっくりどうぞ……」

　支配人はミナにも一礼して、座敷を出て行った。玄関のガラス戸が開閉されて、支配人の足音が完全に消えるのを待ってから、ミナが解放されたというように肩を落として、長い溜《た》め息《いき》をついた。

「さぞ、窮屈だったでしょうね。奥さま……」

　春日が寝転んで、ニヤリと笑った。ミナは正座したままだし、待っていたとばかり足を投げ出したりもしない。そんなところも、近頃《ちかごろ》のはねっかえり娘よりも、はるかに女っぽい。奥さまと呼ばれても、当然のような気がする。

「まいったわ」

　いささか神妙な顔つきで、ミナは額《ひたい》のあたりに軽くハンカチを押し当てた。

「でも、初めてじゃないだろう」

　春日は、目をつぶった。

「奥さまって、呼ばれたのは初めてよ。でも、悪い気持ちじゃないわね」

膝《ひざ》を進めて来たミナが春日の頭を持ち上げて、その下へ二つ折りにした座蒲団《ざぶとん》を宛《あて》がった。

「あの支配人、われわれに対して好意的だろう」

「そうみたいね」

「それも、ママのお陰だよ」

「どうしてよ」

「美人には弱いタイプなのさ」

「何を言ってんのよ」

「せいぜい、色っぽく頼むぜ」

春日は、目を閉じたままで笑った。

「気持ち悪いじゃねえか、いいかげんにしろい」

例の伝法《でんぼう》な口のきき方で言って、ミナは春日の額を軽くぴしゃりと叩《たた》いた。

2

今夜の花沢荘は、満室だという。その客の中に、あのブルーのワンピースを着た美人は、含まれていない。団体が二組と、家族連れだというから、女ひとりの旅行者には無関係であった。

それに、あの美人が前もって、花沢荘を予約していたという偶然は、とても考えられなかった。万が一、春日たちが花沢荘に泊まるものと見当をつけていたとしたら、なおさら、ここは敬遠するはずである。

尾行者は、同じ旅館に泊まったりしないものなのだ。あのブルーのワンピースの美人は、いずれにしても花沢荘に泊まらないのであった。いや、彼女を尾行者と決めるだけの、根拠もないのである。

たまたま一緒の列車で、同じ目的地へ向かったというのに、すぎないのではないか。その可能性のほうが、はるかに強かった。まず何よりも、春日たちを尾行するという意味も理由もないのだ。

春日はあえて、例の美人の存在を忘れることにした。そんなことより、耳よりの情報のほうを重視すべきであった。それは、収穫と言えるものだった。そのことを聞き込んだだけでも、喜多方まで来た甲斐《かい》はあったというものである。

滝沢清次――。

株式会社小木曾事務所の社員ということである。名刺をよこしたそうだから、小木曾事務所にそういう男が実在していることは間違いなかった。ただ、昨日から二泊の予定で花沢荘にいる客が、その当人であるかどうかはわからない。

その点を、確かめる必要があった。春日はミナに、東京へ電話を入れさせた。小木曾高広を通じて、滝沢清次なる人物についての知識を得るためであった。すぐに調べて折り返し電話を入れる、という小木曾高広からの返事であった。

小木曾善造の指示で、小木曾事務所の社員が花沢荘に来ている、というふうには考えられなかった。その滝沢清次なる男は、小木曾善造のことに関しても、あれこれと知りたがったというのだ。

それに小木曾善造が、そうした奇妙な指示を与えて社員を喜多方へ派遣したりするはずはなかった。小木曾善造が犯人であるならば、そんな危険なことはしないだろう。また、善造の主張通りであるならば、それこそ関心もないことのはずであった。

昼食に冷やしラーメンを食べているとき、床の間の上の電話が鳴った。ミナが、電話に出た。小木曾高広からの電話らしい。春日は、時計を見た。二時三十分である。調べるのに、一時間もかかったことになる。

善造には知られないように調べるので、手間がかかることは仕方がなかった。ミナが、電話機を運んで来た。コードが長いので、電話機は春日の膝の上まで持ってこられた。なかなか、よく働く女王さまであった。

「お世話さま……」

ラーメンを食べながら、春日は電話に出た。

「どうも、ご苦労さん」

小木曾高広の、真面目な声が言った。

「それで、結果はどうだった」

春日は、すぐ本題にはいった。

「滝沢清次は、七月三十一日付で退職しているね」

小木曾高広も、まず結論的なことから報告した。

「先月いっぱいで、退社しているのか」

春日は、ずしりとした手応《てごた》えを、覚えていた。

「一応、小木曾事務所の調査部長だったんだな」

「つまり、古美術品の調査発掘の責任者というわけか」

「部長は、二人だけだ。情報部長と調査部長の二人で、その一方が滝沢清次ってことだよ」

「すると、能力はあるんだな」

「おやじも、滝沢の基礎的な知識、判断、推理力だけを買っていたらしい」

「そっちのほうの専門家なのかい」

「専門家とまでは、いかないだろうがね。史公《しこう》新社という出版社があるんだ」

「史公新社……？」

「そうだ」

「聞いたことはないな」

「小さな出版社で、専門書しか出していないのさ」

「道理で……」

「日本歴史の専門書を出版しているんだ。古代史から東山《ひがしやま》時代までの専門書が、そのほとんどということだよ。滝沢はその史公新社の編集部次長だったのを、おやじが引き抜いたらしいんだな」

「なるほど、セミ・プロというところじゃないか」

「そうだ。だから、役に立ったらしい。しかし、能力主義のおやじだから、割り切って滝沢を使っていたってことなんだ」

「何を、割り切っていたんだい」

「滝沢というのは非常に変わった人間で、大抵《たいてい》の者から嫌われたり、敬遠されたりするらしい。小木曾事務所でも、名ばかりの部長で彼は孤立していたそうだ」

「どうして、嫌われたり敬遠されたりするんだ」

「それが誰にも、うまく表現できないようなんだな」

「ただ何となく、毛嫌いされるのかい」

「うん。コンプレックスの固まりみたいで、その陰気さには一緒にいるだけで気が滅入《めい》るという話だよ」

「ナメクジみたいで、気持ちが悪いってやつか」

「顔を見ただけで虫酸《むしず》が走る、という者もいたらしい」

「年は、幾つだ」

「四十二歳で、身長一メートル五十五センチだから、かなり小柄だな。目がギョロギョロしていて、髪の毛の薄いのが特徴だそうだよ」

「妻子は、いるんだろう」

「いや、結婚の経験がない。したがって、子どももいない」

「四十二歳で、未婚かい」

「その滝沢清次が、どうかしたのか」

「いや、別に……」

春日は、曖昧《あいまい》に答えた。相手が小木曾高広だろうと、結論が出ないうちは余計なことを喋らない。捜査係の刑事の、習性でもあったのだ。

「何かほかに、知りたいことは……？」

小木曾のほうも、あっさりしたものである。一切を春日に任せている、という気持ちがあるからだろう。

「滝沢清次が、小木曾事務所を退職した理由とは、どんなことだったんだね」

春日は訊いた。

「具体的な理由はなくて、一身上の都合ということになっている」

どことなく不満な口調で、小木曾はそう言った。

「そのあと、遊んでいるわけにはいかないんだろう」

「次の就職が、もう決まっているんだ。八月いっぱいは遊んで、九月から新しい会社に勤めるということらしい」

「その新しい勤め先って、わかっているのかい」

「河西《かわにし》木工だそうだ」

「河西木工……？」

「中小企業だよ。木箱から特注家具まで、木製品全般の製造加工をやっているんだ」

「そうなると、あんたのところともまんざら、縁がなくもない会社ってことじゃないか」

「ぼくの会社は山林を管理するだけだから、直接には関係がない。しかし、小木曾木材のほうは、河西木工のバックになっている。だから、ぼくも河西木工の名前だけは、よく知っていた」

「すると、あんたのおやじさんの口ききで、滝沢は河西木工に就職したってわけだろうか」

「とんでもない。あのおやじが、そんなことをするもんか」

「おやじさんは、滝沢が退職したことを快く思っていないのか」

「おやじにとって、自分に逆らう者は裏切者、不倶戴天《ふぐたいてん》の敵《かたき》だからね。二度と滝沢清次の名前も聞きたくないというのが、おやじの気持ちだろうな」

「すると滝沢が、河西木工に就職したのは偶然だったのか」

「滝沢にとって、木工所なんてまったくの畑違いだろう。河西木工にしてみれば、何の役にも立たない滝沢清次だ。しかも、みんなに嫌われてしまうという男だし、有力者の口ききがない限り、滝沢みたいなお荷物を、河西木工が背負い込むはずはないさ」

「口ききをした有力者とは、いったい誰なんだい」

「小木曾木材の社長だよ」

「小木曾次郎さんかい」

「叔父《おじ》は河西木工の取締役で、大口の出資者でもある」

「小木曾次郎氏はまた何だって、滝沢の面倒を見てやったんだい」

「二人には、古い付き合いがあるらしい。おやじが史公新社からの滝沢の引き抜きに成功したのも、叔父が仲介に立って口をきいたからさ」

「それだけに小木曾次郎氏としても、滝沢清次の骨を拾ってやりたいという気持ちになったのか」

「そうだろうな」

「しかし、おやじさんがそのことを知ったら、気を悪くするんじゃないのかね」

「叔父のほうには、滝沢に対して最後まで責任を持つという大義名分がある。おやじも、文句は言えないよ」

「そうなると、ますます滝沢清次はなぜ急に小木曾事務所を辞《や》めたのかってことが、気がかりになるなあ」

「その点について、もっと深く突っ込んで調べてみるか」

「この二、三日中に、ぜひそうしてみてくれ」

「わかった」

「じゃあ……」

春日は、電話を切った。

予想以上に、滝沢清次という男の存在が重要になったと、春日は思った。同時に、花沢荘にいる滝沢は間違いなく当人だと、判断していた。花沢荘の支配人のナメクジのように不快な男という表現と、小木曾高広の誰からも毛嫌いされる男の話が、ぴったり一致しているのだった。

滝沢清次という男についての気がかりな点は、特に次の三つが挙《あ》げられる。
一　滝沢清次は善造の実弟、小木曾次郎と親密な間柄にある。
小木曾次郎は小木曾木材の社長だが、実質的な利益をあまり得ていない。全国的な規模の山林は、徐々に小木曾高広の所有に名義変更が行なわれつつある。このままでは小木曾次郎は単なるサラリーマン社長として終わることになる。それに、兄善造の金食い虫のような道楽に、小木曾次郎は不満を覚えていたかもしれない。そうしたことから、次郎が善造に権力争いを挑《いど》む可能性もある。そうなれば滝沢は、次郎に味方するだろう。

次郎の指示に従い、滝沢が策略の実行者になることもあり得る。次郎が善造の道楽に水を差すために、小木曾事務所の有力なメンバーである滝沢を退職させたというふうにも考えられる。

二　滝沢は明確な理由もなく、七月三十一日に小木曽事務所を退職している。なぜ、急に辞めたのか。そこに何か、重要なことが隠されているような気がする。しかも、彼の退職と前後して、善造の三人の秘書が殺されている。その辺の符合《ふごう》も、無視できない。

滝沢は次郎の世話で、過去の経歴とはまるで無縁の木工会社に就職している。そのことに、過去を完全に捨てきって新しい人生を歩みたがっている滝沢の気持ちが、窺《うかが》えるようにも思える。

三　滝沢は喜多方市の花沢荘に来て、木原由美の死について聞き込みを行なっている。どうして、そのようなことをするのか。彼が誰かの指示によって、行動しているとは考えられない。独自の判断で、動いているのだろう。事件に関係のない人間が、やることではなかった。

電話が鳴った。

ミナが、電話に出た。ミナはすぐ電話を切って、春日を振り返った。口に出して言わなくても、支配人からの電話であることを、ミナの目が告げていた。春日は立ち上がってから、背広の上着を鷲摑《わしづか》みにした。

「いま、出かけるところですってよ」

ミナも、バッグを手にした。

「行くぞ」

座敷から廊下へ出ると、春日は玄関へ向かった。ミナが、追って来た。靴をはいても、すぐにはガラス戸を開けなかった。ミナがガラス戸の隙間に目を押しつけて、冠木門のあたりの様子を窺った。

「おれたちが、同じ花沢荘に泊まっている客だとは、知られたくないんだよ」

春日も隙間から、池の向こうへ視線を走らせた。

「出て来たわ」

「あれだ」

ミナと春日が同時に、言葉を口にした。地上の黒い影とともに、小柄な男が門のほうへ歩いて行く。近頃の娘よりは、はるかに小さい男である。髪の毛が薄く、脳天は完全に禿《は》げ上がっている。

「間違いないのね」

ミナが、念を押した。

「特徴が、一致する」

春日は、ガラス戸を開けた。滝沢清次の背広を着た姿は、すでに門の外へ消えていた。タクシーを呼ばずに、滝沢は出かけたのであった。近くまで行くのか、あるいはタクシーの運転手を避けたかであろう。

3

距離十五メートルを、保つことであった。それに尾行者は、笑ったり喋ったりしながら歩いたほうがいい。目だけを使うのである。日射《ひざ》しを浴びることになるが、そうした点も気にかけずに、陽気に振る舞わなければならない。

ミナがさりげなく、春日の腕に手をかけた。同性という意識がないので、春日はまったく気にならなかった。傍目《はため》にも、アベックとしか見えないはずである。白昼の陽光の下でも、女以上に女であるミナであった。

喜多方市を南北に貫いている通りを、滝沢は北へ向かっている。塗物《ぬりもの》町というところをすぎて、交差点に出た。滝沢は北へ、交差点を渡った。右側が南部、左側が貴富《たかとみ》町という町名であった。

「蔵が、目につき始めたわ」

ミナが言った。声はあまり、張り上げないようにしている。男の声みたいだと思われて、通行人から注目されたりしないように、心がけているのだった。

「蔵の町だけのことはあって、多種多様だな」

春日は滝沢から目を離さずに、ちらちらと忙しく蔵を見やった。

「どうして、こんなにいろいろな蔵が造られたのか、理由がわかるかしら」

「喜多方出身のお客から、授《さず》かった知識なんだろう」

「実は、そうなんだけど……」

「このあたりは大地震とか、洪水とか天災が少ないんだろう。それに、戦争中の空襲にも遭《あ》っていない。だから、無事に残っている蔵も、多いんじゃないのか」

「あら、よくご存じだこと……」

「そのくらいは常識ってもんさ」

「でも、それは多くの蔵が無事に残っていることの理由であって、なぜ多種多様の蔵が造られたのかという質問の答えにはなっていないわ」

「なかなか、うるさいね」

「一つぐらいは、ちゃんと答えて欲しいわね」

「一つぐらいって、そんなに幾つも答えがあるのか」

「そうねえ、五つはあるんじゃないかな」

「やっぱり、蔵造りの名人がいたからなんだろうな」

「うまく、逃げたわね。でも、まあそのことだって、理由の一つにはなるわ」

指先でサングラスを押し上げながら、ミナが悪戯《いらずら》っぽく笑った。そのミナの説明によると、明治の中頃の喜多方に煉瓦《れんが》工場が創設されて、煉瓦積みの技術が導入されたのだという。

しかし、喜多方市の蔵は、煉瓦造りだけとは限っていない。古き時代の情緒《じょうちょ》をそのままに、粗壁《あらかべ》、黒漆喰《くろしっくい》の蔵も多く見られるのである。それは蔵を造るための各分野の職人に、名工が何人もいたと見るべきだろう。

それに、この地方は良質な米穀と、豊富な水に恵まれている。米、麦、大豆があれば当然、酒、味噌《みそ》、醤油《しょうゆ》などの醸造業が盛んになる。その結果、多くの自家用の蔵を、必要としたのに違いない。

さらに、雪国における土蔵の効用、というものもあっただろう。また、明治十三年の大火で、土蔵の耐火性が再認識されるということもあった。そうしたことから、喜多方の人々は立派な蔵を建てることこそ生涯の夢と考え、執念を燃やして競《きそ》い合ったのではないだろうか。

そのようなミナの説明を裏付けるのが、実際に目に映ずる蔵という建築様式の採用範囲の広さである。酒蔵、米蔵、味噌蔵、炭蔵、漆器蔵、肥料蔵、道具蔵といった貯蔵用の蔵はもちろん当たり前すぎるくらいだった。

喜多方の蔵の興味深さは、貯蔵用以外に多く見られることにある。まず、職場として店《みせ》蔵《ぐら》があった。さらに住居として、蔵が造られていた。この住居蔵には隠居所とか、蔵の中に豪華な客間がある蔵座敷、あるいは蔵の中の仏間《ぶつま》などがあった。

それ以上に珍しいのが、蔵でできているトイレで厠蔵《かわやぐら》と呼ばれている。防火壁を兼ねた塀蔵も、ほかでは見られないものだった。蔵造りの寺もある。市内にある二千棟《むね》以上の蔵造りの建物が一種変わった情緒をかもし出している。

通りを歩いていて、ふと時代を錯覚しそうになる。歴史の里、古きよき時代の町の雰囲気に囚《とら》われて、ひとり物語の主人公になった心持ちを味わうのであった。時代の無味乾燥さは、ここにはなかった。

「違う目的で、来たかったわ」

ミナが言った。おそらく、本音だろう。春日も、同感であった。殺人事件などには、違和感しか覚えない。だが、目の前には、滝沢清次の後ろ姿がある。その現実もいまは、無視できないのであった。

滝沢は一度も、後ろを振り返らなかった。尾行されているとは、夢にも思っていないのだ。それにしても、どこへ行くつもりなのだろうか。市の中心部では、何軒かの蔵造りの商店の前で足を止めた。

そのあと、左に折れて、真っすぐ西へ向かった。町名が、寺町《てらまち》となっていた。途中、蔵造りの寺である安勝寺《あんしょうじ》に寄っただけで、そのまま さらに西へ向かった。人家が次第に疎《まば》らになり、田園風景が展開する。

前方には五百メートル以下の丘陵が、絵に描《か》いたように、ほどよく平野部に置かれている。その手前を、押切川《おしきりがわ》が流れている。北西の遠くには、紫色の山々が波打っていた。明るい視界を緑の濃淡が彩《いろど》り、静寂の詩情が横たわっている。

不意に、滝沢が左への道に消えた。六叉路《ろくさろ》になっているところだった。滝沢は真南への細い道を、小さな影を連れて歩いて行く。人家はほとんど、目にはいらなかった。緑一色の田園風景を貫いて、道が南へ向かっている。

「遠田堀《えんでんぼり》だわ」

ミナが、左手の水の流れを見て、緊張した顔つきになった。

「この道は、天満《てんまん》公園へ通じている」

春日は頷いた。身が引き締まる思いだった。滝沢は、木原由美が殺された現場へ、向かっているのである。犯人は必ず殺人現場に戻るものだという捜査の教科書の一カ条を、春日は思い浮かべずにはいられなかった。

花沢荘を出てから、北へ、西へ、南へと歩いて木原由美が殺された現場に辿《たど》りついたのである。いったい滝沢のそうした行動は、何を目的としているのだろうか。事件に無関係だとは、言えない行動であった。

滝沢は、左への小道へそれた。遠田堀に、接近するのであった。間もなく、彼は立ちどまった。おそらく、そのあたりが木原由美の殺害現場なのだ。天満公園の北の位置で、遠田堀に沿っている小道となると、ほかにはなさそうである。

そこには樹木の木陰と、乾いた土の路面しかなかった。事もなげに微風が吹き、草が揺れている。陰惨《いんさん》な殺人事件など嘘《うそ》のように、明るい地上であった。それでいて、無人の白昼の明るさが、無意味に感じられた。

春日とミナは、前へ進めなくなった。滝沢が、立ちどまっているからである。物陰に潜んで彼を監視できるような、隠れ場所もないのであった。この場はいったん引き返して、天満公園への通りを行くほかはなかった。

「ねえ」

歩き出そうとする春日の腕を、ミナが強く引いた。春日は、滝沢のほうへ目をやった。その滝沢が、こっちを見ているのだった。ただ単にギョロギョロとしているのではなく、怨《えん》ずるように暗く、憎悪するように熱っぽい目であった。

額が広くて、頭でっかちである。太い眉毛《まゆげ》の下に窪《くぼ》んだ眼窩《がんか》と、睨《にら》んでいるようなギョロ目があった。鼻が巨大で、唇の間から三本ほどの前歯が覗《のぞ》いている。確かに陰気で、何を考えているのかわからないような気味悪さが、その顔には感じられる。

「何か、用ですかね」

と、声が聞こえた。近くに、もうひとり別の人間がいるのではないかと、あたりを見回したくなった。そのくらい、滝沢の外見にはそぐわない声だった。だが、口をきいたのは、間違いなく滝沢であった。

「何か、用があるんですか」

滝沢が同じ質問を、繰り返し口にした。それは甲高《かんだか》くて、ボーイ・ソプラノみたいに澄んでいる声であった。

「いや、別に……」

春日が、首を振った。

「だったら、どうしてあとを尾《つ》けて来るんです」

滝沢が、ゆっくり近づいて来た。

「あとを、尾ける……?」

春日は、滝沢のほうへ向き直った。ミナが春日の背後へ隠れたので、自然にそういう恰《かっ》好《こう》になったのである。

「そう」

一メートルの間隔を置いて、滝沢は春日と向かい合った。

「そう言われると、困っちゃうな」

苦笑を浮かべて、春日は滝沢を見おろした。

「蔵造りの商店を見物している頃から、気がついていましたがね」

無表情というより、滝沢の顔は面のように変わらない。それがまた、薄気味悪いのである。

「そうですか」

気づかれていたとなれば、とぼけてみても仕方がないと、春日は覚悟を決めた。この場で互いに仮面を脱いで、単刀直入にやり合ってもよかった。だが、完全に正体を明かしてしまう、というわけにはいかない。

花沢荘の離れに泊まっていることも、知られたくはなかった。ここで軽く接触を試みたあと、左右に別れたほうが賢明であった。滝沢もミナを、女と思っているに違いない。女連れということで、滝沢は甘く見ているはずだった。

「何のために、わたしを尾行しているんです」

滝沢は、タバコをくわえた。

「何のためにって、はっきりした目的なんてありませんよ」

春日は答えた。

「目的もなく、尾行する。それが、趣味なんですか」

皮肉っぽく言って、滝沢はマッチを擦《す》った。

「すみません、火を貸してください」

春日も素早くタバコを抜き取ると、滝沢のほうへ手を差し出した。

「誰かに、頼まれたんですか」

滝沢は、春日の掌《てのひら》の上に、マッチを置いた。

「頼まれたなんて、とんでもない」

春日はゆっくりと、タバコにマッチの火を点じた。

「じゃあ、どうしてなんです」

滝沢は春日を、ギョロっとした目で見上げた。

「実は、あなたのことを知っているんですよ。そのあなたに蔵造りの商店を見物しているときに気づいて、妙なところで出会ったなって思ったんです。それで、いったい喜多方市で何をしているんだろうって興味を感じて、ただ意味もなくあとを追って来たというだけのことなんですよ」

春日は滝沢の手にマッチを返しながら、咄嗟《とっさ》の場合の嘘としては上出来だと思った。彼の背後でミナが、その通りだというように頷いて見せた。

「わたしを知っているって……？」

滝沢はポケットに、マッチをしまった。本気には、していない顔であった。

「ええ」

「わたしの名前もかね」

「いや、知っているのは、顔だけなんです。あなたは小木曾事務所の方でしょう」

「違う」

「違いますか」

「小木曾事務所は、もう辞めてしまったんでね」

「そうだったんですか」

「あなた、小木曾事務所に関係があるのかね」

「直接には、何の関係もありません。ただ、小木曾君とちょっとした知り合いで、二度ばかり小木曾事務所を覗いたことがあるんですよ」

「小木曾君とは、誰のことかね」

「小木曾高広です」

「ああ、二代目か」

「この五月、六月と小木曾事務所を覗いたとき、あなたをお見かけしたんですよ。それで、覚えていたんです」

「一度見たら、忘れない顔というわけかね」

「そういうわけじゃありませんが、とにかく覚えていたんですよ」

「なるほど……」

「ところで、小木曾事務所をどうして、辞めてしまったんですか」

「勤めを辞めるなんて、別に珍しいことじゃないだろう」

「そりゃまあ、そうですがね」

「要するに、見限ったのさ」

「見限った……？」

「無意味なことに、金と労力を注《つ》ぎ込んでいる。そんな事務所にいても、仕方がないだろう」

「よく、わかりませんけど……」

「小木曾事務所というのは、利益を得るための企業じゃない。莫大《ばくだい》な金を、浪費するだけだ。経営者の道楽のために、存在しているのにすぎない」

「しかし、そんなことは、最初からわかっていたんじゃないですか」

「それにしてもだ。すでに金《きん》が掘り尽くされている金鉱のために、働こうなんて気持ちになれるもんだろうか。たとえ給料をくれるにしても、廃坑《はいこう》で土を掘り返すなんて、そんな馬鹿げたことに従事できるもんかね」

「そうですかね」

「だから、わたしは見限ったんだよ。まあ、わたしには先見の明があったと、言えるんじゃないのかな」

「先見の明……？」

「そう」

「それは、どういうことなんです」

「小木曾事務所は、間もなく閉鎖されるだろうよ。もちろん、株式会社としての一切の機能を、停止するということになる」

「ほう」

「わたしが辞めたうえに、三人の秘書が殺されるという大事件が起こった。社長が、容疑者と目《もく》されている。しかも、誰かが代わって指揮を執《と》ったり、経営を継いだりできるような事業ではない。とたんに、社員たちは動揺するし、嫌気がさしたりする。小木曾事務所は、いまだってもう有名無実、開店休業の会社になっているのさ」

滝沢は言った。笑ってはいない。だが、嘲笑《ちょうしょう》しているような顔に見えるのだった。

「いや、部外者には何が何だか、さっぱりわからないことですね」

心にもないことを口にして、春日は首をひねって見せた。

「さあてと……」

滝沢はタバコを捨てると、靴の爪先《つまさき》でしつこいほど踏みにじった。

「この場所で、小木曾善造氏の秘書のひとりが、殺されたんですね」

春日は水路の向こうの、町並みの遠景に視線を投げかけた。喜多方市の彼方《かなた》には、磐梯《ばんだい》山《さん》を中心とした山岳や高原地帯が、空を区切って見えている。

「次の質問は、なぜわたしが殺人現場などへ来ているのか、ということかね」

滝沢が、嫌味な言い方をした。

「そんな質問は、しないつもりでしたけれどね」

春日は、鼻で笑った。

「しかし、まあ答えておこう。わたしも三人の秘書とは、仕事の上で何かにつけて接していたんだ。その秘書たちがどうして殺されたのか、わたしが興味を持ったとしても、おかしくはないと思うがね」

滝沢は、春日に背を向けた。

「それで、わざわざ喜多方市へ、来られたんですか」

春日も嫌味っぽい言葉を、返さずにはいられなかった。

「さあね。そこまで、聞かせる必要はないだろう」

「別に知りたいとも、思いませんがね」

「ところで、あんたは何者なんだ」

「何者って……」

「二代目の知り合いで、通すつもりかね」

「事実、そうなんですからね」

「まあ、それならそれでいい。しかし、いいかげんなことを言ったんでは、嘘としても通用しないんだよ」

「嘘……？」

「あんたは五月と六月に事務所へ来て、わたしの顔を見かけたそうだ。しかし、生憎《あいにく》とわたしは五月と六月に限り、調査旅行のために事務所へは、ただの一度も顔を出していない。電話連絡だけだったのさ」

滝沢清次は歩き出すと、遠田堀に沿った小道を去って行った。

4

蔵造りの建物を見て回り、春日とミナは六時すぎに花沢荘へ帰った来た。

二人が離れに落ち着いて食事を頼むと、それを待っていたように支配人が姿を現わした。支配人は、二人の顔を見ると安堵《あんど》したように、肩を落とした。それから吉報を持ち込んだように、支配人は口許《くちもと》を綻《ほころ》ばせた。

「お発《た》ちになりましたよ」

支配人は、まずそう報告した。

「滝沢という客ですか」

春日は訊いた。もしかすると滝沢が、花沢荘から消えるかもしれないという予測があったのだ。

「はい。急に予定を変更するとおっしゃって、一時間ほど前に帰られるとすぐ……」

支配人は、嬉《うれ》しそうに笑っていた。よほど、滝沢という客が、嫌だったのに違いない。商売っ気すら、捨てずにはいられなかったのだろう。

「それで、何か言っていませんでしたか」

「それが、ちゃんと気づいていたようでした。東京から揃《そろ》いの白いスーツに、サングラスをかけたアベックが、この旅館に来ているはずだって……」

「なるほど」

「確かにおいでですと、答えておきましたけどね」

「それで、結構です」

「東京行きの列車は何時に出ると、そうもお尋ねでした」

「東京行きね」

「郡山《こおりやま》まで車で行って、東北本線に乗るほかはないと申し上げると、じゃあすぐにタクシーを呼んでくれって……」

「急いだな」

春日はミナと、顔を見合わせた。

「逃げるようにとは、あのことなんでしょうか」

支配人は、もっともらしい顔で頷いた。

「どころで、福島県の鏡石《かがみいし》町というのは、ここから近いんですか」

春日はテーブルの上に、福島県の分県地図を広げた。

「鏡石町でございますか」

膝を進めると支配人は、分県地図を覗き込んだ。

「まったく、見当もつかない」

春日は、地図に目を凝《こ》らした。すぐにわかるのは水色の湖や川、それに桃色の大きな市街地、緑色の平野部だけであった。中央に猪苗代《いなわしろ》湖、それを囲むように福島、二本松《にほんまつ》、郡山、会津若松《あいづわかまつ》、喜多方などの赤い市街地が散在している。

「岩瀬《いわせ》郡の鏡石町なら、ここでございますよ」

支配人が喜多方市から、指先を東南へ走らせた。喜多方市とは猪苗代湖をはさんで、その反対側に位置するあたりであった。郡山盆地の、南端に近い。郡山市の南に、須賀川《すかがわ》市がある。その須賀川市よりさらに、南へ下ったところだった。

喜多方市から、けっして近くはない。喜多方へ来たついでに、寄ってみようという場所ではなかった。同じ福島県内には違いないが、喜多方市から鏡石町まで直線距離で七十キログらいはあるだろう。

「何か、特別なものがあるところなんでしょうか」

春日は、支配人に訊いてみた。鏡石町というだけでは、あまりに漠然《ばくぜん》としすぎているのだった。

「さあ……」

支配人は、考え込んだ。

「人口は、どのくらいでしょうね」

「一万人たらず、というところじゃないでしょうか」

「すると、農村に近いわけですね」

「かつては、街道筋の村だったんでしょうね。奥州《おうしゅう》街道の宿場に久来石《きゅうらいし》、笠石《かさいし》という宿場がありましたが、それに鏡田《かがみだ》、高久田《たかくだ》なども含めて現在の鏡石町になっておりますからねえ」

「すると、繁華街といったところは……」

「賑《にぎ》やかなのは、東北本線の鏡石駅の付近だろうと思いますよ」

「妙なことをお尋ねするんですが、喜多方の北に熱塩《あつしお》温泉がありますね」

「ございます」

「その熱塩温泉に、〝宝井旅館《たからい》〟というのがあるのをご存じですか」

「宝井旅館さんなら、よく知っておりますよ」

「宝井旅館と鏡石町とに、何か関連がないでしょうか」

「はあ……?」

支配人は、きょとんとした顔になった。春日の言葉の意味が、よくわからなかったのだろう。

「鏡石町と、熱塩温泉の宝井旅館を結びつける何かなんです。たとえば、宝井旅館の奥さんが鏡石町の出身だとか……」

春日は言った。

「そういうことになると、調べてみなければわかりません。従業員に熱塩温泉のことを、詳しく知っている者がおりますから、訊いてみましょうか」

「お願いします」

「では、のちほどまた……」

「どうも、すみません」

「熱塩温泉はここから、車で三十分でございますよ」

「あるいは明日あたり、行ってみることになるかもしれません」

「パンフレットが、そこにございますから……」

腰を浮かせながら、支配人が座敷の隅の文机《ふづくえ》を指した。

「いったい、どういうことなの？」

支配人が去ったあと、ミナは文机のほうへ立って行った。

「旅行のスポンサーとしては、知る権利があるというわけかい」

床柱に凭《もた》れかかって、春日は両足を投げ出した。

「そうよ」

パンフレットを広げながら戻って来て、ミナは春日の脇《わき》に膝を揃えてすわった。

「鏡石町というところに、なぜ注目しているかは、もうわかっているね」

春日はそう言ってから、ミナが深く頷くのを認めた。

木原由美は、小木曾善造のお伴《とも》をして、喜多方市へ向かった。その際に木原由美は、同じ福島県に鏡石という町がある、近くまで行くならぜひその町に寄ってみたいと、何度か小木曾善造に注文をつけたらしいのだ。

それに対して、善造は木原由美に、鏡石町に知り合いでもいるのかと質問したのであった。ところが、木原由美の答えは、ただ寄ってみたいだけだということだった。善造は即座に、そんな曖昧な目的のために貴重な時間を割《さ》くことはできないと、木原由美を叱《しか》ったという。

木原由美がなぜ、鏡石町に興味を覚えたのか。どうして、鏡石町に寄ってみたいという気になったのか。そのへんのところは、察しようもない。だが、鏡石町に何かあることだけは、確かなのである。

「さっき、遠田堀のところで話し合ったとき、おれが滝沢からマッチを借りたのを覚えているかい」

春日は三つ折りにしたガムを、口の中へ投げ込んだ。

「ええ」

ミナが大真面目な目つきで、春日の顔を見守った。

「なぜマッチを借りたのか、ママにはわかるだろうね」

春日は、腕を組んだ。

「ライターを持っているのに、変だなあとは思ったわ。でも、正直なところ、その意味はわからない」

ミナは、首を振った。

「捜査の技巧としては、まあイロハってところだ。相手が持っているマッチが、その行動についての重大な手がかりになることも、けっして珍しくはないんだ」

「それで、マッチを借りるの？」

「タバコに火をつけながら、そのマッチを観察するのだよ」

「それで滝沢が持っていたマッチから、何か得るところはあったの？」

「大ありだった」

「どんなマッチを、あの男は持っていたのよ」

「喫茶スターダスト……」

「喫茶店のマッチね」

「その活字の下に印刷されている文字は、鏡石駅前・商店街入口とあったのさ」

「鏡石駅前……？」

「さらに、そのマッチ箱にはペンの字で、走り書きがしてあった」

「なんて……」

「熱塩温泉、宝井旅館とね」

「そう、そうだったの」

「そのマッチを持っていたのは、滝沢清次だったんだからね。このことを、見逃すって法はないだろう」

「滝沢はまず、鏡石町に寄ったのね。それで駅前の喫茶店で、誰かと会ったんだわ」

「そうじゃないと思う。マッチにメモするというのは、電話をかけながらよくやることだ。滝沢は鏡石駅前の喫茶店に寄って、どこかへ電話を入れたに違いない」

「そうか」

「もちろん、鏡石町の住人に電話をかけたんだ。ところが、目ざす相手は留守だったんだろう」

「それで電話に出た人が、行く先を教えてくれたのね。熱塩温泉の宝井旅館に、いるはずですって……」

「滝沢はその通り、マッチにメモしたってことになる」

「その足で滝沢は、熱塩温泉へ向かったのかしら」

「そうだろうね」

「そうして、熱塩温泉からの帰りに昨日、この喜多方市の花沢荘に泊まった」

「そうだ」

「だから、春日さんは、鏡石町と熱塩温泉の宝井旅館との関連を知りたかったのね」

「人間とは不思議なもので、どうしても旅先にある温泉へ行きたがる。同じ県内だと、何か深い関係がない限りは、温泉地へ行きたがらない」

「鏡石町の人が物見遊山《ものみゆさん》では、同じ県内の温泉地へ行くとは思えない。特別な関係にあるからこそ、熱塩温泉の旅館まで出向いたんだろう。こういう見方ね」

「その通りさ」

春日はミナの手から、パンフレットを引ったくった。それによると、熱塩温泉は会津盆地の北端にあるという。押切川《おしきり》の川筋の谷にあって、近村の農民の休養地だったのが、旅行者を迎える温泉に発展した。

胃腸病やリウマチにもよいとされているが、特に婦人病に効果があるので『子宝の湯』として知られている。日中線《にっちゅう》の熱塩温泉のほかに、喜多方市からバスが交通の便になっていて、近年は磐梯朝日国立公園の飯豊連峰《いいで》の登山口としても賑わうようになった。

そこで、春日は電話機に、手を伸ばした。電話が、鳴ったのである。支配人の声が、怒《ど》鳴《な》るように大きく聞こえた。

「五年ほど前に宝井旅館を買い取った現在の経営者は、鏡石町の人だそうでございます」

支配人は、そう言ったのであった。

関市　その一

1

翌日は午前十一時に、タクシーが来ることになっていた。そのタクシーに乗って、熱塩《あつしお》温泉へ向かうのである。すでに『花沢荘《はなざわ》』を通じて、熱塩温泉の『宝井旅館《たからい》』へ一泊の予約が申し込んであった。

春日多津彦とミナは、午前八時に朝食をすませた。時間が、貴重であった。熱塩温泉へ向かう前に、何か収穫を得ておきたいという気持ちが働いていた。それは一種の、焦《あせ》りかもしれなかった。

今日はもう、八月十九日であった。二十一日いっぱいには、いったん病院へ戻らなければならない。今夜は、熱塩温泉に一泊する。明日は岐阜《ぎふ》県の関市に向かい、明後日の夜には帰京して病院に戻るという予定だった。

たとえ一時間でも、無駄にはしたくない。もし世間が目を覚ましていてくれるなら、徹夜で行動したいくらいだった。昨日から喜多方《きたかた》市へ来ているのに、木原由美の死に関しては何の収穫もない。

得たものとなると、滝沢清次という不可解な男の存在だけである。あとは確定したとは言えないが、春日たちを尾行しているとも受け取れる美人が、目についたということであった。

その二つの事柄は、あくまで副産物であった。春日が収穫として望むのは、木原由美が八月五日の夜にこの喜多方市で示した行動に関する手がかりなのである。木原由美はなぜ花沢荘を抜け出して、天満《てんまん》公園の北の遠田堀《えんでんぼり》河畔などへ向かったのか。

まず、はっきり言えるのは、誘い出されない限り木原由美は、天満公園の北の厚い闇《やみ》の中へ向かったりしなかったということである。たまたま出かけた木原由美を尾行して、天満公園の北にさしかかったところを襲い、殺害したということにはならないのだ。

木原由美は、呼び出されたのである。その点に、間違いはない。では、誰がどのような手段によって、彼女を呼び出したのか。木原由美は花沢荘についてから、一度も電話をかけていない。

また、一本の電話も、かかってこなかったという。何者かが花沢荘の離れをそっと訪れて、木原由美を誘い出したのだとは考えられない。人に見られる恐れもあるし、小木曽善造が離れにいるかもしれないのだ。

「木原由美は、みずから出かけたんだ。時間は七時すぎと推定されているけど、もっと早かったかもしれない」

春日は、靴をはきながら言った。

「それから、どこへ行ったのかしらね」

ミナが、靴ベラを差し出した。

「前もって、誰かと落ち合う約束ができていたんだろうか」

春日は先に離れを出て、ミナが姿を現わすのを待った。

「夜になってから、女があんな寂しい場所へ一緒に行くとなると、かなり親しい相手でなければならないわ」

ミナが髪の毛を軽く振るようにして、離れの玄関から出て来た。そんな仕種《しぐさ》は、完全に女そのものであった。

「東京から来た人間だろうな」

「そうね」

「男か」

「でも、木原由美には、恋人に準ずる男性がいたのかしら」

「ちょっと、考えられないことだ。小木曾善造と、結婚する気でもいたようだし……」

「その小木曾善造が木原由美を、連れ出して殺したのであれば、いちばんすっきりするんだけどね」

「しかし、おれは小木曾善造は犯人じゃないと、見ているんだ」

春日は歩きながら、ガムを小さく折って口に入れた。

「とにかく、木原由美になったつもりで、歩いてみましょうよ」

ミナは春日に続いて、花沢荘の冠木門《かぶきもん》から道へ出た。

「あれを、見ろよ」

春日が足を止めて、左手の十字路を顎《あご》でしゃくって見せた。そこには、女の姿があった。その女は十字路を右へ折れようとして、一瞬、横顔を見せた。紛《まぎ》れもなく、上野駅から一緒だった例の美人である。

今朝はブルーのワンピースではなく、白のスーツを着ていた。朝から何となく、花沢荘の様子を窺《うかが》うために、この近辺を歩いていたという感じだった。だが、女は花沢荘から出て来た春日たちに、まったく気づいていないのである。

「やっぱり、わたしたちがお目当てなのかしらね」

ミナが言った。

「そうらしいな」

春日は、ミナの背中を押しやって歩き出していた。

「そうでなければ、こうもわたしたちの目に触れて、チョロチョロしたりはしないでしょうね」

「十中八九まで、おれたちを尾行している女と見ていいだろう」

「何のために……」

「おれたちの行動を、監視するためさ」

「だとしたら、今度の一連の関係者よ。それも、犯人サイドの……」

「だから、気になるんだ」

「何者なんだろう」

「まあ、当たり前な女だな。尾行にかけても、まったくの素人《しろうと》だ。すぐに気づかれる尾行で、むしろ不器用すぎる」

「逆に、尾行してみましょうよ」

足を速めながら、ミナが楽しむようにニヤリとした。

十字路の角に立って、二人は右へ伸びている道を覗《のぞ》いてみた。狭い道路で、両側に人家の塀《へい》が続いている。人通りはなく、女の後ろ姿だけがあった。春日とミナは、顔を伏せるようにしてあとを追った。

その道を抜けると、女は左へ曲がって消えた。春日とミナは、突き当たりまで走った。東西に伸びる商店街になっていた。ひっそりとした商店街で、盛り場ではなかった。日用品を売っている商店ばかりが、軒《のき》を連《つら》ねている。買物客が、集まって来るような商店街ではない。近所の人間だけを客にしている小売店が並んでいるという感じだった。夏空の下に、人家の屋根と疎《まば》らな通行人の姿があった。

女は見当たらなかったし、それらしい後ろ姿ははるか遠くまで認められない。この近くの家の中へ、はいったとしか考えられなかった。女は春日たちに気づいていないので、隠れるということはありえない。

しかるべき目的地に到着して、その建物の中へ姿を消したのに違いなかった。五、六軒先の右側に、『山田《やまだ》旅館』という看板が見えている。旅館というのに相応《ふさわ》しい純和風の、古い建物であった。

「あれだ」

春日は言った。

「そうね」

やや緊張した面持ちで、ミナが頷《うなず》いた。

「あの女も、旅行者には違いない。旅館に泊まっていて当然だ」

「昨日から、あの旅館に泊まっていたのね」

「花沢荘から遠く離れてもいないし、監視役が泊まるには適しているよ」

「踏み込んでみたら、どんなものかしら」

「無茶だな」

「会いたがらないでしょうね」

「名前もわかっていないし、旅館の人間だって、おれたちを彼女の部屋へ案内してはくれないだろう」

「せめて、名前ぐらいは知りたいわね」

「旅館はやたらに、客の名前を教えたりしないよ」

「それに、偽名《ぎめい》を使っているかもしれないし……」

「もう少し、泳がせておいたほうがいい。百パーセント尾行者だと、見極めがつくまではね」

「ちょっとだけ、張り込んでみましょうよ」

ミナが、山田旅館の向かい側を、指差した。山田旅館と向かい合って、『とんぼ』と看板が出ている店があった。およそ、それらしくない店名だが、外見から判断して喫茶店のようである。

二人は、その店の前に立った。古ぼけた喫茶店だった。道路に面した窓、黒い板張りのドア、看板などに喫茶店らしい洒落《しゃれ》た感じやバタ臭さがまるでない。餅《もち》菓子やアンミツなどを、食べさせる店という印象だった。

『営業中』の札もかかっていないドアを開けると、暗い店の中がひんやりとしていた。喫茶店に、客がはいる時間ではなかった。無人の店内のコンクリートの床に、水が打ってあった。

奥にカウンターらしきものがあり、ほかに五つばかりテーブルが置いてある。壁にポスターのようなものが、べたべたと貼《は》りつけてあった。すべてが、よき時代を思わせるように旧式だった。

「ごめんください」

春日が、奥へ声をかけた。木彫りの暖簾《のれん》を潜《くぐ》って、四十すぎの女がサンダルを突っかけて出て来た。肥満体を、はちきれそうなワンピースに包んでいた。この店の、おかみさんという感じだった。

「何でしょう」

女が訊《き》いた。喫茶店へはいって、何でしょうと質問されるのは初めての経験であった。

「コーヒーを、飲みたいんですがね」

春日は答えた。

「まだ、店はやっていないんですよ。営業は、午後からなんです」

女は照れ臭そうに笑いながら言った。

「何か、飲みたいんです。すみませんけど、お願いしますよ」

「わたしには、何もできないですよ」

「コーヒーじゃなくてもいいし、何かありませんか」

「そうですねえ。ミルクぐらいだったら、何とかなりますけど……」

「それで、結構です」

「そうですか」

と、ミナへ目を移したとたんに、女の顔から笑いが消えた。瞬間的に緊張したあと、女は怪しむようにミナの顔を見守った。それから女は思い直したように、サンダルを引きずって奥へ引っ込んだ。

春日とミナは、窓際の席についた。窓の外へ目をやると、正面から山田旅館を見ることになる。人の出入りは、まったくなかった。二階の窓が開いている。二間ほど、客室が並んでいるようだった。

　ミルクはなかなか、運ばれて来なかった。かなり、手間がかかるようである。だが、その代わり営業時間外でも、何か飲ませてくれと頼めるのだ。大都会ではあり得ないことであり、人情とのんびりした気風が窺われるのであった。

　ようやく、ミルクが運ばれて来た。コップの牛乳から、湯気が立ちのぼっている。頼みはしなかったが、ホット・ミルクにしてくれたのだ。女はテーブルの上にコップを置きながら、何か気になるみたいにミナの顔を眺《なが》めやった。

「小母《おば》さんは、彼女を見て驚いたようだけど、それはどうしてなんです」

　女を見上げて、春日は苦笑した。あえて、ミナのことを彼女と口にした。ミナを女だと決め込んでいるに違いないと、察したからであった。

「いいえ、別に……」

　女は困惑したように笑って、首を振りながら目を伏せた。

「でも、彼女のことが、気になるみたいじゃないですか」

　春日は言った。

「そういうわけじゃないんだけど、ちょっと……」

女は重そうに、唇を動かした。

「ちょっと、何なんですか」

「東京から、お見えになったんでしょう」

「そうですけど……」

「東京から来た女の人が、殺されるという事件があったんですよ」

「いつのことですか」

「今月の五日の晩に……」

「天満公園の北の遠田堀の近くで、人殺しがあったという事件ですね」

「あら、知っているんですか」

「殺されたのは、木原由美って人でしょう」

「そうです。新聞やテレビのニュースで、名前を知ったんだけどね。その木原って人に、こちらさんの感じが似ているので、ちょっと驚いたんですよ」

女は盆を腹に押しつけるようにして、ミナに向かって頭を下げた。殺された人間に似ていると言ったことを、詫《わ》びたつもりなのに違いない。ミナは笑ったが、春日は真剣そのものの顔つきでいた。

「木原由美に感じが似ているって、小母さんは彼女を知っているんですか」

春日は、重大なことだと思った。まさか新聞とかテレビとかで見た木原由美の写真に、感じが似ているというのではないだろう。もし、そうだとしたらもっと大勢の人間たちが、ミナの顔を見て同じことを感ずるはずであった。

「一度だけ、見たことがあるんですよ」

女が答えた。

「実物をですね」

春日は、念を押した。

「そうなんです」

「どこで、木原由美を見たんですか」

「ここですよ」

「ここで……？」

「ええ」

「木原由美が、この店へ来たんですか」

「そうです」

「いつのことです」

「殺された晩ですよ。殺される直前に、ここへ来たということになりますね」

「すると、五日の夜七時すぎに……」

「七時でしたね」

「ここへ、何をしに来たんです」

「コーヒーを飲んで……」

「ほかに、お客は……」

「ひとりも、いませんでした」

「じゃあ、ここで誰かと、待ち合わせたわけじゃないんですね」

「ええ。ここを出て行くときも、ひとりだったしねえ」

「小母さんはそのことを、警察に知らせなかったんですか」

「まあ、あの女の人が殺された事件に直接、関係のあることじゃないだろうし、関《かか》わり合いになるなってうちの人も言うんでね。そりゃあ、警察のほうで訊きに来れば話すけど、こっちからわざわざ知らせることはないだろうと思ってねえ。それでまだ、誰にも話してないんですよ」

「そうですか」

春日はミナと、顔を見合わせた。思わぬところで、大変な手がかりを拾ったものであった。春日はその収穫に、ずしりとした重みを感じていた。

「だからもう、あの女の人が殺されたと知ったとき、びっくり仰天《ぎょうてん》しましたよ」

　女は目を見はって、驚いた顔をして見せた。

「でも、ここへ来たお客と同一人物だって、よくわかりましたね」

　春日は改めて、女を振り仰《あお》いだ。

「テレビに出た写真でもわかったし、それに服装が一致していたでしょう。それからもう一つ、木原という名前がわかっていたもんでね」

「どうして、名前がわかったんです」

「電話がかかったんです。あの女の人がここへ来て、十五分ぐらいたってからね」

「彼女に、電話がかかったんですか」

「ええ。そこに、木原という女性がいるはずなのでお願いしますって、電話をかけてきた人に言われたんです。お客さんはひとりしかいないので、木原さんですかって声をかけると、はいと答えて、すぐに電話に出たんですけどね」

「その電話の相手は、男だったんですか」

「男の人でしたよ」

「声の特徴とか、年齢の見当なんかは、どうでしょうね」

「さあ……」

「電話に出てからの木原由美は、どんな様子でした」

「どんな様子って……」

「たとえば、深刻な顔でいたとか、楽しそうだったとか……」

「嬉《うれ》しそうでしたね。甘えるような声で、笑っていたし……」

「どんなことを言っていたか、覚えてはいませんか」

「大して、気にもしていなかったからねえ。でも、いま喜多方駅なのって、訊いていましたよ」

「いま、喜多方駅……」

「それから、じゃあこれからブラブラ行きますって言って、電話を切りましたね」

「電話を切ったあと、すぐここを出て行ったんですか」

「いいえ、コーヒーを飲んでしまって、時計を見てから出て行きました」

女は考える目つきになって、かなり慎重に言葉を口にした。彼女の判断では、木原由美が殺された事件に直接、関係はないことなのである。それで、関わり合いになりたくないという気持ちもあって、警察には届け出なかったのだろう。

しかし、直接の関係がないどころが、非常に重大な手がかりなのであった。木原由美を誘い出した人間の存在が、明確にされたのである。それが木原由美を殺した犯人であり、電話をかけてきた男と同一人物なのだ。

いま、喜多方駅なの？

これから、ブラブラ行きます。

この木原由美の二つの言葉にしても、値打ちがあるものだった。春日の気持ちは、幾らか軽くなったようである。少なくとも、山を越えるための登り口は見つかった、ということが言えるのだった。

「小母さん、こんなにうまいミルクは初めてですよ」

春日は立ち上がって、片目をつぶって見せた。

2

午前十一時に花沢荘を出て、春日とミナはタクシーに乗り込んだ。例の美人が、追って来ることを、春日たちは予期していた。二人が出かけている留守に、女の声で電話がかかったと聞かされたからである。

その女は電話で、春日という客は今夜もそこに泊まるのかと訊いたらしい。それで花沢荘の帳場では、午前十一時に出発することになっていると、答えたという。電話をかけてきた女とは、例の美人に間違いなかった。

彼女は春日たちが、山田旅館の真向かいの『とんぼ』にいるということに、まったく気づかなかったのである。そのうえ、春日の耳にはいるとわかりきっているような、問い合わせの電話をかけてきた。

実に、下手なやり方である。

監視役の尾行者としては、完全に落第であった。もちろん、そんなことは初めての経験であって、他人の行動を探《さぐ》るといった芸当には、およそ向いていない女なのだろう。正直な善人と、見てよさそうである。

「おいでなすった」

タクシーが、市内を南北に貫いている通りへ出て間もなく、春日が後方を振り返ってそう言った。ミナも、後ろを見やった。一台のタクシーが、かなりの間隔を置いて追って来ている。

乗客の姿は、確認できなかった。しかし、スピードが一致しているし、いっこうに距離を縮めようとしない。運転手が客に前のタクシーを尾行してくれと言われているのだろうと、春日には刑事のカンとしてわかるのだ。

「予定を、変更したいんだけどね」

喜多方市を北へ抜けたところで、春日がミナの肩を軽く叩《たた》いた。

「どうするの？」

ミナが訊いた。

「別行動をとるんだよ」

春日は、腕組みをした。

「別行動……？」

ミナが、眉《まゆ》をひそめた。

「こうなると、あの尾行者の正体をどうしても知る必要がある」

「そうね」

「あの美女は、いったい何者なのか。誰に頼まれて、何を目的に、おれたちの行動を監視しているのか」

「どうすれば、それがわかるの？」

「東京へ帰ってからの彼女を、逆に尾行するんだ」

「なるほどね」

「その役をママに、引き受けてもらいたいんだよ」

「わたしに……」

「そう」

「それで、別行動をとるってことになるのね」

「彼女も今夜は、熱塩温泉に泊まることになるはずだ。おれは明日の朝早く熱塩温泉を出発する。そしてそのまま、岐阜県の関市へ向かう」

「わたしは、熱塩温泉に居残るのね」

「ママは昼前になって、宝井旅館を出る。そのときになって例の美女は、おれが消えたことに気づくだろう」

「春日さんを監視することは、諦《あきら》めるより仕方がないわね」

「それで彼女は、ママのあとを追うことになる。ママは、東京へ向かうんだ」

「彼女も一緒に列車に、乗ってくれるかしら」

「幼稚な素人探偵だから、真っ正直に尾行を続けるさ」

「東京についたら今度は、わたしが彼女を尾行する」

「そうだ。上野駅から、彼女がどこかに落ち着くまでを、尾行するんだよ」

「わかったわ」

「明後日の夜には、おれも病院に戻る。そこで、お互いの成果について、報告し合おうじゃないか」

「諒解《りょうかい》よ」

ミナの白い顔が、青く染まっていた。道路脇《わき》の樹木の緑が、映《は》えているのである。春日は窓外へ、視線を投げかけた。会津《あいづ》盆地の田園風景が、やや近くなって鮮明さを増した山々をバックに広がっている。

県道はしばらく日中《にっちゅう》線の線路に沿って続く。上三宮《かみさんのみや》というところの手前から、日中線に別れを告げて道を真っすぐ北上する。左右の山々が、しだいに近づいて来るようだった。前方には、一千メートルに近い山が、波打っている。

盆地の北端の狭隘《きょうあい》な部分へ、はいり込みつつあることが感じでわかる。点在する人家が不意に密集したり、再び疎《まば》らになったりする。山と空が美しく、地上は底抜けに明るい。見た目には真夏であっても、不快な暑さが肌を訪れない。

「木原由美には、恋人がいたのね」

突然、ミナがそうした話題を持ち出した。

「ちょっと、考えられないことだがね」

春日も釈然とはしないが、その点を是認しないわけにはいかなかった。木原由美は、嬉しそうに電話をしていたという。笑ったり、甘えたりだったらしい。そのことは『とんぼ』のおかみさんの主観によるのだが、まるで間違ってはいないはずである。

電話をかけてきたのは、男であった。しかも、その男はわざわざ喜多方まで、由美を追って来たのだ。そして二人は、遠田堀の畔《あぜ》の闇の中へと消えたのであった。男と由美は、深い仲にあったと見るのが妥当である。

由美は東京を発《た》つ前に、男と打ち合わせをすませていた。小木曾善造の手前、堂々と連絡を取り合うことはできない。それで由美は花沢荘から電話をかけていないし、男のほうも花沢荘へは電話をしなかったのだ。

五日の夜になったら、由美は花沢荘を出る。たとえ善造がいたとしても、散歩して来るという口実がある。七時から七時三十分までの間に、塗物《ぬりもの》町の『とんぼ』という喫茶店に男が電話をかけることに、話が決まっていたのだろう。

男はその頃に、喜多方市につくことになっていた。もちろん、由美と愛し合うことが、目的とされている。だが、それは男の嘘《うそ》であって、由美は騙《だま》されていたのだ。男は由美を殺す計画で、喜多方市へやって来たのである。

男はまず人目につかないところで、落ち合おうと由美を誘った。おそらく天満公園を、男は指定したのに違いない。天満公園で落ち合った二人は、そのまま北へ向かい、遠田堀の畔の闇の中が殺人現場となったのだった。

「しかし、気になることが、二つばかりあるんだ」

春日は腕組みを解くと、首を左右に傾けるようにした。

「どんなことよ」

ミナが、脚《あし》を組んだ。女だったとしても、かなり人目を引くはずの脚線の美しさである。

「一つは、その男がどこから来たのか、ということなんだ」

「当然、東京からでしょうね」

「七時十五分頃に喜多方について、駅から電話をかけてきたということなんだろう」

「そうよ」

「ところが、それに該当するような列車がないんだよ」

「時刻表を、調べてみたのね」

「うん。一本だけ七時十二分につく列車が、あるんだけど……」

「だったら、それでしょ」

「ところが、その列車は郡山《こおりやま》発の鈍行なんだ」

「郡山発となると、東京からの旅行者は乗らないわね」

「郡山発の鈍行に乗るくらいなら、上野発〝特急あいづ〟を選ぶだろう。この特急は、五時三十九分に終着の会津につく。会津から喜多方へは、タクシーで来ればいいんだからな」

「ほかに、一本もないの」

「四時四十三分に喜多方につく急行があるけど、それは始発が仙台なんだよ」

「それじゃあ、特急で会津まで、会津からはタクシー、というので来たんでしょ」

「だったら、喜多方へはもっと早くつくはずだ」

「電話をかける約束の時間まで、待っていたんじゃないかしら」

「電話をかけるという約束の時間は当然、列車の到着時間などを調べて、それに合わせて決めると思うんだがね」

「そうね」

「それに、もう一つは〝とんぼ〟という指定の場所だ」

「男は最初から木原由美に、〝とんぼ〟にいて電話を待てと指示したんでしょう」

「そうだ。しかし、なぜ〝とんぼ〟という喫茶店を特に選んで、そこを指定の場所としたのかがわからない」

「そう言われれば、そうだけど……」

「もっと、わかりやすい場所を、どうして選ばなかったのか。なぜ電話で連絡するという面倒なやり方を、やらなければならなかったのか」

「もっとわかりやすい場所で直接、落ち合えばいいんじゃないかってことね」

「落ち合う時間さえ決めておけば、そのほうが簡単だし確実じゃないか。たとえば、喜多方駅で落ち合えばいい」

「そうねえ」

「おかしいだろう」

「別な見方をすると、男は〝とんぼ〟という店の存在とそこの電話番号を、前もって知っていたってことになるわね」

「男は以前に、喜多方市へ来たことがあるんだ。そのとき〝とんぼ〟に寄って、マッチでも持ち帰ったんじゃないのかな」

春日はタバコに火をつけて、溜《た》め息《いき》をつくように煙を吐き出した。とにかく、不自然なのである。どうして男は由美と、喜多方駅で落ち合うといったことを避けたのだろうか。『とんぼ』という店を指定して、そこに電話をかける。なぜ、わざわざ複雑な方法を、必要としたのだろうか。

そこに春日は、作為めいたものを、感じないではいられないのである。小細工を、弄《ろう》しているのではないか。その小細工が実は、犯人像を明確に描き出す筆と紙になるのではないかという期待も、春日にはあったのだった。

「間違いないわね」

後ろへ目をやって、ミナが深く頷いた。ますます距離が開いたようであったが、タクシーは依然としてあとを追って来ている。春日は思わず、苦笑していた。執念深いだけで、尾行術が初歩以前の稚拙《ちせつ》さだったからである。可愛《かわい》らしくなるほどであった。

完全に、山懐《やまふところ》へはいったようだった。山が大きく、高くなっていた。渓谷美を思わせて、山を被《おお》う樹海が続く。重なり合う山々が、紅葉の季節には絢爛《けんらん》豪華な綾錦《あやにしき》となるのに違いない。

その山懐に、二階から三階建てのコンクリート造りの建物や、純和風の旅館が集まっている。押切《おしきり》川の上流、会津盆地北端の温泉地であった。山と川が主役の自然の仙境《せんきょう》に、素朴な温泉情緒と広大な景観が溢《あふ》れている。

タクシーを降りると、空気がひんやりとして涼しかった。

春は残雪と山桜、夏は避暑と釣り、秋は紅葉と果実、冬は雪と狩猟――。タクシーの運転手の説明も、単なるPRではなさそうだった。バスの停留所がある広場から、やや奥へはいったところに宝井旅館はあった。

閑静な熱塩温泉だった。涼しさが心地よく、春日とミナはまず二階の廊下に立って山と空を眺めやった。宝井温泉は約半分を改築したらしく、新旧の部分がはっきりとしていた。

五年前に宝井旅館は、若い後継者に任された。だが、若社長には旅館経営の気がなくて、宝井旅館を売りに出した。それを買い取ったのが勝間田勝也《かつまたかつや》という人物で、宝井旅館という屋号だけが変わらずに残ったのであった。

花沢荘で聞き込んだところによると、勝間田勝也は五十前後の男だという。鏡石《かがみいし》町の出身で、現在もそこに大きな屋敷があって勝間田勝也の家族が住んでいる。勝間田家は旧家であって、大変な資産家らしい。

鏡石町の屋敷は、長い土塀に囲われていて、庭はまるで公園のようだという。和洋折衷《わようせっちゅう》の大邸宅の裏には、三棟《むね》の白壁の土蔵が並んでいるという話であった。鏡石町だけではなく、郡山市の周辺にも広大な土地を持っていて、その十分の一の売り食いでも一生困らないということである。

勝間田勝也は県会議員をやったことがあるが、いまでは隠居《いんきょ》みたいに気ままな生き方をしている。坊ちゃん育ちの大旦那《だんな》らしく、万事に鷹揚《おうよう》でおっとりしているらしい。宝井旅館を買い取ったのも、完全な道楽からだという。

そうした勝間田勝也と、滝沢清次との間に接点があるらしいのだ。滝沢清次は勝間田勝也に会うために鏡石町へ行き、熱塩温泉にいると教えられて、宝井旅館まで足を延ばしたのに違いないのである。

勝間田勝也は一カ月の三分の一を鏡石町の自宅で過ごし、あとの三分の二は宝井旅館にいるという。商売熱心というわけではない。宝井旅館を隠居所にして、彼は温泉での暮しを楽しんでいるのである。

「ご主人に、お会いしたいんですがね」

茶菓を運んで来た中年の仲居に、春日は言葉を投げかけた。

「社長でしょうか」

女子従業員が、逆に質問した。

「つまり、勝間田さんですよ」

春日は言った。

「承知いたしました」

女子従業員は、あっさりと引き受けた。勝間田勝也は、旅館の中にいるらしい。春日は、安心した。勝間田に会うために、熱塩温泉へ来たようなものである。同じ気持ちだったらしく、ミナも悪戯《いたずら》っぽく笑ってみせた。

勝間田勝也が姿を現わしたのは、十五分ほどたってからであった。

3

床の間を背にして春日がすわり、ミナは次の間を正面に見る位置にいた。勝間田勝也は座卓をはさんで、春日と向かい合いに膝《ひざ》を揃《そろ》えた。体格のいい男で、血色がよかった。四十すぎにしか、見えなかった。

愛想がいいのか、あるいは陽気な性格なのか、勝間田は笑顔でなくなることがなかった。苦労を知らない顔、と言ってもいい。深刻になることがなく、何事に対しても淡々としているという感じであった。

ワイシャツに、ネクタイを付けている。細かいことには、こだわらないらしく、勝間田は春日が誰であるのか、気にもかけないようであった。呼ばれたから来た、というだけのことらしい。

「今日はようこそ……。勝間田でございます」

勝間田は、そう挨拶《あいさつ》をしただけだった。

「実は、ご主人にちょっと、お尋ねしたいことがありましてね」

春日は灰皿を押しのけながら、勝間田を見据えた。

「何でしょうか」

勝間田は、笑っていた。

「滝沢清次という者を、ご存じでしょうか」

春日はイエスという答えを期待してか、やや緊張した気持ちになっていた。

「ええ、存じ上げておりますよ」

勝間田は拍子抜けするほど、あっさりと期待通りの返事をした。

「親しい間柄ですか」

「親しいってほどの、お付き合いではありませんな」

「古い付き合いでもないんですね」

「古いどころか、つい最近になって知り合ったんです」

「いつ頃ですか」

「今年の六月の初めでしょうか」

「そんな最近のことなんですか」

「そうなんですよ」

「どんなキッカケで、滝沢氏をお知りになったんでしょう」

「滝沢さんが、わたしの自宅へいらっしゃったんですよ」

「鏡石町のお宅ですね」

「はい」

「そのときが、初対面ですか」

「そうなんです」

「誰かの紹介か何かで……？」

「いや、紹介もなしに、突然お見えになったんですよ」

「滝沢氏は何が目的で、いきなりお宅を訪問したりしたんでしょう」

「実は、わたしのところに、古銭がありましてね」

「古銭……？」

「つまり、古い通貨ですな」

「ほう」

「どこかでその噂《うわさ》を聞き込んで、わたしのところへ滝沢さんはお見えになったらしいんです」

「その古銭を、見たいということなんですか」

「はい」

「個人として滝沢氏は、お宅を訪問したんでしょうかね」

「いや、そういうことを、専門のお仕事になさっているそうでしてね。いただいた名刺には、株式会社・小木曾事務所、調査部長とありました。何でも、古美術品の調査発掘の責任者とかいうお話でしたな」

「それで、秘蔵の古銭を、お見せになったんですか」

「秘蔵なんてもんじゃありません。わたしはあまりそういうものに興味がありませんので、蔵の中にしまっておいただけなんですよ。だから、わたしもどうぞどうぞと、滝沢さんにお見せしたんです」

「すると、あなたが古銭を蒐集《しゅうしゅう》されたわけではないんですね」

「いわば、先祖伝来の品物でしてね。わたしが聞いたところによると、享保《きょうほう》年間に近江《おうみの》国《くに》、現在の滋賀県でふとしたことから手にはいった古銭を、家宝みたいにして勝間田家代々が受け継いできたもののようですな」

「大した値打ちもの、ということになるんですね」

「さあ、わたしは別に何とも思いませんがね。滝沢さんの鑑定によると、数のうえにおいても凄《すご》いものだということでしたね」

と、勝間田は、鷹揚に笑っている。まるで他人事であり、彼はただおもしろがっているだけという感じであった。その勝間田の説明によると、中型の甕《かめ》いっぱいに詰まっている古銭は、日本最古のものだという。

日本最古、つまりわが国最初の銭は、和同開珎《わどうかいほう》ということで知られている。奈良に遷都《せんと》する直前、すなわち奈良時代にはいる一年前の和銅《わどう》元年に、わが国では最初の銭貨が鋳造《ちゅうぞう》されたのである。

和銅元年は、七〇八年に当たる。慶雲《けいうん》五年二月に、武蔵国秩父郡《むさしのくにちちぶ》より自然銅が朝廷に奉献された。そこで二月十一日に催鋳銭司《さいすぜんじ》という役職を設け、従五位上多治比真人三宅麻呂《たじひのまひとみやけまろ》がこれに任じられた。

その催鋳銭司の指示により銭貨の鋳造が始められ、同時に慶雲五年を和銅元年に改めたのである。和同開珎は三種類あって、和銅元年五月に銀銭を鋳造したのが最初だった。次いで、七月に銅銭が造られた。

和同開珎の手本にされたのは、唐の国の開元通宝《かいげんつうほう》と乾封泉宝銭《けんふうせんほうせん》であった。鉱山のある地方で盛んに鋳造されたわけだが、そのための泥銭范《どろぜんはん》、銭型鋳が発見されている。その銭范は、唐式鋳銭工により造られたものである。銭范が残っているのは、この和同銭だけであって、非常に貴重なものとされているという。

和同開珎に始まり、天徳《てんとく》二年の乾元大宝銭《けんげんたいほうせん》に終わる二百五十年間に、十二種類の銅銭が発行されている。この十二種類の銅銭を本朝十二銭、あるいは皇朝《こうちょう》十二銭と称しているのである。

和同開珎（わどうかいほう）
万年通宝（まんねんつうほう）
神功開宝（じんこうかいほう）
隆平永宝（りゅうへいえいほう）
富寿神宝（ふうじゅしんぽう）
承和昌宝（じょうわしょうほう）
長年大宝（ちょうねんたいほう）
饒益神宝（じょうえきしんほう）
貞観永宝（じょうがんえいほう）
寛平大宝（かんぴょうたいほう）
延喜通宝（えんぎつうほう）
乾元大宝（けんげんたいほう）

この十二種類の銅銭が、皇朝十二銭であった。和同開珎は銅銭のほかに、銀鋳と銀鋳広穿とがある。勝間田家に伝わる甕いっぱいの古銭はすべて、この皇朝十二銭なのだった。その三分の二が和同開珎で、さらにその半分以上が銀鋳であった。

「銀鋳の和同開珎は、古銭としても売買して一枚、数十万円の値がつくそうですがね」

勝間田は相変わらず、穏やかな笑顔を見せていた。どんな高値がつこうと、大して興味はないという顔つきである。

「それらの古銭を見て、滝沢氏は喜んだというわけですか」

春日はタバコをくわえたままで、いっこうに火をつけようとはしなかった。

「そりゃあもう、ひどく興奮していたようですなあ。とにかく滝沢さんという人は、古いものを発見することに、生き甲斐《がい》を感じているみたいですよ」

「それで滝沢氏は、その古銭を譲ってくれと申し出たんでしょうね」

「これほど大量の和同開珎が見つかったことは近来にないし、是非とも売って欲しいということでした」

「それに対する勝間田さんの、お返事は……？」

「その時点では、考えさせてくれとお答えしましたよ」

「当然なことです」

「わたしには祖先伝来のものだから、大事にしようなんて気持ちはありません。同時にまた、高い値段で売ってと考えるほど、金に困ってもいないんです。ただ、初対面の滝沢さんに、いきなり譲ったりしていいものかどうかという迷いがありましてね」

「結果的には、どうなったんです」

「再三、滝沢さんからお手紙、お電話をいただきました。わたしは、その滝沢さんの熱意、ひたむきさ、真剣さに感ずるところがありましてね」

「承知されたんですか」

「はい。ただし、売るのはいやだ、という条件付きですよ」

「と、申されますと……?」

「祖先伝来の品物を売り払うほど、勝間田家は落ちぶれていない。また、祖先伝来のものを換金するのは、何となく寝覚めが悪い。それに、お金を受け取っても、使い道がない。そうした気持ちが、あったものですからね」

「すると、甕いっぱいの古銭をタダで、滝沢氏に贈るということなんですか」

「滝沢さんの熱意に対するプレゼント、ということになりますかな」

勝間田は、パイプを取り出した。パイプで、タバコを喫《す》うらしい。そのパイプをくわえた勝間田の顔には、一種の風格があった。さすがは大資産家、金に不自由したことのない人間、という感じがした。

数千万円、あるいは億にもなるだろう品物を、売りたくないという理由で贈ってしまう。誰にでも、できることではなかった。いや、勝間田のような男は、二人といないかもしれなかった。

「滝沢氏は、喜んだでしょうね」

思い出したように、春日はタバコに火をつけた。

「そりゃあもう、狂喜してくれましてね。その狂喜ぶりを見ているだけで、わたしは張り合いを感じましたよ」

「甕いっぱいの古銭は、もう滝沢氏の手に渡ったんですか」

「はい」

「いつのことでしょう」

「それが、いざというときになって、遅れてしまいましてね」

「どうしてです」

「わたしのほうから何回か、小木曾事務所へ電話を入れたんです。ところが、いつも滝沢さんはお留守ということなんですよ。それで、そのたびに小木曾事務所の社長秘書だという女性の方に伝言をお願いしたりでしてね。そのうちに、七月末になってひょっこり滝沢さんが、鏡石町の家にお見えになったんです」

「七月末ですか」

「七月二十七日でしたな」

「そのときに、古銭を滝沢氏にプレゼントされたんですね」

「はい。滝沢さんは、自動車を運転してお見えになったので、その後部座席に甕を積み込んで東京へ帰られました」

「滝沢氏は、ひとりで来たんですか」

「ええ、おひとりでした」

「ところで、二、三日前に滝沢氏が、この熱塩温泉へ来ましたね」

「見えられました」

「何の用があって、来たんでしょうね」

「鏡石町へ行って、わたしが熱塩にいると聞かされて、ここへお見えになったんです。大した用もなく、わたしに改めてお礼を言いたかったとか、おっしゃっていました」

「しかし、ただそれだけのことで、わざわざ出かけて来るはずはないんですがね。何か目的があったと思うんですが、お気づきになりませんでしたか」

「そうですね。滝沢さんがわたしに質問したのは、小木曾事務所の女性の社長秘書についてでしたな」

「ほう」

「わたしが何度も電話をしても、滝沢さんはお留守。それで、わたしは社長秘書に、伝言を頼みました。そのとき社長秘書に古銭のことを、具体的に話したのかどうか、滝沢さんは気にかけておられました」

「勝間田さんは、小木曾事務所の三人の秘書が殺された事件を、ご存じでしょうね」

「そういう事件があったということは、知っております。しかし、わたしは世の中の事件というものに関心を向けませんので、詳しいことは聞いてもおりません」

「そのうちのひとりは、喜多方市で殺されたんですがね」

「そうだそうですね。滝沢さんも、その事件に結びつけて、彼女たちが古銭のことを具体的に知っていたのかどうかを、知りたがっていたみたいですよ」

「事実は、どうなんでしょう。勝間田さんは小木曾事務所の社長秘書に、古銭のことを具体的にお話しになったんですか」

「いや、具体的には話しませんでした。まず鏡石町の勝間田ですと名乗ったあと、例の皇朝十二銭を売るわけにはいかないが、ご期待に応《こた》えようという気持ちになりましたと、滝沢さんにお伝えください。まあ、そんな言い方をしたと思います」

勝間田は微笑しながら、パイプの中の火が消えていることを確かめた。

「そうですか」

春日は、冷たくなったお茶を飲んだ。

「失礼ですけど、滝沢さんとはどういうご関係でしょうか」

初めて、勝間田が質問した。

「わたしも小木曾事務所の者なんですが、滝沢氏が急に退職したもんですから、その退職理由を調べるように言われましてね」

咄嗟《とっさ》に春日は、そんな嘘を作り上げていた。

「滝沢さんは、小木曾事務所を退職されたんですか」

勝間田が、目を見はった。

「七月三十一日付でね。ご存じなかったんですか」

ふと春日の顔つきが、厳しくなっていた。

「滝沢さんは、何もおっしゃらないので……」

勝間田は苦笑しただけで、それ以上のことを尋ねようとはしなかった。やはり、おっとりしているのである。人を疑おうとしないし、滝沢のことを信じきっている。何しろ、億にもなろうという品物を、売るのは気分が悪いからと、友人でもない滝沢にさっさとくれてしまうような人物なのだ。

気前がいいというより、欲そのものがないのだろう。あるいは、滝沢のことや古銭など、どうでもいいのかもしれない。むしろ無関心がすぎて、冷淡という感じもしないではない。

滝沢が死んだと聞かされても、さして驚かない勝間田なのではないだろうか。常人離れをしている変わり者と見ても、間違ってはいない勝間田なのである。だから彼は、滝沢がなぜ小木曾事務所を退職したことを黙っていたのかと、追及する気もないのであった。もちろん、勝間田は滝沢の退職と古銭というものを、結びつけて考えようともしていないのだった。

「ひとつ、釣りでもいかがですか」

立ち上がりながら勝間田は嬉しそうに笑った。もう、滝沢のことなど、念頭にないのである。勝間田は隠居というより、一種の世捨て人なのかもしれない。生活することに無縁な自由人が、俗世界に背を向けて自然だけを相手にしようという心境になったとしても、けっしておかしくはないのである。

4

七月二十七日　滝沢は勝間田より古銭をもらい受ける。
七月三十日　有馬和歌子が西都《さいと》市で殺される。
七月三十一日　滝沢は小木曾事務所を退職する。

八月五日　木原由美が喜多方市で殺される。
八月十二日　長谷部陽子が関市で殺される。

三人の秘書の死と滝沢の動きが、このように前後している。ここでクローズ・アップされるのは、勝間田家に存在していた日本最古の銭貨であった。滝沢は福島県の鏡石町にある勝間田家に、祖先伝来の古銭が保管されているという情報をキャッチした。

古美術品の調査発掘を専門の仕事としている滝沢だから、その種の情報や噂が次々に耳へはいってくる。古銭は古美術品と違って、独立しているものである。小木曾善造も古銭には、あまり執着していないようであった。だが、滝沢には興味があったのだ。

日本最古の和同開珎であって、その中には大量の銀鋳があるらしい。大量の銀鋳の和同開珎が見つかるのは、非常に珍しいことであった。滝沢は、勝間田家を訪れた。そのときの滝沢は個人ではなくて、小木曾事務所の社員として訪問したのだった。

そこで滝沢は、数百枚の銀鋳の和同開珎を見た。一枚を二十数万円と踏んでも、大変な値打ちになる。そのうえ、勝間田がそれらをプレゼントしてもいいと、夢みたいなことを言い出したのであった。

「その瞬間に、滝沢は欲の固まりになったんだ」

春日は、山の稜線《りょうせん》に区切られた狭い青空を振り仰いで、何度か深呼吸を繰り返した。

秋のような涼風が吹き抜けて、気分をすっきりさせる。人気《ひとけ》はなく、空と山と樹海が、春日とミナを見守っているようだった。

示現寺《じげんじ》の境内《けいだい》である。熱塩温泉に相応《ふさわ》しく、素朴な山寺であった。だが、示現寺は那須《なす》の殺生石《せっしょうせき》で知られる源翁《げんおう》和尚が開山した名刹《めいさつ》、とされている。杉林と古い寺が、時代を忘れさせた。

「その億にもなるという古銭を、自分のものにしようとしたのね」

ミナが言った。

「勝間田氏は、小木曾事務所に寄付してもいいという気持ちだったのかもしれない」

「でも、それをタダでもらえるということになって、滝沢は自分がいただこうと思いついた。まあ、無理はないわ」

「滝沢は古銭というものに対する執着と、それを換金した場合の金額と、両方の魅力に抗しきれなかったんだろう」

「自分のものにするとなると当然、その古銭のことは小木曾事務所に対して秘密にしなければならないわね」

「極秘《ごくひ》さ」

「小木曾善造に知られたら、大変なことになるわ」

「小木曾事務所の社員としてやったことなんだから、業務上横領にもなりかねない。いずれにしても、滝沢の立場はひどく不利になる」

「滝沢は古銭をいただこうと思いつくと同時に、小木曾事務所を辞《や》めようって決心したんでしょうね」

「やつが不意に退職した理由は、そういうことだったんだ」

「間違いないわ」

「七月二十七日に滝沢は、車を運転して鏡石町へ向かった。もちろん、贈られた古銭の甕を車に積んで、東京まで運ぶつもりだったんだろう」

「個人的な行動ね」

「そうだ。その証拠に滝沢は、ひとりだけだったというじゃないか」

「小木曾事務所で引き取るのであれば、若い社員をひとりか二人、滝沢に付けてやるはずだわ」

「滝沢は古銭を、自分のものとすることに成功した。しかし、やつには一つだけ、気がかりなことがあった」

「勝間田氏の口から古銭の存在が、小木曾善造の秘書たちの耳に、はいってしまったのではないかということね」

「なにしろ、極秘事項だからな」

「秘書たちがそのことを知れば、小木曾善造の耳にもはいるわ」

「滝沢は、そのことを恐れた」

「勝間田氏は具体的なことを喋《しゃべ》っていないと言ったけど、結果的には秘書たちが察してしまったかもしれないわ」

「まず、鏡石町の勝間田という男から、何度も電話がかかる」

「秘書たちの印象に残るわね」

「それに秘書たちが、まったく知らない名前だろう。それで滝沢が新しく、取引を始めた相手に違いないと思う」

「次に、古銭という言葉を、秘書たちは耳にする」

「それで秘書たちにも、滝沢と勝間田の間で古銭の売買が行なわれるらしいと、察しがついてしまう」

「ところが、それに売りたくないけど期待には応えるという言葉が付け加えられるんですからね」

「秘書たちは、ますます興味を持つようになる」

「小木曾善造に、話してみようと思うかもしれないわ」

「そうなることを、滝沢は何よりも恐れたんだ」

「でも、本当に秘書たちは興味を持ったり、察しをつけたり、怪しんだりしたのかしらね」

「だろうと思うよ」

「どうして……？」

「たとえば、木原由美だ。木原由美は小木曾善造に、喜多方へ行くならついでに鏡石町というところに寄ってみたいと、言っているんだぜ」

「木原由美が鏡石町に興味を寄せる理由は、ほかにないというわけね」

「絶対にないだろう」

「鏡石町の勝間田とは誰か、滝沢とはどんな関係にあるのか、いったいどんな取引があったのかと、木原由美は怪しんでいた。それで、鏡石町にも行ってみたかった」

「小木曾善造には報告しないで、自分で確かめてみようとしたんだな」

「滝沢が突然、会社を辞めたこともあって、ますます怪しんじゃったのよ」

肩を縮めるようにして、ミナが歩き出した。

「七月三十日に西都市で殺された有馬和歌子の場合も、彼女のほうから滝沢に何か言ったのかもしれない」

ミナのあとに従って、春日はそう言った。午後五時をすぎると、もう寒いくらいであった。ノースリーブのブラウスでいるミナが、まず宝井旅館へ戻る気になったのである。旅館には、温泉が待っているのだ。

「どんなことを、言ったのかしら」

ミナは歩く速度を落として、春日と肩を並べた。

「想像だけどね。たとえば、鏡石町の勝間田とは何者だ、古銭の件で話が進んでいるのかどうか、といった調子で探《さぐ》りを入れたんじゃないのかね」

「それに対して、滝沢は滅多なことを言えないわね」

「何となく、答え方が曖昧《あいまい》になる」

「有馬和歌子は怪しんで、しつこく追及する」

「その話を、社長に報告してもいいのかって、有馬和歌子が迫ったりしたら、滝沢はどうするだろう」

「取引が、もっと具体的になったらちゃんと報告してもらうとか言って、誤魔化《ごまか》すでしょうね」

「しかし、それだけのことで、すませるわけにはいかない。そのうえ、七月二十七日にはもう滝沢は、古銭を手に入れてしまっているんだ」

「有馬和歌子の口を塞《ふさ》ぐってことを、考えるかもしれないわ」

「滝沢が古銭を手に入れて三日後に、有馬和歌子は殺されている。しかも、その翌日に、滝沢は小木曾事務所を退職している。そうしたことに、因果関係はまったくないだろうか」

「じゃあ、有馬和歌子を殺したのは、滝沢清次ってこと……?」

ミナが、春日を見上げた。三方を旅館が囲んでいる広場で、その真ん中にバスの停留所がある。いわば熱塩温泉の中心部、ということになる。

「動機、さらに滝沢の行動には不審な点がある」

春日は南の空へ、視線を走らせた。

「そうなると滝沢は、三人の秘書全員を殺したってことになるんでしょ」

ミナが言った。

「もちろんだ。おれは滝沢清次に、焦点を絞ろうと思っている。関市へ行ってみれば、はっきりするだろう」

春日は、目を細めた。南の空は広く、雲の一つも見当たらなかった。福島県の空は、岐阜県の空にも通じている。春日の胸には、焦燥感に似たものがあった。彼の心はすでに、岐阜県の関市へと飛んでいるのだった。

関市　その二

1

まだ暗いうちに、春日多津彦はミナと短い別離の挨拶《あいさつ》を交《か》わした。ミナは囮《おとり》になって、東京へ帰ることになっている。もちろん、ミナには例の美女を、東京で逆に尾行するという大切な仕事がある。

ミナが素直に、その任務を引き受けたのは当然のことだった。しかし、ミナが春日と一緒に岐阜《ぎふ》県の関市へ行きたがらなかったことにも、それなりの理由があったのである。ミナは、岐阜県の出身なのだ。

中学を出てからは一度も、岐阜県の田舎《いなか》へ帰っていないとミナ自身が言っていた。中学生になっても、まだ男なのか女なのか、はっきりしなかったミナであった。そして現在は戸籍の上でこそ中川秀雄という男だが、実際は女以上に女になりきっている。

そういう自分を郷里において、好奇の目に晒《さら》したくはない。親も帰って来いとは、言わなかった。男か女かわからないようなわが子であれば、親も敬遠して知らん顔でいるということらしい。

それで、岐阜県の郷里へは帰らないことにしているとミナは笑っていた。関市が、ミナの郷里というわけではないだろう。だが、それでもミナは、岐阜県内にあるということで、関市にもあまり行きたくはなかったのに違いない。

眠たそうな老人に見送られて、春日は『宝井旅館《たからい》』を出た。タクシーが、待っていた。熱塩《あつしお》温泉は、静寂の中にあった。だが、客はまだ眠っていても、旅館の従業員たちはすでに今日一日の起点に立っているようだった。

タクシーは、熱塩温泉をあとにした。そのまま一路南下して、喜多方《きたかた》市内を通過した。もう、明るい朝になっていた。タクシーは、会津若松《あいづわかまつ》へはいった。駅へ直行する。予定の時間よりも早く、会津若松駅に到着したようだった。

春日は、会津若松発七時二十四分の『急行ばんだい一号』に乗り込んだ。上野着が、十二時八分であった。東京駅まで行って、十三時発の『ひかり十一号』に乗った。名古屋についたのは、十五時一分であった。

名古屋からは、タクシーを飛ばした。一宮市《いちのみや》、岐阜市を経て、関市へはいる。丘陵地帯と田園風景と市街地を、一度に見られるという人口五万人の都市である。人家が密集している街中には、緑が少なかった。

しかし、市街地の周囲には濃淡を織りまぜての緑が、溢《あふ》れるように見られるのであった。高層建築が少ないせいか、空が広く感じられる。夏の日射《ひざ》しを受けて、街中は赤っぽく明るかった。

関市は、刃物の町として知られている。刃物生産額は世界的なもので、西ドイツのゾーリンゲンと覇《は》を競《きそ》っているとされていた。その起源は鎌倉《かまくら》時代から多くの名刀、名匠《めいしょう》を生んだ刀鍛冶《かじ》にある。

古くからの日本刀は、西の備前長船《びぜんおさふね》と並び、この関において多く生産されたのであった。その作品の価値はともかく、一般的に知られている刀匠に、『関の孫六《まごろく》』がいる。もちろん、いまもその伝統を継いで、関鍛冶は健在であった。

だが、現代の刃物産業は、一般用の金属製品が中心となっている。替刃《かえば》と軽便カミソリ、ハサミ、爪切《つめき》り、食卓用器具、庖丁《ほうちょう》類、ステーキ・ナイフとカービング・セット、ポケット・ナイフなどが、主な特産品であった。それらは、オートメーション化された工場で、生産されている。

しかし、工場の多い工業都市という感じは、まるでなかった。やはり、古い歴史を持つ土地柄のせいだろうか。円空《えんくう》彫刻で知られる、円空が入定《にゅうじょう》した弥勒寺《みろくじ》跡をはじめ、龍泰寺《りゅうたいじ》、善光寺《ぜんこうじ》、新長谷寺《しんはせでら》、春日《かすが》神社、迫間《さこま》不動、蓮華寺《れんげじ》、貴船《きふね》神社などの寺社が多い。

そうした歴史の匂《にお》いを嗅《か》ぎ、のどかな雰囲気を感じ取ることで、工業都市という印象が薄められるのに違いなかった。北から市内を貫く吉田《よしだ》川と関川が、東西に走る津保《つぼ》川へ流れ込んでいる。

その津保川が合流する手前の長良《ながら》川の上流が、市の西側を南へと下っていた。タクシーは、長良川に架《か》かっている千疋《せんびき》大橋を渡った。完全に郊外であって、樹木に被《おお》われた丘陵地帯に人家は見当たらなかった。

関の孫六の名に因《ちな》んでの旅館『関の孫六苑《えん》』は、予想もしていなかった場所に位置しているらしい。旅館だから当然、市街地にあるものと春日は思っていたのである。だが、タクシーは長良川を渡り、丘陵地帯へはいり込んで行くのだった。

「〝関の孫六苑〟へ、来たことがあるんですか」

心細くなって春日は運転手に声をかけた。

「ええ、何度も来てますよ」

運転手が、背中で答えた。

「名古屋からタクシーで、関の孫六苑へ乗りつけるお客が、何人もいるんですかね」

「さあ、そいつはどうかな」

「だって、何度も来ているんでしょう」

「わたしは、関の人間なんですよ。名古屋へ移ったのは、去年からでしてね」

「ああ、そうなんですか」

「関にいた頃《ころ》、何度も〝孫六苑〟へ来ているってことなんですよ」

「なるほど……」

「孫六苑というのは、お客を泊めるだけの旅館じゃないんですよ」

「そうらしいですね。当たり前の旅館なら、市の中心部にあるはずだ」

「つまり地元の人も利用するし、近在からも家族連れで料理を食べに来るって旅館なんですよ」

「割烹《かっぽう》旅館ですか」

「観光料理旅館、と言っていますがね。まあ一種の、レジャー・ランドってところですよ」

「だったら、郊外にあって当然ってことでしょうね」

「何しろ、広いですからね。宴会場、結婚式場、遊園地なんかもあるんです」

「この北のほうに鮎《あゆ》の瀬《せ》橋というのが架かっていて、その上流に有名な小瀬鵜飼《おせうかい》があるんですよ」

「鵜飼ね」

「鵜飼というと、同じ長良川でも岐阜市のほうが、国際的に知られているでしょう」

「長良川の鵜飼っていうと、やっぱり岐阜市を思い起こすけどね」

「でも、ここの小瀬鵜飼のほうが、歴史は古いらしいですよ。一千有余年の伝統を誇る、ということですからね」

「そう」

春日はやや、気のない返事をした。観光には、無縁の旅行である。観光案内を聞かされても、興味が湧《わ》かないのであった。運転手とは長良川を渡るまで、一言も口をきいていなかった。

きっと無口なのだろうと、春日は思っていた。しかし、いったんキッカケができると、運転手はむしろ話好きみたいであった。いままでは、人見知りをしていたのかもしれない。話を始めたとたんに、急に打ち解《と》けたという感じだった。

「しかし、お客さんみたいにひとりで、孫六苑へ行くって人も珍しいですね」

「そうですか」

運転手は話題を変えて、また喋《しゃべ》り始めた。

「そうですか」

春日は、苦笑した。

「やっぱり、何人かで行って楽しむってところですからねえ」

バック・ミラーの中から、運転手が真面目《まじめ》な顔で言った。

「孫六苑で誰かと、落ち合うこともあるでしょう」

春日は、からかうような気持ちで、そんなことを口にした。

「いや、そうは見えませんね。お客さんは、ひとりで孫六苑へ行くんでしょう」

「そんなふうに、わかるんですか」

「そりゃあ、わかりますよ。十五年もこの商売をやっていりゃあ、大抵《たいてい》のことは見当がつきますね」

「恐ろしいな」

「お客さん、東京からでしょう」

「そうですよ」

「そうだな、お客さんの職業を当ててみましょうか」

「さあ、当たるかな」

「わたしの見たところ、お客さんは警察関係の方だ」

「ほう」

「ズバリ言って、刑事さんじゃないですか」

「どうして、わかるんです」

今度は春日のほうが、真剣な顔つきになっていた。

「正直に言って、刑事さんってのはわりかし、よくわかるほうなんですよ。独特のタイプってのが、あるんでしょうね」

運転手が、振り返って笑った。

タクシーは、スピードを落としていた。目の前に公園のような、緑地帯が広がっていた。それがどうやら、敷地十万坪という『関の孫六苑』のようであった。遊園地に、広い駐車場が見えた。

左手の庭園に、中国ふうの建築物があった。池に朱塗りの橋が架かっているし、その別《べつ》棟《むね》の建物が結婚式場なのだろうと、春日は見当をつけていた。見当と言えば、運転手の人を見る目と鋭いカンは大したものだった。

「驚いたな、まったく……」

春日は本音を、洩《も》らしていた。

「東京から刑事さんが孫六苑へ来たとなると、津保川の岸で若い女が殺された事件に関係しているんじゃないですか」

並木道を正面玄関へ向かい、タクシーの運転手は車を停《と》めてからも、まだ喋り続けていた。

「どうして、そんな事件に興味を持っているんです」

さりげなく、春日は訊《き》いた。一種の職業意識から、運転手の言葉に注目したのであった。

「興味なんて、持っちゃいませんよ」

「しかし、殺人事件なんて珍しくもない世の中だし、過去はとにかく現在の運転手さんはこの土地の人じゃないんでしょう」

「いまは名古屋に住んでいますが、関市の人間に知り合いが大勢いるし、よく関市へ遊びに来るんですよ」

「つまり、関市に住む知り合いから、その事件について聞かされたということなんですか」

「そうなんです。それも、この孫六苑の従業員からなんですよ」

「ほう。孫六苑の従業員に、知り合いがいるんですか」

「遠縁の者なんです。カズエという客室係ですよ」

「仲居さんですね」

「そのカズエが、殺された人の部屋の係だったというので、もうすっかり興奮して無理矢理に話を聞かされたようなものなんですよ。もし何でしたら、カズエを呼んで話を聞いてみたらいかがです。名古屋のケンにそう聞いて来たと言えば、カズエは何でも話しますよ」

「名古屋のケンさんね。悪いけどさっそく、その名前を利用させてもらうかもしれません」

「どうぞどうぞ……」

三十半《なか》ばの運転手は、振り返ってやや得意気に笑った。春日はチップとして、料金に千円を加えた。タクシーを降りると、八月の暑さが地上から湧き上がるようにして、春日の身体《からだ》を押し包んだ。

Uターンに取りかかったタクシーに背を向けて、春日は『関の孫六苑』の正面玄関へ向かった。殺された長谷部陽子の部屋の係だったというカズエの話を聞けることは、プライベートな行動をとる春日にとって大きな収穫であった。

警察官ではなく一個人として聞き込みを行なうには、カズエのような証人は貴重な存在である。だが、収穫ではあっても、その結果に期待はおけなかった。それは、カズエが犯人について多くの知識を、持っていないかもしれないからだ。

　魚が泳ぎ回る水槽のある玄関から、広いロビーが見渡せた。ロビーにいるのは、なるほど家族連ればかりであった。男なり女なりが単独でいる姿はなく、またアベックというのも見当たらなかった。

　春日は男ひとりで予約してあったが、フロントでは別に不思議そうな顔もしなかった。春日はフロントで、カズエの名前を出してみた。もし可能なら、カズエを部屋の係にしてもらいたいという注文であった。

「承知いたしました」

　若いフロント係が、その点もあっさり承知した。フロントからの電話連絡を受けて、和服姿の客室係が姿を現わした。三十五、六だが、色が白くて可愛《かわい》い顔をしていた。しかし、お喋りというより、むしろ無口な女のタイプであった。

「こちらへ、どうぞ……」

　カズエの案内で、奥へ向かっている廊下を春日は歩いた。廊下の左右に、格子戸付きの部屋の入口が並んでいる。間もなくカズエが立ちどまって、春日を振り返った。その顔に、警戒の色が見られた。

　なぜ自分をわざわざ客室係に指名したのだろうかと、カズエは怪しんでいるのに違いなかった。

春日はカズエのあとに従って、左側の部屋の中へはいった。格子戸の向こうに襖《ふすま》があり、さらにその奥が次の間であった。春日はガラス戸越しに、庭園の池と岩山の絶壁を水が落下する大きな人工の滝を見た。

2

いったん、部屋を出て行き、改めて茶菓《さか》を運んで来たカズエは、依然として春日の顔を正視しようとしなかった。やはり、無口な女なのである。無口なだけに、怪しみながら質問はしないのだろう。

春日はまず、チップをカズエの前に置いた。カズエは慌《あわ》てて、ティッシュ・ペーパーに包んだチップを、春日のほうに押し戻した。警戒している相手から、チップをもらうことに不安を覚えたのであろう。

「まあ、受け取っておいてください。ただ世話になるだけではなく、あなたから聞かせてもらいたい話もあるんでね」

春日はチップを、カズエの掌《てのひら》に押しつけた。

「話って、何でしょう」

怒ったような顔で、カズエが言った。

「長谷部陽子という客を、知っていますね。あなたは、小木曾善造と長谷部陽子の部屋の係だったというし、ひとつ詳しい話を聞かせてもらいたいんです」

「その話でしたら、警察で聞いてください。わたしが知っていることは、残らずここへ聞き込みに来た刑事さんたちに話しましたから……」

「あなたが何もかも話してくれるはずだと言われて、実はあなたをこの部屋の係にしてもらいたいと頼んだんですよ」

「わたしが何もかも、話すだろうって……？」

「ええ」

「そんなこと、誰が言ったんです」

カズエは、気色《けしき》ばんだ。

「名古屋のケンさんですよ」

笑いを浮かべて、春日は切り札を持ち出した。

「ケンさんに……？」

カズエは、目を見はった。

「そうなんです」

「ケンさんと、知り合いなんですか」

「まあね」

「そうだったんですか」

「あなたとケンさんは、遠縁に当たるそうですね」

「ええ。わたしの伯父《おじ》のところへ、ケンさんの叔母《おば》さんがお嫁にきているんです、それにケンさんとわたしは、小学校が同級なんですよ」

「最近、あなたはケンさんに、殺された長谷部陽子のことについて、話して聞かせたんでしょう」

「ええ。誰かに話さずには、いられなかったもんですから……」

「当然です。自分の身近で殺人事件が起こったんだから、誰でも興奮してその話を聞かせたくなるもんですよ」

「ケンさんって、とても話の聞き上手なんです」

初めてカズエは、口許《くちもと》を綻《ほころ》ばせた。安心したように肩を落としているし、堅さも取れたみたいである。『名古屋のケンさん』の効果は、絶大であった。カズエはたちまち、春日に対して気を許したのだった。

「そのケンさんに話したことを、もう一度ぼくに聞かせてくれませんか」

　春日は、お茶に口をつけた。

「ケンさんにそう言われて見えたのでは、話さないわけにはいきませんね」

　笑いながらカズエは、腰を落ち着けるようにすわり直した。

「お願いします」

「でも、お客さんはどうして、その話を聞きたがるんですか」

「長谷部陽子と、ちょっとした縁がありましてね。長谷部陽子の死について、詳しいことを知っておきたいんですよ」

「新聞に載《の》ったことだけじゃあ、満足できないんですね」

「ええ。それに警察へ行って頼んでみても、事件や捜査の内容を教えてはくれませんからね」

「でも、わたしだって、そう詳しいことを知っているわけじゃないんですよ」

「結構です。知っていることだけでいいから、聞かせてもらいたいんですよ」

「そうですね」

　カズエは、天井へ目を向けた。それほど遠くない過去を、思い起こすときの目つきであった。

カズエの説明の前半は、すでに春日が知っていることばかりであった。だが、春日はカズエの言葉の一つ一つを、噛《か》みしめるようにして聞いた。生《なま》の言葉からは、思いがけない手がかりを得ることもあるのだった。

八月十二日の午後四時に、小木曾善造と長谷部陽子は『関の孫六苑』に到着した。二人をカズエが、『養老《ようろう》の間』へ案内した。養老の間は、春日がいる部屋と隣り合わせの一室ということだった。

一時間後に迎えの乗用車が来て、小木曾善造は岐阜市へ出かけて行った。長谷部陽子は六時半に、ひとりで夕食をすませた。九時前にカズエは、夜具をとるために養老の間を訪れた。

長谷部陽子は、湯上がりの浴衣《ゆかた》姿でテレビを見ていた。カズエは二組の夜具をのべて、座椅子《いす》などを次の間へ運んだ。そうしているときに、床の間にある電話が鳴ったのであった。

その時間を九時五分ぐらいだったと、カズエは記憶している。ちょうど、床の間の近くにいたカズエが、送受器を手にした。椅子にすわっていた長谷部陽子は知らん顔でテレビを見ているようである。

「もしもし……」

カズエは、そう呼びかけた。

「お電話です」

カズエとは気がつかなかったらしく、フロント係がそう言ってすぐ外線に繫《つな》いだ。

「長谷部を、お願いします」

男の声が、カズエの耳に飛び込んできた。カズエはその男の声について、小木曾善造とも思えたし、別人だったかもしれないと、警察の取り調べに対して曖昧《あいまい》な答え方をしている。

それは、無理もないことであった。カズエは小木曾善造の声を、よく記憶していなかったのだ。その時点でカズエは、七つか八つぐらいの善造の言葉を、耳にしたのにすぎないのである。

ただ、外線から男の声で電話がかかり、長谷部と呼び捨てにしたので、出かけている善造からなのだろうと、カズエは咄嗟《とっさ》に思っただけなのだ。声そのものを記憶していて、判断したわけではなかった。

「お電話です」

カズエは、長谷部陽子に声をかけた。

「わたしに……？」

長谷部陽子は、眉《まゆ》をひそめて立ち上がった。

「はい」

カズエは陽子に送受器を渡したあと、冷房の調整のダイヤルを確かめて、『強』を『弱』へ回転させた。そうしながらカズエは、聞くとはなしに陽子の声を耳にしたのであった。

「あら……！　いま、どちらなんですか。え……！　関の市内に……？」

陽子は、そんな言葉を口にした。カズエが聞いたのはそこまでであった。カズエは、養老の間を出てしまったのだ。

そのあと十分ほどして、養老の間からフロントへ電話があった。大急ぎで、タクシーを呼んでくれということだった。タクシーが来るまでに三十分ばかりかかり、九時五十分頃に洋服に着替えた長谷部陽子は、『関の孫六苑』を出て行ったのである。

このカズエの話の後半は、ちょっとした収穫であった。

長谷部陽子も木原由美の場合とまったく同じで、男から電話連絡を受けたあと、殺されているのである。男からの呼び出し電話に応じて出かけて行き、闇《やみ》の中で殺されているのだった。

当然、その呼び出しをかけた男が犯人であり、木原由美も長谷部陽子も同一人物に殺されたのである。しかし、結果的にはまったく同じであっても、そこに至《いた》るまでのプロセスに若干の違いがあるようだった。

木原由美の場合は、みずから『とんぼ』という喫茶店に出向き、そこで男からの電話を待っていた。前もって何時頃に『とんぼ』へ電話をかけるからと、男との間で打ち合わせができていたのである。

男は木原由美に、いま喜多方駅にいると伝えた。木原由美は、これからブラブラ行きますからと言って電話を切った。すべて、予定の行動として木原由美は、天満《てんまん》公園で男と落ち合い、遠田堀《えんでんぼり》の近くまで歩いたあと殺されたのである。

ところが、長谷部陽子は呼び出し電話がかかることをまったく予期していなかったのだ。養老の間に電話がかかったときも、陽子は知らん顔でテレビを見ていたというのである。

「わたしに……?」

カズエに声をかけられて、陽子は不思議そうな顔で立ち上がった。さらに陽子は電話に出てから、驚きの言葉を口にしている。

「あら……!」

「いま、どちらなんですか」

「え……! 関の市内に……?」

それらの言葉は、陽子にとって男からの電話が意外であったことを意味している。

この木原由美と長谷部陽子に対する違いは、いったい何を意味しているのだろうか。ただ単に、男のやり方が違っていたということでは、すまされなかった。計画的な犯行であれば、どんなに些細《ささい》なことでも無意味には行なわれないはずであった。

「長谷部陽子を乗せたタクシーが、ここからどこまで行ったのかは、わかっているんでしょう」

春日は、カズエに訊いた。

「刑事さんの話では、市民会館と言われてそこまで行き、お客さんを降ろしたということだそうです」

カズエが急須《きゅうす》に、ジャーの湯を注ぎながら答えた。

「市民会館ね」

「つまり、電話をかけてきた人と、市民会館の前で落ち合ったんでしょうね」

「長谷部陽子が殺されたところと、市民会館とは近いんですかね」

「いいえ、むしろ反対の方向ですから……。市民会館は市街地の東のほうに位置していますけど、殺人事件があった場所は市の南西の郊外なんです」

「津保川の岸辺ですか」

「十六所《じゅうろくせん》の南西だって、聞いておりますけどね」

「十六所……？」

「普通はそう呼んでいますけど、十六所山という山なんです。そこにはＮＨＫ関テレビ局と、テレビ塔があります」

「その山の南西で、津保川の岸辺ってことですか」

「はい。そのあたりは住宅地にもなっていないし、田圃《たんぼ》や畑ばかりで、夜遅くなれば寂しいところです」

「長谷部陽子は落ち合った男と、市民会館から十六所山の南西の川岸まで歩いたということになりますか」

「でも、ずいぶん遠くまで、歩いたんですね。十六所山の近くまで行くつもりなら、何も市民会館の前で落ち合ったりすることはないのに……」

「ところで、交通の便なんですがね。遠くから列車に乗って関市へ来る場合、何線を利用することになるんです」

「駅は、美濃関《みのせき》か関口《せきぐち》ですね。国鉄の列車は、越美南線《えつみなん》が通っています。ほかに小さな電車ですけど、名鉄美濃町線が走っていますね」

「越美南線の最終列車は、何時頃に関市につきますか」

「関口だったら八時半頃、美濃関はその四分後になります。下りの列車は、それより二十分ぐらい遅いのかな」

「かなり時間が早い最終ですね」

「利用者が少ないんですよ。特にこの頃は、車を利用する人ばかりですからね」

「なるほど……」

「名古屋から来るにしても普通列車がほとんどだから、関市まで二時間半はかかってしまうんです」

「よく、わかりました」

春日は、深々と頷《うなず》いて見せた。

犯人は、もちろん東京の人間である。東京から、長谷部陽子を追って来たのだ。その男は、列車を利用しなかった。新幹線あるいは中央本線に乗っても、関市まで列車で行くには時間がかかる。

それに、関市についてからの行動には、足が必要であった。犯人は東京から、車に乗って来たのだ。東名高速を一宮のインターチェンジから出れば、岐阜を経て関市まで大して遠くはなかった。

まだ未開通の部分もあるが、中央自動車道を利用してもいい。とにかく犯人は、東京から車を走らせて来た。そのために関口とか美濃関とかの駅から、長谷部陽子に呼び出し電話をかけるということをしなかったのだ。

　犯人は落ち合う場所を、市民会館の前と指定した。不案内の土地へ来て、落ち合う場所に『市民会館』を指定したのは、なかなか賢明なやり方であった。その土地のタクシーに乗って、市民会館と行く先を告げれば、知らなかったり間違ったりするはずは絶対にないのである。

　市民会館の前で落ち合ったあと、犯人は長谷部陽子を自分の車に乗せた。市民会館と殺人現場との間に距離があろうと、車で行くのであれば、別に問題はない。タクシーに乗る必要もなかったし、誰かに見られる必要もないのである。

「あのう……」

　カズエが遠慮がちに口ごもりながら、恥じらうような微笑を浮かべた。

「何です」

　春日は、乗り出した。いまカズエは警察も知っていないことを、口にしようとしていると直感したのである。

「実は、あの方が電話で喋ったことを、もう一言だけわたしは聞いているんです」

　カズエは役立たずなことを言おうとしているように、最初から照れ臭そうであり、自信がないのかしきりと首をかしげていた。

「ぜひ、聞かせてください」

春日のほうは、厳しい表情になっていた。

「わたしがもう、次の間へ出てしまってから、聞いたことなんです」

「それで……?」

「何だか意味がわからないことだし、わたしもはっきりそう聞いたとは言いきれなかったので、警察の人にもいまだに話してはいないんですよ」

「どんなことでもいいから、言ってみてください」

「笑わないでくださいね」

「とんでもない。あなたが聞いた通りのことを、そのまま聞かせてもらえればいいんですよ」

「わたしは、こう聞きました。玉や鏡に比べると、剣は世界一幸せねって……」

「それだけですか」

「そうなんです」

「玉や鏡に比べると、剣は世界一幸せね……」

「ほかには、何も聞いていません」

カズエはまだ、自信なさそうに苦笑を浮かべたままでいた。

確かにカズエには、意味がわからないだろうし、他人に打ち明けるのを逡巡《しゅんじゅん》したくなる言葉かもしれない。だが、その言葉には重大な意味が、秘められているようにも思えるのである。

玉とは八坂瓊勾玉《やさかにのまがたま》。

鏡とは、八咫鏡《やたのかがみ》。

剣とは、草薙剣《くさなぎのつるぎ》。

そう解釈していいだろう。三種《さんしゅ》の神器《じんぎ》である。そのうちの玉や鏡に比べて、剣は世界一幸せだ――と、長谷部陽子は犯人に言ったということになるのだった。

3

十時すぎに、電話が鳴った。

春日は夜具の上に腹這《はらば》いになって、列車の時刻表を調べていた。何とか九州まで、足を延ばす方法がないものかと、時刻表と睨《にら》めっこをしていたのである。明日の夜までには、東京へ帰らなければならない。

そして再び、ベッドの上に身を横たえることになる。そうなったら、すぐまた外出許可をもらうということはむずかしい。それで何とか明日という日を有効に活《い》かして、九州まで行けないものだろうかと、考えていたのである。

春日は床の間の電話機を引き寄せてから、おもむろに送受器を手にした。ガムを嚙みながら、春日は電話の声に応じた。東京からお電話ですと、男の声が言った。そのあと、男か女かはっきりしないような、かすれた声が聞こえた。

「やあ、どうも……」

春日は、ニヤリとした。電話であろうとミナの声を聞くと、何となく楽しくなるのであった。

「まだ、起きていたのね」

ミナの声も、悪戯《いたずら》っぽく笑っていた。

「当たり前だ。早寝ができる心境に、あるはずはないだろう」

春日は、タバコをくわえた。

「ガムを嚙みながら、話をしたくないわ。こっちまで、落ち着かなくなるもの」

ミナが言った。静かなところから、電話をかけてきている。店ではなく、自宅からかけているのだろう。

「今日の成果は、どうだったい」

ガムを噛むのをやめずに、春日はタバコに火をつけた。

「順を追って、報告するわよ」

ミナらしくもなく、もったいぶった言い方をする。そういう場合には、大収穫があったと見ていいのではないかと、春日は密《ひそ》かに期待していた。だからこそ、春日が帰京するのを待たないで、ミナは電話をかけてきたのだろう。

「だったら、最初から頼む」

「いいわ」

「まず今朝は何時に、熱塩温泉を出たんだい」

「そうね、九時頃だったかしら」

「それで、例の尾行者は……」

「何しろ、尾行させなければならないので、骨が折れるわよ。タクシーを呼んで、さっさと行ってしまうわけにはいかないでしょ」

「そりゃあそうだ」

「だから、バスに乗ることにしたの」

「喜多方行きのバスだね」

「そうよ。バスの停留所にいたら、例の彼女が十五分ほど遅れて、宝井旅館を飛び出して来たわ」

「出し抜かれたとでも、思ったのかな」

「慌《あわ》てた様子で、あたりをキョロキョロと見回していたわよ。それで、わたしを見つけてからも、落ち着かずにそわそわしちゃって、気の毒みたいだったわ」

「おれの姿が、見当たらなかったからだろう」

「とにかく、正直すぎるわね。あれじゃあ秘密の行動をとるのも無意味だし、尾行者としての資格もないわ」

「素人《しろうと》の中の素人さ」

「それで、わたしがバスに乗ったら、彼女も仕方がないという顔つきで、あとを追って来たのよ」

「喜多方からは、すぐ列車に乗ったのかい」

「喜多方を出るのが十一時十四分の〝急行ばんだい二号〟、もちろんグリーン車が買えたの」

「もちろんグリーン車とは、どういうことなんだ」

「だって、女王さまのご旅行ですもの」

「それで、もうひとりの女王さまも、同じ列車に乗ったのか」

「駅で、電話をかけていたわよ。わたしが思うには、あなたを見失ってしまったけどどうしたらいいだろうかって、電話で指示を仰《あお》いでいたのに違いないわ」

「まあ、そんなところだろうな」

「彼女は誰かに頼まれて、わたしたちのことを尾行していたんでしょ」

「そうとしか、思えないね」

「でも、それにしては尾行が最低に下手な人間に、尾行を頼んだものね。彼女ったら同じグリーン車に乗り込んで来て、すぐ近くの席にすわるんですもの」

「滑稽《こっけい》だったろう」

「話しかけて、道連れになっちゃおうかしらって思ったくらいよ」

「それで、上野についたのは……？」

「十五時四十四分よ」

「三時四十四分か」

「そう」

「彼女は、どうした」

「わたしがトイレに向かったら、彼女もついて来るのよ。東京へついてからも、わたしひとりを尾行してみろって、喜多方駅でかけた電話で指示されたんでしょうね」

「わたし、トイレへはいってすぐ紳士用の出入り口から抜け出しちゃったわ」

「そうだろう」

「彼女を、マイたのかい」

「そうなの。十分ぐらいして、彼女は釈然としない顔つきで、トイレから出て来たわ。そしてまた、電話をかけに行ったのよ。今度はわたしも見失っちゃったけど、どうしたらいいのだろうかと電話で指示を仰いだんでしょうね」

「当然、尾行を断念して引き揚《あ》げて来いと、指示されるだろうよ」

「その通りよ。彼女はさっさと、国電のホームへ向かったわ。さあ、そうなったら今度は、こっちが尾行する番よ。俄然《がぜん》、名探偵が登場したわ」

「ドジな尾行者とは、比較にならないってわけか」

「そう」

「国電となれば、尾行がやりやすいしな」

「彼女、山手線で東京駅まで行って、中央線に乗り換えたわ」

「中央線で、どこまで行ったんだ」

「八王子《はちおうじ》の先の高尾《たかお》よ」

「ずいぶん、遠くまで行ったんだな」

「高尾の駅からが、また大変なのよ。タクシーで五日市町《いつかいち》へ通じている道を北へ走って、それから今度は小津《おつ》川の上流に沿った道を西へ向かって……」

「行った先は、どこなんだい」

「タクシーの運転手さんが教えてくれたんだけど、下恩方《しもおんがた》町の西の大久保というところだそうよ」

「八王子市内なんだろう」

「行政上は、八王子市内ってところだわ。東京都内にこんなところがあったのかと感応するくらいに、山の緑と澄んだ水が豊富な田園地帯よ」

「八王子の郊外はかつて別荘地だったんだから、奥へはいればそれらしいところが残っているさ」

「三方が山で、東へ小津川が流れる山懐《やまふところ》なの。南側は高尾陣馬《じんば》都立自然公園で、八王子城跡があるんですってよ」

「農村を、想像すればいいんだろう」

「そうね。山が間近にあって、森の多い農村だわ。わたしも久しぶりで、蜩《ひぐらし》の声をたっぷりと聞かせてもらったわよ。空気もきれいだし、別荘があっても不思議じゃないわね」

「彼女は、どこへ行っちゃったんだい」

「北側の山の斜面をのぼりかけたところに、森が広がっているの。その森の中に、別荘ふうの一軒家があってね。一部が木造の煉瓦《れんが》造りの洋館で、古いけど洒落《しゃれ》た感じの山荘ってところだわ」

「それが、どうしたんだい」

「だから、彼女はその山荘の中へ姿を消したのよ」

「その一軒家が、彼女の住まいってことかい」

「そこで、名探偵の活躍が始まるわけよ。とにかく門に表札も出てないし、家に近づくこともできないでしょ。そうなると聞き込みをするほかはないわ」

「土地の人に、訊いてみたのか」

「道の真ん中に立って、自動車に乗っている青年、自転車を走らせて来た青年、歩いて来た中年男に、片っぱしから声をかけたの」

「相手は、男ばかりだな」

「当然よ。美人の媚《こ》びは、男に効果的に作用するものでしょ。その証拠に、誰もが照れ臭そうにしながら、とても親切だったわ」

「それで、どういうことを聞き込んだんだ」

「その点がまた共通していて、わたしが声をかけた男性たちは揃《そろ》って詳しいことは知らないって言うのよ」

「それじゃあ、何にもならないじゃないか」

「まあ、待ってちょうだい。わかったことも、ちゃんとあるんだから……」

「まず、何がわかったんだ」

「彼女の名前よ。石塚《いしづか》さんって、いうんですって」

「石塚……？」

「ひとりだけ中年の男性が、フル・ネームを知っていたわ。石塚静香《しずか》さんだそうよ。知っている名前かしら」

「石塚静香ねえ」

「聞いた覚えもないの？」

「うん」

「年は正確にはわからないんだけど、見た通り二十四、五歳だろうということだったわ。石塚静香が山荘に住み込むようになったのは二年ほど前のことで、それまでは大学病院の看護婦さんだったという噂《うわさ》だそうよ」

「彼女はその山荘に、ひとりで住んでいるわけじゃないだろう」

「もうひとりいるらしいんだけど、その人間については誰も何も知らないっていうことなのよ」

「どうしてなんだ」

「何年も前から住んでいるんだけども、一度だって姿や顔を見せたことがないそうよ。年寄り、お婆さん、いや異常者だと噂はあっても、実際に確かめた者はいないらしいわ」

「看護婦という経歴を持つ石塚静香が一緒だとなると、年をとっている女で病人だと考えることが妥当じゃないかな」

「普段は二人しか住んでいない山荘だけど、夜遅くなってからいつも乗用車が出入りしているらしいという話だったわ」

「石塚静香と一緒に暮らしている正体不明の人間の名前は、もちろんわからないだろうな」

「誰も知らなかったわね」

「その山荘は、いつ頃から存在しているんだ」

「十八年前に、建てられたんだそうよ」

「持ち主は……？」

「さあ、問題はそこなのよ。名探偵としても調べ甲斐《がい》があったというわけで、春日さんに一刻も早く知らせたかったことなんだわ」

「気をもたせるじゃないか」

「春日さん、きっとあっと言うわよ。わたしだって驚きの余り、口がきけなくなったくらいですもの」

「いったい、誰が山荘の持ち主なんだ」

「その山荘がある山をそっくり、十八年前に買い取った人物がいるのよ」

「その人物が山を買うと同時に、別荘ふうの家を建てたということか」

「そうよ。それだけ聞けば、その人物とは何者か、見当がつくでしょ」

「いや、わからないな」

「山を買ったのよ。つまり、山林だわ。それも、十八年前に……」

「山林と聞くと、小木曾善造を想像するけどね」

「そうなのよ」

「え……?」

「その山を買い取って、別荘ふうの家を建てたのは小木曾善造なのよ」

「何だって……!」

「その家を土地の人たちは、小木曾山荘と呼んでいるそうだわ」

「本当かい」

「やっぱり、驚いたわね」

「驚かずにいられるか」

「以上で、報告は終わりよ。明日のうちに、何か調べておくことがあるかしら」

「あるね」

「どんなこと……？」

「小木曾に、会うんだ」

「まさか小木曾善造に、会うんじゃないでしょうね」

「ママの親友のほうさ。小木曾ジュニアに会うんだ」

「それで……？」

「八王子郊外の小木曾山荘に誰が住んでいるのか、それから石塚静香の雇い主は誰かを訊き出すんだ」

「高広さんだったら、喜んで協力してくれるわ」

「頼んだよ、ママ」

「オーケーよ」

「明日の夜、八時すぎに病院のほうへ来てくれ」

「わかったわ」

「じゃあ……」

「バーイ……」

ミナは、電話を切った。

春日も送受器を置いて、しばらくはそのままの姿勢でいた。心臓の鼓動が、ズキズキと鳴っていた。事件解決へ大きく前進して、はっきりと光明を見出したとき、息苦しくなるくらいに動悸《どうき》が速まるのである。

いまも、そうした息苦しさを覚えて、春日は自分の心臓の音を聞いていた。喜多方市まで尾行して、春日たちの行動を監視していた石塚静香という女が、小木曾善造と結びついたのであった。

小木曾善造が株で莫大《ばくだい》な金を儲《もう》けたのを機に、日本の山林王を目ざして山林の買い漁《あさ》りを始めたのは、二十年前のことだと言われている。だから、十八年前に八王子郊外に山を買って、そこに山荘を建てたとしても不思議ではないのである。

だが、現在の小木曾善造が、その山荘を使っているとは思えなかった。箱根とか軽井沢とかに、ちゃんとした別荘を持っている。東京からさして遠くない八王子市にあって、しかも建物が古くなっている山荘などには、出入りもしていないだろう。

そうだとすると、何年も前からその山荘に住んでいるというのは、いったい何者なのか。

なぜ、顔も姿も見せずにいるのか。石塚静香のように若くて美しい女が、どうして寂しい山荘に正体不明の人物と二人きりで住んでいられるのだろうか。

夜遅くなってから毎度、乗用車が山荘に出入りしているというが、それを運転して来るのは誰なのか。また石塚静香は誰の指示を受けて、何のために春日たちの行動を監視することになったのだろうか。

疑問点がさらに、その数を増したようであった。しかし、一気に事件を解決へ持ち込むための、レールは敷かれたのである。八王子郊外の小木曾山荘に隠遁《いんとん》する人間の正体を突きとめ、石塚静香に真相を語らせれば、すべてが明らかになるはずであった。

4

翌朝五時前に、春日はタクシーに乗り込んだ。前夜遅くなってから、頼んでおいたタクシーである。カズエに挨拶をして行きたかったが、早朝では会えるはずもなかった。フロント係が春日の部屋へ、タクシーが来たことを知らせに来たのだった。

客はもちろんのこと、従業員の姿も見当たらなかった。ロビーには、電気がついていた。春日は支払いをすませると、フロント係ひとりだけに見送られて、『関の孫六苑』を出た。

タクシーは、無人の道を走り出した。名古屋空港まで行って、航空券が買えたら九州へ飛ぶ。買えなかったら、東京へ帰る予定であった。国道二四八号線を美濃加茂《みのかも》市まで行き、国道四一号線を南下することになる。徐々に車の数が多くなっていた。

名古屋空港についた。八時十分発の宮崎行き、全日空三四一便に乗らなければならない。そのあとの便は午後になってしまい、今日のうちに東京へ帰りつくことは不可能であった。

宮崎行きは一応、満席であった。だが、キャンセル待ちで、乗れるかもしれないということだった。キャンセル待ちの間に、春日はミナに電話をかけることにした。もう一つ、ミナに調べさせることがあると、気がついたからである。

滝沢清次のことであった。滝沢が現在、東京にいるかどうかを、確認させるのである。関市では、滝沢を見かけなかった。だが、滝沢が喜多方市のあと、関市、西都《さいと》市へ回る可能性は十分にあるのだ。

まだ時間は、七時十分すぎだった。朝早くから電話で叩《たた》き起こすのは可哀想《かわいそう》だが、仕方のないことであった。春日は、赤電話のダイヤルを回した。だが、先方は話し中だった。こんな時刻に電話をかけているのは、ミナにしては珍しいことであった。

自分の電話で叩き起こすことにはならないと、春日は気持ちが軽くなるのを覚えた。しかし、同時に何か異変が生じたのではないか、という不安を感じていた。そうでなければ、こんなに早い時間から、ミナが電話に出ているはずはない。

五分ほど待って、もう一度ダイヤルを回した。もう話し中ではなかったが、二度のコールだけで送受器がはずされた。それは、ミナが話し終えたばかりで、まだ電話機のそばにいたという証拠であった。

「もしもし……」

ミナの声が、警戒するように低かった。緊張しているような、感じでもあった。

「おれだよ」

春日は言った。

「ああ……」

そう応じただけで、ミナは絶句した。

「何か、あったのか」

春日は訊いた。

「大ありよ。大変なことになったわ」

ミナは急に、声を張り上げた。

「電話で、誰と話していたんだ」

「高広さんよ」

「ママのほうから、小木曾に電話をかけたのか」

「そうなの」

「こんなに、早い時間からか」

「だって、いろいろと考えちゃって、昨夜まるで眠れなかったんですもの。それに朝早いうちに会う約束をしておかないと、あの人だって出かけちゃうかもしれないって気がついたの」

「それで電話をしたら、大変なことが起こっていたというわけかい」

「そうよ。取り込み中だというので、詳しいことは聞かなかったけど……」

「何があったんだ」

「今朝の六時に、小木曾善造が逮捕されたそうよ」

「え……！」

春日は送受器を握りしめて、それを耳が痛いほど強く押しつけていた。ミナとの電話で昨夜から、驚かされてばかりいると春日は思った。

「ただし、三人の秘書を殺した容疑で、逮捕されたんじゃないわ」

ミナが、口早に言った。ミナもかなり強い衝撃を受けて、興奮しているように思われた。

「じゃあ、何の容疑だ」

「傷害ですってよ」

「小木曾善造が、誰かを撲《なぐ》ったとでもいうのかい」

「激怒の余り、逆上したらしいわ。例の男、滝沢清次を椅子を振り上げて、三回ほど撲りつけたそうだわ」

「滝沢を……！」

「昨夜の九時頃らしいわ。滝沢は救急車で病院へ運ばれたけど、全治三カ月の重傷だそうよ」

「小木曾善造は、どこで暴れたんだ」

「弟がいるでしょ」

「小木曾次郎か」

「その弟の自宅へ、小木曾善造は乗り込んだのよ。小木曾善造は例の古銭を無断で滝沢が手に入れたことと、弟の次郎が滝沢に目をかけて就職の世話なんかをしてやったことを知って、まず弟の口から真相を訊き出そうとして乗り込んだらしいの」

「そうしたら小木曾次郎の自宅に、滝沢も居合わせたってことか」

「そうなのよ。それで小木曾善造は、なおさらカーッときたらしいわ。激怒のあまり逆上したというけど、応接間での怒声《どせい》や、その見幕《けんまく》は凄《すさ》まじかったみたいね」

「あの大入道が暴れ狂ったら、確かに凄まじいだろうよ」

「まず弟に対しては、自分が関係するすべての場所に出入りすることを禁ずると同時に、小木曾木材の社長のポストから追放することを通告したんですって。そのあと善造氏は滝沢に罵詈雑言《ばりぞうごん》を浴びせたうえ、椅子で三回も撲りつけたのよ。滝沢はその場で、気絶してしまったそうだわ」

「それで今朝になって、小木曾善造は逮捕された」

「まったく、面倒なことになったもんだわね」

「その面倒のタネを蒔《ま》いたのは、いったい誰かということだな」

「それ、どういう意味かしら」

「滝沢清次が密かに勝間田氏から、価値ある古銭を譲り受けて着服したということを、誰が小木曾善造の耳に入れたのかだ」

「その秘密を知っているのは、当の滝沢と勝間田氏を除いては、春日さんとわたししかいないはずだわね」

「ほかに三人の秘書が、知っていたかもしれない」

「その点を心配して滝沢は、喜多方市に姿を現わしたり、熱塩温泉で勝間田氏と会ったりしたということになっているけど……」

「しかし、三人の秘書は詳しいことまで、知ってはいなかっただろう。何かあるらしいと怪しんだり、疑問を感じていたという程度に違いない」

「それに三人の秘書が殺されてから、時間が経ちすぎているわ。昨日になって急に、善造氏が怒り出すってのも変でしょ」

「小木曾善造はその話を聞いて激怒し、直《ただ》ちに弟の自宅へ向かったということだろうな。そうなると小木曾善造が、その件について知ったのは昨夜だ」

「勝間田氏が小木曾善造に知らせるわけがないし、春日さんもわたしも喋ってはいない……」

「やっぱり、例の彼女だよ」

「石塚静香……？」

「そうだ」

「石塚静香は、その話を誰から聞いたのかしら」

「盗み聴きだよ。おれが勝間田氏から訊き出す話を、石塚静香はそっくり盗み聴きしたんだ」

「隣の部屋にはいり込むか、廊下にいるかすれば、話は聞き取れたでしょうね」

「そうとしか、考えられない。石塚静香はその夜のうちに、盗聴の結果を東京にいるボスに電話で報告した」

「そのボスが昨夜、その話を小木曾善造の耳に入れたのね」

「そのボスとは、いったい誰なんだ」

「小木曾善造でないことだけは、確かだと思うわ」

「どうして、そう言い切れるんだ。あるいは昨夜になってから石塚静香が、小木曾善造に古銭の一件を報告したのかもしれないぜ」

「違うわ。石塚静香にわたしたちを尾行しろと命じたのは、小木曾善造じゃないわよ」

「断言するのか」

「そうよ」

「現に石塚静香は、八王子郊外の小木曾山荘に住んでいるじゃないか」

「でも、違うわ。ねえ、春日さん。眠れないままに考えていて、ふと気がついたんだけど、わたしには石塚静香を動かしている人間が誰だかわかったのよ」

「ほう」

「石塚静香にわたしたちの尾行を命じたり、石塚静香が電話で指示を仰いだりしていた男よ」

「誰だと、言いたいんだ」

「春日さん、本気にしないでしょうね。気がついたわたし自身が、信じられないくらいなんですもの」

「誰なんだ」

「高広さんよ」

「小木曾高広のことかい」

「そうよ」

「ママは、真面目にそんなことを言っているのか」

「もちろんだわ」

「ママらしくないな。そんな馬鹿げたことを……」

「やっぱり、本気にしないのね」

「太陽が西から出るみたいなことじゃないか」

思わず春日は、苦笑していた。間もなく、電話料金が尽きることを告げる音を春日は耳にした。しかし、すでに多量の硬貨を使い果たしていて、春日の手許には一枚も残っていなかった。

「でも、ちゃんとした根拠があるのよ」

ミナが、真剣な口ぶりで言った。

「どんな根拠だ」

料金を追加せずに、電話が切れるまでやりとりを続けるほかはないと、春日は思った。

「簡単なことだわ。その簡単なことを、わたしたちは忘れていたのよ」

「そうかね」

「石塚静香はどうして、わたしたちを尾行することができたのか。それは彼女が前もって、わたしたちが喜多方市へ行くということを知っていたからでしょ」

「当然のことじゃないか」

「わたしたちが上野発六時四十一分の〝急行ばんだい一号〟で喜多方市へ向かうということを、その前日から知っていた人間は三人しかいないのよ。春日さんとわたしと、それに……」

と、そこでミナの声が、途切れてしまった。時間がきて、電話が切れたのである。同時に春日は胸の中で、あっと叫んでいた。まさに、ミナの言う通りだったのだ。石塚静香は尾行のスタートとして、上野発六時四十一分の『急行ばんだい一号』に乗り込んで来た。

その急行に乗って春日とミナが喜多方市へ向かうということを、石塚静香は事前に知っていたのである。しかし『急行ばんだい一号』で春日とミナが喜多方市へ行くことを、前日のうちから知っていたのは、確かに三人しかいないのだ。

春日とミナと、それに小木曾高広であった。小木曾高広は出発の朝に、病院へハイヤーを回してくれたくらいだった。春日とミナを除けば、小木曾高広だけが残る。石塚静香に春日たちの尾行を命じたのは、小木曾高広だったと断定できるのである。

だが、何のために小木曾高広は、そんなことをしたのだろうか。彼は春日に、事件解決のために協力してくれと、頼んだ男であった。その小木曾高広が、春日の行動を監視させるとは、どういうわけなのか。

キャンセル待ちをした甲斐があって、搭乗券が手にはいった。割り切れない気持ちを抱いて、春日は機上の人となった。宮崎行きの三四一便は、定刻より十分遅れて離陸した。

西都市《さいと》　その一

1

宮崎空港には二十分遅れの、午前九時五十分に到着した。

春日はすぐに、帰りの航空券を買っておくことにした。宮崎発十八時二十分の東京行きが買えた。東京につくのは、夜の七時五十分の予定である。今夜のうちに間違いなく、病院へ戻ることができる。

九州での実働時間は、七時間程度しかなかった。急がなければならない。春日多津彦はタクシーで、『宮崎観光ホテル』へ直行した。ホテルには泊まらないので、客ということにもならない。

それに、ここでもまた警察手帳を示すことが許されない隠密《おんみつ》行動なので、はなはだ厄介《やっかい》であった。客でもないし、捜査権もないとなると、フロントでの話の切り出しようがなかった。やりにくいと、春日は思った。

全国的に知られている観光県、宮崎の玄関口である。四季を通じて、シーズン・オフというのがない。宮崎観光ホテルを訪れる客は多く、フロントも立て込んでいる。なおさら、近寄りがたい。

だが、何とかしなければならない。捜査権は行使せずに、ただ身分を明かすだけで、頼み込むほかに方法がなかった。春日は比較的閑《ひま》そうな、フロント・マネージャーに声をかけた。

「ちょっと、すみません」

春日は目顔《めがお》で、カウンターの外へ出てくれるように頼んだ。

「はい」

フロント・マネージャーは、怪訝《けげん》そうな顔で奥へ消えた。マネージャーはすぐ、フロントの脇のドアから姿を現わした。

「ご面倒をおかけして、申し訳ないんですがね」

春日は名刺を抜き取って、フロント・マネージャーに手渡した。

その名刺の肩書きには、『警視庁雪ケ谷《ゆきがや》警察署刑事課捜査一係』とある。フロント・マネージャーは名刺をチラッと見やってから、ロビーの窓際のほうを手で示した。すわって、話そうというのである。

二人は窓際の席に、向かい合って腰をおろした。フロント・マネージャーが、春日の前に自分の名刺を置いた。吉野《よしの》という名前を、春日は見てとった。まだ三十半《なか》ばの、フロント・マネージャーであった。

「どのような、ご用件でしょうか」

吉野マネージャーが、微笑を浮かべて言った。

「その前にお断わりしておきますが、差し上げた名刺の通りの職業であることを明かしただけで、現在は事件捜査の公務についておりません」

春日は、タバコを取り出した。

「そうですか」

吉野マネージャーは、拍子抜けしたような顔つきになった。

「いまは病気で、休暇中なんですよ」

タバコに火をつけて、春日は煙の中で苦笑した。

「それで……？」

「しかし、九州へ来た目的が、殺人事件について調べるということである点に、変わりはないんです」

「それはまた、どういうことなんでしょうか」

「個人的な行動です。その事件に、引っかかりがありましてね。それで、わたしなりに調べてみようと、動き回っているわけなんですよ」

「なるほど……」

「そのために、宮崎県警にも頼れませんでね」

「わたくしどもに、何か関係のある事件でございますか」

「西都《さいと》市で女性秘書が、殺された事件ですよ」

「ああ、先月末の……」

「被害者の有馬和歌子は、このホテルに泊まりましたね」

「あの事件でしたら、まだよく覚えております」

「そのことでひとつ、ご協力をお願いできませんか」

「協力と申しますと、どういうことになるんでしょうか」

「知っていることを、聞かせてくだされば、それでいいんですがね」

「それでしたら、別に差しつかえることはございませんでしょうし、わたくしとしてはかまわないと思います」

「どうか、よろしくお願いします。本当に、助かりました」

「それで、何からお話しすればいいんでしょう」

「小木曾善造と有馬和歌子は、七月二十九日の夕方に、このホテルに到着したんでしたね」

「はい」

春日は、手帳を開いた。

吉野マネージャーも大型の手帳を取り出して、自分でメモしたページを慌《あわ》てて探しにかかっていた。

「当然、警察では電話について、かなり厳しく調べたと思うんですがね」

「はい。五〇一号室の電話に関しては、わたくしも立ち合って詳しく調べております。七月二十九日の夜も三十日の朝も、五〇一号室からは一本も外線電話をかけておりません。その点は、確かでした」

「かかった電話は……？」

「ございます」

「いつのことです」

「七月三十日の午前七時四十分となっております。交換台の記憶は、確かだと思いますが……」

「声は……？」

「男性だったそうです」

「その男は電話で、何と言ったんですか」

「小木曾善造というお客さんの部屋を、お願いしたいんですが……。それだけでございます。それで交換台ではルーム・ナンバーを調べて、五〇一号室にお繋《つな》ぎしたということになります」

「しかし、その時間に小木曾善造は、もう部屋にはいなかったんでしょう」

「はい。午前七時にレンタ・カーでお出かけでございましたからね」

「五〇一号室には、有馬和歌子しかいなかった」

「はい」

「電話は、すぐに切れたんですか」

「交換台の記憶では、四、五分で切れたということでした」

「すると、電話をかけてきた男は四、五分間、有馬和歌子と喋《しゃべ》ったということになりますね」

「はい」

「そして、すぐそのあとで……」

「タクシーを呼ぶようにと、ご用命なさったわけでございますね」

「十分ぐらいの間で仕度《したく》して、有馬和歌子は午前八時ちょっと前に、タクシーで出かけたという段どりになりますか」

「さようでございます」

「やっぱりねえ」

有馬和歌子もまた電話で呼び出されていると、春日は声に出して言いたいところだったのだ。

男からかかった電話の内容は、当人を除いて知る者がいない。しかし、それが呼び出し電話であったことは、百パーセント間違いない。木原由美は喜多方《きたかた》市内、長谷部陽子は関《せき》市内からの電話で呼び出され、そして殺されたのであった。

有馬和歌子も、また同じだったはずである。午前七時に小木曾善造が出かけるのを見届けたうえで、男は電話をかけたのだろう。部屋には、有馬和歌子だけがいる。その有馬和歌子に、呼び出し電話をかけたのだった。

小木曾善造が、電話をかけたということでは、まずないだろう。男は五〇一号室に繋いでくれとは言わずに、小木曾善造という客の部屋を頼むと、交換台に告げている。五〇一号室というルーム・ナンバーを、男は知らなかったのである。

男は落ち合う場所を西都市の松本塚古墳《まつもとづか》のあたりと指定し、いまからすぐにそこへ向かうようにと有馬和歌子を促《うなが》したのだ。指示通りに有馬和歌子は、直《ただ》ちにタクシーを呼んで、西都市へ向かった。

そして一時間後に、有馬和歌子は死体となって発見された。場所は松本塚古墳の西側の松林の中であり、発見者は小学生のグループだった。有馬和歌子は現場に到着すると、すぐ殺されたということになる。朝の惨劇《さんげき》であった。

「ほかに何か、気づかれたことはありませんか」

春日は窓の外へ、視線を走らせた。真夏の宮崎は底抜けの明るさの中にあって、地上も青空も眩《まぶ》しいほどだった。

「さあ……」

吉野マネージャーは、首をかしげた。最初から、それぐらいのことしか知らないのだと、言いたそうな顔であった。無理もなかった。考えてみれば、このホテルで新たな収穫を期待するほうが、どうかしているのであった。

この宮崎観光ホテルには、被害者が泊まったというだけのことなのだ。事件には直接、関係していないのである。したがってフロント・マネージャーも、その範囲内でしか警察の捜査に接触していないのであった。

「警察も気づいていない、新聞にも載《の》らなかった、というようなことで何かが欲しいんですよ」

ねばっても仕方がないとわかっていたが、半ば愚痴をこぼすような気持ちで春日は言った。

「どんなことでも、よろしいんですか」

吉野マネージャーが、思い切ったように顔を上げた。

「結構ですよ」

春日は、胸を張った。期待感がこみ上げてきて、息苦しくなったのである。

「確かとは言えない情報でも、かまわないんですか」

「何でもいいんです。藁《わら》をも摑《つか》む、という心境ですからね」

「でも、もしご迷惑がかかるようなことになりますと、わたくしとしても困ってしまうんです」

「いや、何があろうとあなたには、責任なんてありませんよ」

「そうでしょうか」

「当たって、砕けろなんです。ガセネタだろうと何だろうと、場合によっては役に立つことがありますからね」

「無駄骨になっても、振り回されるだけに終わっても、かまわないとおっしゃるなら、ご紹介しますけれども……」

「紹介……？」

「はい」

「誰を紹介してくださるんですか」

「わたくしが、個人的に知っている女性なんです」

「何屋さんなんですか」

「いいえ、何の職業にもついておりません。この女性は実に不思議な人で、奔放《ほんぽう》というか支離滅裂というか、大抵《たいてい》の者がまともに相手にはなりません。そういう女性なので、ご紹介するにも気が引けるんですが……」

吉野マネージャーは、苦笑しながら頭に手をやった。

「どういうことから、その人をわたしに紹介すると、おっしゃるんですか」

真剣な目差《まなざ》しで、春日は訊《き》いた。

「実は、事件後二、三日して、その女性がふらりとこのロビーに来ておりまして、顔馴染《なじ》みのわたくしに声をかけたわけなんです。わたくしはそこで数分、彼女と口をきいたんですが、そのとき松本塚古墳での殺人事件に関して警察がわたしのところへ来ればいいのにねって、彼女が囁《ささや》いたんです」

「その人の名前は……」

「牧《まき》さんです。それに片仮名で、ナナ子です」

「牧ナナ子ですね」

「はい」

「年は、幾つですか」

「三十歳です」

「無職ということですが、奥さんなんでしょうか」

「今年の三月に、離婚したという話でございましたね」

「住所は、宮崎ですね」

「いいえ、宮崎に家があって、そこに住んでいるというわけではありません。宮崎で、ホテル住まいをしておられます」

「ほう」

「実を申しますと、牧さんは四月から当ホテルに長期滞在をされてましたお客さまで、それでわたくしとも個人的な知り合いということになったのでございます」

「しかし、いまはこのホテルに、いないというわけですね」

「はい。四月から六月いっぱい、当ホテルに滞在しておられました。それが、このホテルに滞在していることが知れてしまって、家族の方たちから、毎日のように電話がかかるようになったんです。それが、うるさいというので牧さんは、七月一日から別のホテルへ引き移られたんです」

「やはり、宮崎市内のホテルですか」

「はい。宮崎市は観光ホテルの多いところですが、何カ月も滞在されるというお客さまはあまりございません。それに女性ひとりということで敬遠もされますし、わたくしが口をきいて引き移る先を決めて差し上げたんですよ」

「七月からいまだに、そのホテルに滞在しているんですか」

「はい。宮崎がすっかり気に入ったということで、一年先まで滞在するつもりだそうでございます」

「なるほど、変わっていますね」

「はい」

「それにしても、結構なご身分じゃないですか。ホテル住まいをしていて、よく金が続きますね」

妙なことになりそうだと、春日の胸には予感めいたものがあった。

2

吉野というフロント・マネージャーも、牧ナナ子について何もかも詳しく知っているわけではなかった。牧ナナ子の口から聞いた話に、多少の想像が加わるということになる。はっきりしているのは、宮崎へ来てからの彼女の暮らしぶりだけだった。

牧ナナ子は、東京の人間だという。かなりの資産家のひとり息子と結婚して、八年を過ごしたらしい。彼女に言わせると、その夫というのは成金の極道《ごくどう》息子だそうである。この三月に、ナナ子は離婚した。

慰謝《いしゃ》料として分捕《ぶんど》ったのは、現金四千万円と五千万円相当の土地だったという。牧ナナ子はすぐ、その土地を売り払った。彼女は現金にまとめた慰謝料の総額をかかえて、ひとり九州の宮崎へやって来たのである。

金はそっくり宮崎市の銀行に預けて、四月から宮崎観光ホテルの長期滞在客になった。ホテルの人間以外には、親しい知り合いを作ろうとしなかった。その代わり、牧ナナ子はアルコールをわが友とした。

朝からビール、午後はウイスキー、夜になるとブランデーである。アルコール漬けであった。一日中、アルコールの匂《にお》いをさせていて、ほろ酔い機嫌である。酔いつぶれたり、醜態を演じたりすることはないが、正気でいるときがないという印象だった。

言うことも真面目《まじめ》なのか冗談なのか、嘘なのか本当なのか、判断がつけにくかった。誇大妄想だと見る者もいたが、とにかく素直ではないのである。支離滅裂、滅茶苦茶だと、常識家たちは思ってしまう。

そんなことから、牧ナナ子の言動を真《ま》に受ける者がいなくなった。まともに相手にならないし、適当にあしらっている。そうしている限り、牧ナナ子は毒にも薬にもならない存在だったのだ。

男に対しては、堅いほうであった。宮崎へ来てから、特に親しいという男は、ひとりもできていない。牧ナナ子の部屋へ、男が出入りするということもなかった。ホテルのバーなどで、酔った男客がからかったりすると、彼女は憤然として席を立ってしまう。

電話は東京の家族からと、決まっていたようだった。実家の家族であって、彼女にとっては肉親である。その肉親たちが何とか、大金を持って宮崎へ行ってしまったナナ子を、呼び戻そうと電話をかけてくるのだ。

牧ナナ子は言《げん》を左右にして、逃げていたようであった。ところが痺《しび》れを切らして、肉親

が宮崎へ行くと言い出した。そこで行方をくらますために、ほかのホテルへ移ろうという
ことになったのである。
　牧ナナ子に頼まれて、吉野マネージャーが新たにホテルを紹介した。牧ナナ子は肉親た
ちに神戸へ移ると言っておいて、宮崎市内のそのホテルに引っ越したのだった。七月一日
から今日現在まで、牧ナナ子は同じホテルに滞在を続けているという。
　牧ナナ子は思い出したように、宮崎観光ホテルのロビーに姿を現わす。いまでは彼女の
相手をする者が、吉野マネージャーひとりだけになっていた。有馬和歌子が殺されて二、
三日後に、牧ナナ子が姿を現わしたときもそうだった。
　誰も相手になってくれないので、牧ナナ子は結局、マネージャーに声をかけたのである。
牧ナナ子は相変わらず、アルコールの匂いをさせて、ほろ酔い機嫌であった。
「松本塚古墳での殺人事件に関して、警察がわたしのところへ来ればいいのにねえ」
　牧ナナ子は、小声で、いきなりそう言ったのである。
「どうしてですか」
　また始まったと思いながら、吉野マネージャーは訊いた。
「わたしが、情報を提供してあげるもの」
「どんな情報でしょう」

「それは、言えないわ」

「では、どうしてそんな情報が、手にはいったんですか」

「手にはいったんじゃないの。わたしが、見つけたのよ」

「すると、あの殺人事件の現場に、いらしたんですか」

「そうなの。七月三十日の朝、わたしも松本塚古墳にいたのよ」

「では、目撃者ですね」

「まあね」

「警察が来るのを待たなくても、よろしいじゃありませんか」

「わたしのほうから、情報を提供しろとおっしゃるのね」

「はい」

「そんなの、いやだわ」

「どうしてですか」

「だって、つまらないじゃないの」

と、牧ナナ子は笑いながら立ち上がって、ロビーを横切って行った。

もちろん例によって、牧ナナ子のいいかげんな話に決まっている。優雅な生活を送っているようでも、牧ナナ子は孤独な女であった。誰にも相手にされなければ、気を引きたい一心から、突拍子もないことを口にするのだった。

それで、吉野マネージャーは今日まで、そのことを口外しなかった。警察の耳に入れることは簡単だが、赤っ恥をかくのが関の山だろう。吉野マネージャーはそのまま、牧ナナ子の思わせぶりな話を忘れてしまっていたのである。

「いま何かないかと言われて、その女性のことを思い出したんですが……」

吉野マネージャーは、質の悪い商品をすすめるみたいに、いかにも面映《おもは》ゆそうであった。

「何もないよりも、マシでしょうよ」

春日は、その牧ナナ子という女に、会う気になっていた。時間がないし、何か摑まなければならないという焦りを覚えていたのである。

「しかし、何分にもいま申し上げたような方なので、かえってご迷惑になるかもしれません」

「アテにしなければ、失望もしません。迷惑なんてことは、ありませんよ」

「あとで、わたくしをお叱《しか》りにならないように、お願いいたします」

「とんでもない」

「それに、とにかく変わっている方なので、どうかお気を悪くなさらないように……」

「よくわかっています」

ましょう」

「〝ホテル西海《さいかい》〟というところを、お訪ねください。わたくしからも、電話を入れておき

「警察関係だということは、伏せておいてください」

「では、何と申し上げておきましょうか」

「松本塚古墳で殺された被害者の知り合い、ということにしておいてもらいましょうか

ね」

「承知いたしました」

「よろしく、お願いします」

二人は同時に立ち上がって、目礼《もくれい》を交わし合った。

春日は宮崎観光ホテルを出て、客待ちをしていたタクシーに乗り込んだ。タクシーは、ギラギラした陽光の中へ、突き進むように走り出した。大淀川《おおよど》を渡って間もなく、タクシーは左へ曲がった。

運転手の話によると宮崎市には、五十軒からの有名なホテルや旅館があるという。ホテル西海はそのうちで中の上というクラスにあり、新しくて小ぢんまりした完全に洋式のホテルだということだった。

左手は大淀川の河口、正面に日向灘《ひゅうがなだ》の海を眺《なが》めるあたりに、松林に囲まれて五階建ての

白い建物があった。建物はなるほど小ぢんまりしているが、駐車場が驚くほどの広さである。

松林の周囲も芝生に被《おお》われていて、フェニックスの間を縫《ぬ》うように舗装道路が続いていた。濃紺の海を背景に、白い建物が美しかった。エキゾチックな感じさえして、滞在するのには向いているホテルのようである。

春日は、ホテルの中へ駆《か》け込んだ。涼しさに、身が軽くなるようであった。ロビーに、人影はなかった。このホテルの雰囲気としては、客の大半が遠くから来るアベックということになりそうだ。

そうした客は夕方になって、空港からここへ直行して来るのに違いない。昼間は客が忙しく集散することもなく、アベックは室内に引き籠《こも》っているということなのだろう。静かであった。

「牧ナナ子さんに、お会いしたいんですが……」

フロント係に、春日は声をかけた。

「ただいま、バーのほうにいらっしゃいます」

フロント係が答えた。長期滞在の客となると、その所在がフロントにまで通じているのだろうか。あるいは吉野マネージャーからの連絡を受けて、誰か来たらバーにいると伝えるように、フロントに言ってあったのかもしれない。

「このホテルは午前中から、バーが営業しているのかね」

　春日は、ニヤリとした。

「いいえ、牧さまだけは特別でございます。バーはこの奥の、地階にございます」

　フロント係も、苦笑を浮かべながら言った。

「これ、頼みます」

　荷物をカウンターの上に置くと、春日は奥へ向かった。突き当たりの右側に、地階への階段があった。そこは、サロン風に広い部屋になっていた。地階ではあっても、地下室ではなかった。

　海に面してガラスの扉が開放されていて、バルコニーにも幾つかの席が設けられている。無人のサロンであり、奥の隅にある小さなバーのカウンターの前に女がひとりだけすわっていた。

　春日が近づいて行くと、女は立ち上がって向き直った。女は表情を動かさずに、春日をじっと見つめた。春日も立ちどまって、女の顔を見守った。牧ナナ子に違いない。だが、想像していた彼女とは、まるで別人のような感じであった。

豊かな髪の毛が、波打っている。色白のその顔は、スター女優を思わせるような美貌《びぼう》と言えた。知的で、チャーミングである。それに、均整のとれた肉感的な肢体《したい》が、目を離せなくなるほど見事であった。

ノースリーブの白いブラウスの胸が、こんもりと盛り上がっている。くびれたウエストが細く、腰の張り工合《ぐあい》を強調していた。厚みもあって、はち切れそうに豊かな尻が、形よく上向いている。

ジーンズがそれを、ぴちっと包んでいた、熟《う》れきった女体である。しかも、女盛りにさしかかったところで、まだ弛《ゆる》みはどこにも認められない。セックス・アピールは満点であり、それでいて下品さを感じさせない。

「何か、飲みます？」

気を変えたように、不意にナナ子が言った。

春日もわれに還《かえ》ったように歩き出して、バーのカウンターに近づいた。カウンターの中に、バーテンが姿を現わした。カウンターの上に、ジョッキが置いてある。牧ナナ子は、生ビールを飲んでいたのだ。

「生ビールを……」

春日は、バーテンにそう注文した。牧ナナ子は知らん顔で、突っ立っていた。カウンターの上にもう一つ、生ビールのジョッキが置かれた。

牧ナナ子は、ジョッキを手にして、バルコニーへ出て行った。春日も、そのあとを追った。バルコニーへ出て、歩きながら彼は生ビールを飲んだ。潮風が強く、紺碧《こんぺき》の海と白く砕ける波が、視界の中央にあった。

「宮崎観光ホテルの吉野さんから、連絡を受けているわ」

デッキ・チェアに腰をおろして、牧ナナ子は脚《あし》を組んだ。

「よろしく……」

バルコニーの柵《さく》に、春日は凭《もた》れかかった。

「春日さんね」

「そうです」

「ご用件は……?」

「吉野さんから、お聞きになりませんでしたか」

「松本塚古墳の殺人事件の被害者とは、知り合いなんだそうね」

「ええ」

「名前は、何ていったかしら」

「有馬和歌子です」

「あなたの恋人だったの?」

「いや、単なる知り合いです」

「それで彼女が殺されたことに、関心と興味を持ったわけね」

「まあ、そういうところです」

「だから、警察も知らないような手がかりを、摑みたいってことなんでしょ」

「あなたが何か重大な情報をお持ちだとか、吉野さんからお伺《うかが》いしましてね」

「そうよ。でも、誰ひとりそのことを、本気にする者はいないの」

「ぼくは、本気にします」

「いいのよ。信じてもらいたいなんて、まるで思っていないんですもの」

「その情報というのを、聞かせていただけませんか」

「そうねえ」

牧ナナ子は一気に、残っている生ビールを飲み干した。

「お願いしますよ」

春日は、女の横顔を見据《みす》えた。

「あなたのことが、気に入っちゃったわ。どうして気に入ったのか、わかるかしら」

「わかりませんね」

「あなたが、ある人に似ているからなの。生写《いきうつ》しってところまではいかないけど、一瞬ドキッとしちゃったくらいだわ」

「それはどうも、光栄です」

「あんまり、光栄とは言えないでしょうねえ」

「どうしてですか」

「そのある人って、わたしが結婚する前に事故死した初恋の相手なんですもの」

牧ナナ子はそう言って、初めて白い歯を覗《のぞ》かせた。あどけなくて、同時に色っぽい笑顔だった。笑ってはいるが、その目つきに嘘はなかった。牧ナナ子は本当のことを言っているのだと、春日は見てとった。

3

牧ナナ子は、春日を促してサロン風の部屋を出た。これから西都市へ行こう、というのである。牧ナナ子はフロントで、車のキーを受け取った。彼女は自分の車を、持っているようだった。

駐車場の一部が屋根の下にあって、そこにホテルの各種の車が並んでいた。その中に、緑色の乗用車が一台混ざっている。古い感じの国産車だった。ナナ子は、その乗用車のドアを開けた。

「ぼくが、運転しましょうか」

春日は、ナナ子の肩を叩《たた》いた。酔っぱらい運転になるのではないかと、気がかりだったのである。

「まだ今日は酔っていないけど、車の中で飲みたくなるでしょうから、お任せするわね」

ナナ子は嬉《うれ》しそうに笑って、車の反対側へ回って行った。車の中で飲むという彼女の言葉の意味が、春日にはよくわからなかった。とにかく春日がハンドルを握り、ナナ子は助手席に落ち着いたのであった。

ナナ子の指示通りに、春日は運転した。宮崎市を北へ抜けて、国道一〇号線を六キロほど走った。そこで道路は、二本に分かれることになる。一〇号線は海岸沿いに北上し、二一九号線は北西へ延びている。

車は二一九号線にはいった。遠くに、山が見え始めた。平野部は緑に被われて、夏空の下に広々とした田園風景を置いている。間もなく、右手に川を見た。一《ひと》ツ瀬《せ》川だと、牧ナナ子が説明した。

「西都市というのは、この一ツ瀬川の中流に位置しているの」

牧ナナ子がそう言って、後部座席へ身を乗り出すようにした。後部座席には、ビニール・カバーに包まれた箱が置いてあった。アイス・ボックスである。ナナ子はアイス・ボックスから、冷えていそうな缶《かん》ビールを取り出した。

「凄《すご》いですね」

春日にはようやく、車の中で飲むという言葉の意味が通じた。

「何が……?」

澄ました顔で、ナナ子は缶ビールの栓《せん》を抜いた。

「いつも車の中に、それが用意されているんですか」

「今日は出かけるかもしれないと思ったら、ホテルのバーに朝のうちに頼んでおくの」

「アルコール持参で、いつも運転するんですかね」

「だって、運転しているときは、ビールだけですもの」

「ビールだって、アルコールでしょう」

「ドイツじゃあ、お茶代わりよ」

「ここは、日本ですよ」

「あなたって、まるで警察の人みたいね。そんなに、お堅いことばかり言わないで欲しいわ」

「飲酒運転は、命取りになりますからね」

「死んだら死んだで、清々《せいせい》するんじゃないかしら」

「この世に未練はないって、おっしゃるんですか」

「まあ、そんなところだわ」

「それでアルコールを切らしたことがないんですね」

「アルコール中毒みたいな、言い方をしないでちょうだい」

「何をそんなに、ニヒッているんです」

「あのね、お願いだからもっと気安い喋り方をしてもらえない？　あなたと、そんなヨソユキの言葉遣いなんかで、話をしたくないのよ」

「どうしてです」

「それが、いやだと言っているんでしょ。どうしてだって、訊けばいいのよ」

「しかし……」

「しかしも何もないの。わたしの命令だわ」

「命令ね」

「あなたはわたしに、あることを頼み込んでいるわけでしょ。だったら、わたしの言うことを聞きなさい」

「ひどいな」

「そうそう、そういうふうにザックバランな口のきき方をすればいいのよ」

「わかりましたよ」

「駄目、わかったよって言うの」

「わかったよ」

「そうそう……。じゃあ、わたしのことを呼んでごらんなさい」

「奥さん」

「わたし、独身よ」

「牧さん」

「名前を呼ぶの」

「ナナ子さんって？」

「ナナ子」

「呼び捨てにはできないな」

「どうしてかしら」

「まだ、それほど親しい仲じゃない」

「あら、あなたはわたしの初恋の人なのよ。彼、わたしのことをナナ子って、呼んでくれていたわ」

楽しそうな笑顔でナナ子は、ビールの缶の底を上に向けた。

「死者が、蘇《よみがえ》ったか」

春日は、苦笑した。なるほど、扱いに困るようなところがある女だった。本気なのか、ふざけているのかわからない。それに、かなり横暴で、しつっこかった。この調子であれば、辟易《へきえき》する者もいるだろう。

しかし、春日は別に不快でもないし、苦にもならなかった。おもしろい女だと思うし、何か裏があるようで退屈しない。それに魅力的で、翳《かげ》りのある女だった。肉感的に熟しきった美人であれば、一緒にいるだけで悪い気持ちはしなかった。

西都市の中心部にはいった。妻《つま》というところである。国鉄妻線の妻駅があり、西都市の中心となっている。その背後に東西二・六キロ、南北四・二キロの洪積《こうせき》台地が広がっている。

この洪積台地を、西都原《さいとばる》と呼んでいる。このあたりには、古墳群が多かった。その中でも、西都原古墳群が有名であった。洪積台地の上に前方後円墳、円墳《えんぷん》、方墳《ほうふん》など三百三十基の古墳が群集しているのだった。

西都市は人口三万九千で、農業と木材の町であった。だが、西都市で、強く印象づけられるのは、やはり西都原古墳群をはじめ古墳の密集地ということにある。杉安峡《すぎやすきょう》といった名所も、その陰に隠れてしまっている。

町中を西へ抜けて、二キロほど行くと松本塚古墳があった。西都原古墳群の南西に位置していて、松本塚古墳は訪れる人もなく、静寂の中で眠っているようだった。周囲は田畑となだらかな丘陵と林によって占められて、人家は見当たらなかった。

道路脇に車を停《と》めて、春日とナナ子は地上に降り立った。直射日光を浴びた二人は、言い合わせたようにサングラスをかけた。二人は、歩き出した。ナナ子は左手に缶ビールを持ち、右手で春日の腕をかかえ込んだ。

腕を組んで、歩く恰好《かっこう》になる。かなり馴《な》れ馴《な》れしいことをすると思ったが、春日はあえて気に留《と》めないことにした。相手はいささか変わっている女だし、これから世話になるのである。好きなように、させておいたほうがいい。ナナ子は迂回《うかい》する小径《こみち》へはいり、夏草に被われた斜面をのぼり始めた。蟬《せみ》の声が、聞こえるだけであった。朝だろうと白昼だろうと、古墳を訪れる人々さえいなければ、殺人は可能だと春日は思った。

やがてナナ子は、左のほうへ春日を引っ張った。小径をそれて、松林の中へはいる。木は疎《まば》らだが、かなり広い松林であった。古墳を斜面の下のほうに見て、それこそ人の気配すら感じられない松林の中である。

「ここね」

ナナ子が、足を止めた。その地点で、有馬和歌子が殺された、という意味なのだろう。いまはただの松林の中の地面であって、そこに転がっている死体を思い浮かべることもできなかった。

「殺されて間もなく死体が発見されたのは、この場所から考えてかなり幸運だったわけだな」

周囲を眺めやりながら、春日はそう言った。

「夏休みだったからよ」

松の木に寄りかかって、ナナ子はビールを呷《あお》った。

「夏休み……？」

「そうでなければ、土地の小学生だって午前九時という時間に、ここまではいり込んでは来ないでしょ」

「そういう意味か」

「午前九時前に、松本塚古墳を訪れる人なんて、滅多にいないしね」

「あんたは、どうだったんだ」

「わたしが、さっきあの場に車を停めたのが、ちょうど九時だったかしら。古墳まで歩いて行く途中で、小学生たちが大騒ぎをしているのに気がついたんですもの」

「あんたはその足で、ここまで来てみたんだね」

「小学生たちが、人が死んでいるって叫んでいるので、とにかくここまで駆け上がって来たわ」

「そして、この地点に位置していた死体を、見たというわけか」

「ええ。でも、気味が悪いから、チラッとだけね」

「そのとき、感じたことは……？」

「殺されたんだわって、直観的に思ったわ」

「そのあと、どうしたんだ」

「すぐ引き返して、車に乗り込んだわ。古墳の見物は、中止することにしたの」

「人が殺されていることを、誰にも知らせずに……？」

「それは小学生たちに、任せておけばいいでしょ。殺人事件なんかに、関《かか》わりたくないしね」

「あんたはまたどうして、午前九時にここの古墳を訪れたりしたんだ」

「好きだからよ」

「古墳が……？」

「この六月に、西都原古墳群を見学したのが、病《や》みつきになったのよ」

「それから、このあたりの古墳を、見て歩くようになった」

「ええ。西都原古墳群のあと、川南《かわなみ》古墳群、持田《もちだ》古墳群、東都原《とうとばる》古墳群、千畑《せんばた》古墳と見て回って、あとこのあたりで残っているのは松本塚古墳だけだったの」

そう言ってナナ子は、春日を見やりながら、艶然《えんぜん》と笑った。

「ひとりで、古墳めぐりか。まったく、孤独な人だ」

近づいて来るナナ子を、春日も笑顔で見守った。

「さあ、行きましょう」

媚《こ》びる目つきで、ナナ子は春日の背中へ腕を回した。

松林を出た。小径を下る。ナナ子は身体《からだ》を密着させて、黙々と歩いている。思いに沈んでいるという感じだった。道幅が狭いので、前後して歩くほかはない。だが、ナナ子は強引に春日と、並んで歩こうとするのであった。

身体を密着させ、さらに抱き合って歩くような恰好になる。ナナ子の腰の動きが、はっきりと伝わってくる。彼女の胸の側面に、春日の腕が触れる。三十歳の女がそうしたことを、意識せずにいられるはずはなかった。

「うっとりしちゃうわ」

ナナ子が、春日の腕に縋《すが》りついた。かなり露骨な、表現であった。

「吉野さんの話だと、あんたは男に対して非常に潔癖な人だということだったけどね」

皮肉っぽく、春日は言った。

「その通りよ」

歩きながらナナ子は、春日の肩に顔を押しつけていた。

「そうかな」

春日はナナ子の、美しくウエイブのかかった髪に目を落とした。

「わたし、男って大嫌いですもの」

「ぼくも……」

「おれって、言いなさい」

「おれも、男だけどね」

「ひとりだけ、例外があるの」

「あんたが結婚する前に、事故で死んだ初恋の相手か」

「そう」

「いまは夢と現実が、混同してるってわけか」

「だから、あなたも例外なの」

ナナ子は、春日を見上げた。事実、陶然とした目つきだったし、ナナ子の形のいい唇が何かを待っているようであった。変わっているが、異常とまではいかないと、春日は思った。

一応、言っていることも理論的だし、辻褄《つじつま》も合っている。有馬和歌子が殺された事件に、関係しているというのも、でたらめではなさそうである。

松林の中での説明も、けっして支離滅裂というものではなかった。

「ところで、聞かせてもらいたいんだがね。もう、そろそろ……」

春日は言った。

「何を……？」

わかっているくせに、ナナ子はとぼけている。

「決まっているじゃないか。情報ってやつさ」

「そうねえ」

「あんたは、目撃者なんだろう。いったい、何を見たんだ」

「いまは、言いたくないわ」

「そんな……」

「もっと、あとでね」

「じゃあ、何のために松本塚古墳まで来たりしたんだ」

「殺人現場に、あなたを案内してあげたのよ。同時に、わたし、あなたと二人だけで過ごす時間を、楽しんでいるんだわ」

「おれには、そんな余裕がない」

春日はナナ子を押しやるようにして、車の運転席のドアへ向かった。もう、午後一時であった。五時間後には、宮崎空港にいなければならないのである。助手席に乗り込むとすぐに、ナナ子はまたアイス・ボックスから缶ビールを取り出した。

4

ホテル西海へ戻ると、フロントでルーム・キーを受け取ったその足で、ナナ子はエレベーターに乗った。彼女はそうと指示しなかったが、春日も一緒のエレベーターに乗るほかはないようだった。

ナナ子は当然、春日がついて来るものと、決め込んでいるようであった。五階の廊下を、彼女は先に立って足早に歩いた。突き当たりの五一〇号とある部屋のドアを開けたとき、ナナ子は春日を振り返って嬉しそうに笑った。もちろん、ツインの部屋である。長期滞在だろうと、ひとりきりのホテル住まいだろうと、シングルの部屋というのがないのであった。左手の窓から大淀川の河口を含めての海、正面の窓からは長い水平線に区切られた海《うな》原《ばら》が見える。

バス・トイレのほかに、一部屋あるだけだった。ツインのベッドの横に、やや広い空間があって、そこにソファやテーブルが置いてある。あとは長期滞在用のものと思われる冷蔵庫が、春日の目についた。

「どうぞ……」

気どったポーズで、ナナ子がソファをすすめた。春日はおとなしく、ソファに腰をおろした。ナナ子はテーブルの上に、ウイスキーの瓶《びん》とコップを運んだ。ナナ子の酒は午前中のビールから、午後のウイスキーに変わるという吉野マネージャーの話を、春日は思い出していた。

冷蔵庫の中に氷を盛った陶器と、冷たい水が用意してあった。ナナ子はさらに、電話でルーム・サービスの食事を頼んだ。彼女は甲斐甲斐《かいがい》しく、ウイスキーの水割りを作った。生き返ったような目つきだった。

「結婚してからも離婚してからも、今日みたいに楽しい日って初めてだわ」

目を輝かせて、ナナ子は春日と並んでソファにすわった。

「そう」

春日のほうは、何とも落ち着かない気持ちだった。時計を見る。もう二時を、回っていた。ナナ子はたちまちコップを空にして、二杯目の水割りを作ることになった。

「古墳も素敵だけど、やっぱり恋のほうが素敵だわ」

ナナ子は、春日の太腿《ふともも》の上に手を置いて、水割りを飲んだ。

「古墳って、素敵ですかね」

春日も水割りに、口をつけていた。気持ちを落ち着かせるためにもアルコールが必要だと、彼はやや自棄《やけ》になっていたのである。

「現実を、忘れさせてくれるの」

「古墳が……？」

「そうなの」

「わからなくはないがね」

「五百年とか千年とかの、安っぽい歴史じゃないでしょ」

「まあね」

「星を眺めているのと、同じみたいな気がするわ」

「星……？」

「いま、ここに生きている人間。それが、ゴミみたいな存在に、感じられるのよ」

「自分の存在がいかに小さいかは、古墳や星を見なくたってわかる」

「あなた、古墳について、知識があるかしら」

「ゼロだな」

「わたしだって、にわか勉強だけど……」

「古墳というのは要するに、盛り土をした墓のことなんだろう」

「まあ、そうね。でも、日本だけは古墳という言葉を、特殊なものに扱っているみたいだわ」

「どんなふうに、特殊なんだ」

「日本では、古代の墓をどれもこれも、古墳とは呼んでいないのよ。たとえば弥生《やよい》時代のお墓だと、盛り土がしてあっても古墳とはいわないの」

「どうしてだ」

「弥生時代に続く時代に、盛んに古墳が作られたので、それを古墳時代と呼んでいるでしょ。この古墳時代に作られた古墳だけを、古墳と呼んでいるの」

「ややこしいな」

「奈良《なら》時代以後のお墓も、盛り土がしてあったって、古墳とは呼ばせてないわ」

「お墓を、何と呼ぶんだ」

「古墓《こぼ》って呼ぶの」

「かなり、詳しいな」

「でも、古墳を調べることによって、古墳時代の文化がわかるのって、ちょっとおもしろいでしょ」

「どういうことだい」

「つまり、その時代の人々は古墳文化というものを、お墓の中へ持ち込んでいたってわけだわ」

「うん」

「何千年か後に、いまの文化を知ろうとしてお墓を調べても何もわからないじゃないの。お墓の中にあるのは、骨壺《こつつぼ》ばかりですものね」

「なるほど……」

「でも、古墳にはその時代の文化が、そっくり持ち込まれているわ。勾玉《まがたま》、管玉《くだたま》、鏡、金環《かなわ》、ガラス小玉、水晶玉、帯金具《たいきん》、冠、剣《つるぎ》、それに人物埴輪《はにわ》などがね」

「副葬品か」

「西都市なんかでも見られるけど、副葬品としていちばん一般的なのは勾玉でしょうね」

「勾玉や管玉を副葬品として、墓の中へ持ち込まなかった死者というのは、ひとりもいなかったんだろう」

「古墳時代の勾玉って、かなり大きくて立派なのよ。それは古墳の副葬品用として、わざわざ作られたものらしいの」

ナナ子は水割りを飲みながら、熱っぽく説明を続けた。妙なことに詳しい女だった。閑《ひま》人《じん》のせいか、それとも凝《こ》り性なのだろうか。目が潤《うる》み、頰《ほお》が紅潮し、唇が濡《ぬ》れて、ますます色っぽくなっていた。

食事が、運ばれて来た。スモーク・サーモン、コーン・スープ、大きなステーキ、大盛りの生野菜である。それだけで、ほかには何もない。アルコール漬けみたいな酒呑《さけの》みが、栄養をつける最適の献立という感じであった。

こうなったらもう、度胸を決めてと春日は思った。食べて飲んでそのうえで、ナナ子が出し惜しみしている情報というのを、強引に吐かせてやろうと、彼は妙に力んでいた。久しぶりのアルコールだけに、回りが早かったのかもしれない。

午後四時になった。

酔ったようだと、春日にも自覚があった。ナナ子も、ご機嫌である。春日にしなだれかかったり、抱きついたり、大声で笑ったり、はしゃぎながらジャレているという感じだった。

そんなナナ子を見ていると、今日の正午前に知り合ったばかりとは思えなくなる。もう何年も前から知っている女に、今日になって再会したのだと錯覚しそうであった。ナナ子はもう完全に、春日を恋人として扱っていた。

「もう、時間がない」

春日は痺《しび》れを切らして、ついに立ち上がった。間もなく、五時になろうとしている。

「え……？」

ポカンとなってナナ子は、春日を振り仰《あお》いだ。

「お願いだ、聞かせてくれ」

春日は、ナナ子の肩を揺すった。

「時間がないって、どういうことなの」

ナナ子は、春日の腰を両腕でかかえ込んだ。

「空港へ、行く時間なんだ」

「何ですって」

「六時二十分の飛行機に乗る」

「東京へ、帰るつもりなの？」

「当たり前だ」

「いやよ、そんなの……」

「いやも何もないだろう」

「今夜はここに、泊まってゆくもんだとばっかり思っていたわ」

「冗談じゃない」

「そんな言い方、ひどいわ」

ナナ子も立ち上がっていた。

「しかし、どうしておれがここに、泊まらなくちゃならないんだ」

今度は春日のほうが、大きく目を見はっていた。

「理屈じゃないわ。あなただって、子どもじゃないんだもの。わたしがどんな気持ちでいるか、察しがつくはずよ」

泣き出しそうな顔で、ナナ子は春日の胸板を叩《たた》いた。

「ちょっと、待ってくれないか」

春日としても、慌てずにはいられなかった。

「これから先のことは、どうなろうとかまわない。明日になれば、あなたとわたしは赤の他人よ。もう二度と、会うことはないわ。だから今夜だけ、今夜だけなのよ」

「しかし……」

「わたしに一晩だけの、夢を与えてちょうだい。大事にしたいような将来もなく、毎日を胡魔化《ごまか》している女が、こうして頼んでいるのよ」

「どうも、よくわからない」

「わからなくても、いいじゃないの。今夜一晩だけ、あなたはわたしの初恋の相手だわ。騙《だま》されたつもりになってくださらない？」

「あんたは、いったい……」

「キスして……」

ナナ子は春日の首に、両腕を巻きつけた。春日は、前のめりになった。腰砕けになって、二人はソファへ倒れ込んだ。ナナ子の唇が、ぶつかるように春日を捉《とら》えていた。彼女の舌が、荒々しく割り込んできた。

春日の両手が、ナナ子の腰をはさみつけた。彼女の厚みのある尻を、撫《な》でるように春日の手が動いた。熱っぽくて、激しい接吻《せっぷん》になった。力を抜いたナナ子の身体が、痙攣《けいれん》するように震え始めていた。

「嬉しい」

唇を離して抱き合いながら、ナナ子がかすれた声で口走った。激しい喘《あえ》ぎとともに、彼女の歯がカチカチと鳴っているのが、春日の耳許《みみもと》で聞こえていた。

「あなたの肌って、光沢があるのね。まるで、メノウの勾玉みたいだわ」

興奮の震える声で、ナナ子が言った。

「メノウの勾玉か」

血が熱くなるのを覚えながら、春日はもうどうにでもなれという気持ちになっていた。もう酔っているが、もっと酔っぱらいたいと思った。

「西都市の勾玉、そしてあなたも勾玉よ」

ナナ子は春日から離れると、バス・ルームのほうへ小走りに去って行った。

「西都市の勾玉……」

春日はコップの水割りを一気に飲み干した。

「勾玉か」

新たに水割りを作り、春日はそう呟《つぶや》いた。ナナ子は、すぐには戻って来なかった。水か湯の音が聞こえているし、シャワーを浴びているのかもしれない。

「西都市の勾玉、勾玉だ」

春日はまた水割りを、呷るように飲んだ。何かが、引っかかる。何だろうか。三種《さんしゅ》の神《じん》器《ぎ》にも、勾玉があるということなのかもしれない、八《や》坂瓊勾玉《さかにのまがたま》である。西都市と勾玉には、深い関係がある。

その西都市で、有馬和歌子が殺された。つまり、西都市と有馬和歌子が、八坂瓊勾玉というのはどうだろう。

有馬和歌子、長谷部陽子、木原由美と三人の女が殺されている。人数は、3であった。殺された場所も別々だから、三カ所ということになる。三カ所、つまり3である。そして三種の神器の3ではないか。

まず、そのうちの有馬和歌子は、西都市で殺された。西都市は、勾玉に通ずる。すなわち、八坂瓊勾玉である。次の木原由美は、喜多方市で殺された。喜多方市はいったい、何に通ずるだろうか。

八咫鏡《やたのかがみ》。

草薙剣《くさなぎのつるぎ》。

そのどちらかでなければならない。

「草薙剣は、関市が当てはまるんじゃないのか」

思わず春日は、大きな声で独《ひと》り言を口にしていた。

関市と刀はそれこそ、切っても切れない関係にある。刀つまり剣ということで、草薙剣は関市に結びつく。関市では、長谷部陽子が殺されている。長谷部陽子が草薙剣ということになる。

すると、喜多方市で殺された木原由美には、八咫鏡しか残されていない。喜多方市は何か、鏡に縁があるところだろうか。いや、そうしたことには気がつかなかったし、話にも聞いてもいない。

鏡石町《かがみいし》——。

喜多方市そのものではないが、同じ福島県の鏡石町には縁がある。木原由美は、鏡石町に関心を持っていた。勝間田氏は鏡石町の屋敷と、喜多方市の奥座敷である熱塩温泉とを往《い》き来している。

鏡石町という地名から、『鏡』が浮かび上がる。その鏡が八咫鏡に通ずるのではないのか。三人が殺された三つの場所は、それぞれ三種の神器と何らかの意味で関連を持っている。

有馬和歌子は、八坂瓊勾玉。

木原由美は、八咫鏡。

長谷部陽子は、草薙剣。

そして長谷部陽子は殺される夜の電話で、犯人とおぼしき男に奇妙なことを言っているのである。『関の孫六苑』のカズエの記憶によると、『玉や鏡に比べて、剣は世界一幸せね』ということなのだ。

玉や鏡に比べて、剣は世界一幸せ——とは、有馬和歌子や木原由美に比べて、長谷部陽子は世界一幸せ、ということを意味しているのではないだろうか。

と、そこまで考えたとき、春日多津彦は茫然《ぼうぜん》として立ち上がっていた。彼は近づいてくる裸像に、気がついたのであった。ナナ子は一糸まとわぬ全裸のままで、そのどの部分も隠そうとはしなかった。春日は、妖《あや》しいまでに美しい女体に、圧倒されていた。

西都市《さいと》　その二

1

白い裸身を投げ出して、牧ナナ子はベッドの上に大の字になっていた。乳房や下腹部を、隠そうともしなかった。無邪気というか天真爛漫《らんまん》というか、少しもいやらしさが感じられない姿であった。

満足しきって、それが安心感にも通じているのだろうか。首筋や胸の谷間の汗が、まだ光っている。髪の毛の一部が、濡《ぬ》れた額《ひたい》や頬《ほお》に振りかかって、へばりついていた。ナナ子は、目を閉じていた。

うっとりとして、眠りに落ちそうな顔だった。唇を小さく、開いたままである。もう喘《あえ》ぎも波打つ胸の動きもとまって、正常な息遣《いきづか》いになっていた。二つの枕が押し潰《つぶ》された恰《かっ》好《こう》で、遠くへ飛んでいる。

凄《すさ》まじいほどの歓喜の訪れに、ナナ子は二つの枕を摑《つか》んだり引っ張ったりしたうえに、投げてしまったのである。そのときの狂態や絶叫が嘘《うそ》みたいに、いまのナナ子は楚々《そそ》とした美人の寝顔に戻っている。

春日多津彦が初恋の男に似ているというナナ子の言葉は、嘘ではなかったようである。そうでなければ、行きずりの男に等しい春日を積極的に求めて、狂おしく燃え上がったりはしなかっただろう。

誰が相手だろうと、その男との最初のセックスで、心ゆくまでエクスタシーに浸《ひた》れる女というのも稀《まれ》であった。百人のうち九十九人までは、ある程度の性感の上昇で終わってしまう。

羞恥《しゅうち》とか不安感とか精神的なものがブレーキになるし、やはり女には肉体がその男に馴《な》染《じ》むということが大切なのである。つまり性感帯に不案内といったことではなく、男に対する感情がものを言うのだ。

男を愛していれば当然だが、好意以上の感情が女の性感を支配する。だが、行きずりの関係とか、その場限りの浮気とかでは、しょせん相手の男への好意以上の感情が不足している。

そのために最初のセックスでは、どうしてもブレーキのほうが強くなる。二度目の行為になるとブレーキも弱まるし、すでに一度結ばれていることで、男の肉体への情も湧《わ》いてくる。

それが、身体《からだ》の馴染むことであり、初めて女の性感は奔放《ほんぽう》に上昇する。そこで最初のセックスでは中途半端に終わり、二度目や三度目の行為で女の性感が頂上を極める例が、一般的ということになるのである。

しかし、ナナ子は春日との最初の行為で狂乱し、質も量も最高のエクスタシーに延々と弄《もてあそ》ばれたのであった。『宮崎観光ホテル』の吉野マネージャーの話だと、ナナ子は男だけには堅かったという。

一日中ほろ酔い機嫌でいても、男関係には奇妙に潔癖だったのである。宮崎へ来てからセックスは、ただの一度も経験していないようであった。しかも、八年間の結婚生活のあと、ナナ子はこの三月に離婚したのだ。

ナナ子は、成熟しきった女である。身心ともに、女盛りを迎えている。離婚するくらいだから、その前の半年間は夫とのセックスもなかったと見ていいだろう。女盛りのナナ子が、一年間も空閨《くうけい》を守っていた。

それだけに一度火がついたら、その炎は奔放に燃え上がる。一年間の渇《かわ》きが、飽《あ》くことなく潤《うるお》いを求める。鬱積《うっせき》したものが、奔流となって噴出する。だが、そうなるにも、前提というものがあったのだ。

前提とは、春日に対するナナ子の感情である。春日が初恋の男に生写《いきうつ》しだということで、ナナ子は彼を愛したのだ。いや、ナナ子の情念の中では、春日と初恋の男とがすり替えられていたのだろう。

この部屋で、二人きりになってからのナナ子にとっては、もう今日知り合ったばかりの男、春日多津彦ではなくなっていたのである。ナナ子には、久しぶりに再会した初恋の男でしかなかったのだ。

その男に、ナナ子は抱かれた。しかも、初恋の男と明日になったら別れるのだし、もう二度と会えないのであった。そう思うからこそ、ナナ子は狂おしく求めて、われを忘れて愛し合ったのである。

隣のベッドで、春日は放心状態にあった。悪いことをしたとは、思っていない。ナナ子の求めに応じただけであり、罪の意識を持つことはなかった。現在の彼は、警察官でもない。

道徳も倫理も、押しつけられることはなかった。ひとりの男として、個人的に行動しているのである。だが、ひどく空《むな》しかったのだ。代用品にされたことが、春日にもわかっていたからだった。

　忘我の境にあってナナ子は、いったい何度その名前を連呼したことだろうか。ナナ子の心情を汲《く》んで、春日はそれに耐えたのである。しかし、それにしても代用品とは、空しいものであった。

　バス・タオルを腰に巻いただけの姿で、春日は起き上がった。彼はジェット機の爆音を、聞いたような気がした。時計を見ると、六時三十分だった。春日が乗る予定だった十八時二十分発の東京行きが、飛び立ったのかもしれない。

　春日はベッドに腰をおろして、ナナ子の顔を覗《のぞ》き込んだ。ナナ子の閉じた目から、顎《あご》のあたりまで涙が線を描いていた。その涙が何を意味するのか、春日にはよくわからなかった。

「泣いているのか」

　春日が言った。

「え……？」

　目を開いたナナ子が、さすが恥じらいの笑いを浮かべた。

「なぜ、泣くんだ」

　ナナ子の裸身に、春日は毛布をかけてやった。

「嬉《うれ》し泣き……」

ナナ子は、涙を拭《ぬぐ》った。

「何が、嬉しい」

「満足したからでしょ」

「満足の涙か」

「感激の涙と、言うべきだわ」

「本当に、感激したのか」

「感動しちゃったわ」

「そうかね」

「こんなに乱れたのって、わたし初めてなのよ」

「女は、よくそう言うよ」

「あら、本当だわ」

「それで、感動したのか」

「あなたと結ばれて、とてもよかったと思うわ」

「おれじゃないだろう」

「え……?」

「ヒデキさんって人さ」

「どうして……！」

弾《はじ》かれたように、ナナ子は上体を起こした。

「知っているのかって言うのか」

春日は、苦笑した。

「そうよ」

ナナ子は、目を見はっていた。

「あんた、ヒデキさんって、ずっと呼び通しだったんだぞ」

春日は、タバコをくわえた。

ナナ子はあっという顔になって、そのうえに引き寄せた枕を置いた。

「ごめんなさい」

枕の下で、ナナ子は言った。

「まったく、侮辱《ぶじょく》だよ」

「許して……」

「まあ、いいさ。おれをヒデキさんだと思って、愛し合ったんだろうから……」

「でも、そこまでわたしを無我夢中にさせたあなただって、いけないんだわ」

「女は何でも、男のせいにする」

「だけど、恥ずかしい」

「ヒデキさんって、本当に初恋の彼だったのか」

「ええ。同時に、わたしにとっては初めての男性でもあったの」

「肉体的にという意味かい」

「ええ」

「珍しいケースだな」

「そうかしら」

「女の初恋ってのは普通、少女時代にするものなんだろう」

「それは、ただの慕情《ぼじょう》でしょ。わたしの場合は、本気で恋をしたのよ。処女を彼にあげたいと、思うくらいにね」

「幾つのときだ」

「十九だったわ」

「それで、どのくらい続いたんだ」

「二年間よ」

「どうして、結婚しなかったんだ」

「だって、彼は妻子ある男性だったんですもの」

「諦《あきら》めざるを得なかったんだな」

「そのことで悩んでいる頃、縁談が持ち込まれたの。相手は大金持ちの、ドラ息子だったわ」

「あんたは、結婚をオーケーした」

「衝動的にね。大金持ちの息子と、聞いただけで……」

「女心の微妙なところだな」

「彼のことをさっぱり忘れて、新しく出直したいと思ったのね。それに、大金持ちの奥さんになって、好きなようにしてやろうって、自暴自棄な気持ちもあったわ」

ナナ子は枕を投げ出すと、起き上がってバス・ローブに手を伸ばした。

「結婚してみて、どうだった」

春日は、立ち上がった。

「さんざんだったわ。そんなつもりで結婚した報いだったんでしょうね」

ナナ子は、バス・ローブを身にまとった。

「ヒデキさんのことだって、忘れられはしなかったんだろう」

テーブルに近づくと、春日は新たに水割りを作り始めた。

「駄目だったわ。それに、ひどい亭主だったの。新婚初夜から、わたしに文句をつけたのよ」

ナナ子もテーブルのほうへ、足を運んで来た。バス・ローブから覗いている脚《あし》が、綺麗《きれい》で煽情的《せんじょう》であった。

「どう、文句をつけたんだ」

水割りのコップを手にして、春日はソファにすわった。

「わたしが、処女じゃないって……」

ナナ子は春日の膝《ひざ》の上に尻を置き、彼の首に一方だけの腕を巻きつけた。

「はっきりしているな」

「そして、もう次の日から、わたしへの報復が始まったわ」

「どういう報復だ」

「新婚旅行中から、予防具を使い始めたのよ」

「どうしてなんだい」

「子どもを、作らないというわけよ。わたしが産んだ子どもには、ほかの男の血も混ざっているだろうからって……」

「変わっているな」

―でも、おかしいと思わない？　予防具を新婚旅行先で、買ったわけじゃないのよ」

「最初から、用意してきたのか」

「わたしが処女じゃないってわかる前から、ちゃんと予防具を用意してきたってことでしょ」

「真意はいったい、どういうことだったんだい」

「彼女がいたのよ。結婚するために、別れた彼女がね。その彼女が別れる条件として、最低一年間は、奥さんになる人との間に子どもを作らないことって言ったらしいの。亭主はその約束を、忠実に守ったというわけね」

「じゃあ、一年後には……」

「そう。予防具なんか、見向きもしなくなったわ」

「それで、できたのか」

「赤ちゃん？」

「うん」

「すぐ、妊娠したわ。男の子だったけど……」

「ほかには……？」

「ひとりだけよ。わたしのほうに、何人も子どもを産む気がなくなったの」

「もうその頃から、離婚することを考えていたからだわ」

「どうしてだ」

「旦那《だんな》を、愛せなかったのか」

「耐えきれなかったのよ。亭主の女関係に……」

「ひどかったのかい」

「ひどいなんてものじゃないの。女道楽、好色漢、色狂いよ。無事だったのは、結婚して一年ぐらいだけね。あとの七年間は、ずっと苦しめられ通しだったわ」

「大したもんだ」

「一度に三人から五人の彼女を、かかえちゃうんですもの。やれ妊娠した、やれ手切れ金だ、やれ結婚を迫られているだ、やれ自殺未遂だ、やれ親が会いに来ただって、騒ぎが絶えるときがないのよ」

「あんたも、苦しんだだろう」

「気が変になりそうだったし、ノイローゼ気味になったこともあったわ。心が休まるときがなくて、もうくたくたに疲れ果てたという感じね」

「それが、離婚の理由か」

「亭主のほうも、離婚を承知したの。その代わり、子どもは渡さないって……。わたしは子どものために、ずっと我慢してきたんでしょう。それなのに子どもを取り上げられちゃうんだったら意味がないって、一年以上も迷ったわ」

「その結果、決心がついたのか」

「子どもを諦めるのも仕方がないという気持ちにさせられるほど、ひどい女狂いの亭主だったのよ」

「これから、やり直すさ」

「駄目よ。離婚したら、つくづく空しさを覚えたわ。もう、これからの人生は、お釣りみたいなものだって思い知らされたの。頭に浮かぶのは、昔のことばかり……」

「ヒデキさんか」

「そうね。結婚する前より、彼のことが恋しくなるんですものねえ。それと、あの亭主のことだわ。もし、どこかであの亭主に会ったら、殺してやりたいって……」

　と、ナナ子の目に、憎悪が光った。だが、春日の顔に押しつけた彼女の頰は、涙で濡《ぬ》れていた。

2

夜の八時をすぎてから、春日とナナ子はホテルを出た。

ホテルの前の広い芝生が、無数の水銀灯に照らし出されていた。芝生やフェニックス、それにビロウ樹の緑が鮮やかであった。頭上には、満点の星空が広がっている。いかにも、南国の夜という感じだった。

けっして、涼しくはない。まだ昼間の暑さが、地上に残っている。しかし、その身を包む火照《ほて》るような暑さは、不快なものではなかった。たまに夜風が、波の音を運んでくるようだった。

ナナ子は、春日の腕に縋《すが》って歩いた。彼女は、まだ完全に初恋の男と一緒にいる気分に浸っているのである。まるで十九の娘みたいに、ナナ子はうっとりとなっていた。

確かにムードは、満点と言えた。

「わたし、男嫌いになってしまったの。男の人に色目を使われただけで、無性《むしょう》に腹が立つようになったわ」

ナナ子が言った。

「それだけ旦那に、苦労させられたってことさ」

春日は東京のことが、気がかりで仕方がなかった。彼が約束通り帰って来ないので、心配している看護婦たちの姿が目に浮かぶ。いま頃、ミナも病院を訪れているかもしれない。

「そのわたしがあなたに会って、こんなにメロメロになっちゃうんですものね」

「おれじゃない。ヒデキさんと、再会したんだろう」

「また、いじめる」

「いや、おれのほうは、それでかまわないんだよ」

「どうせ今夜だけ、我慢して付き合えばいいんですものね」

「嫌味な言い方をするなよ」

「じゃあ今夜だけは、本気でわたしのことを愛してくださる？」

「うん」

「本当ね」

「本当だ」

「明日の朝まででいいの。その代わり、朝まで寝かせないわ」

「いいさ」

「さっきフロントに、航空券を頼んでおいたわ」

「そいつは、気がつかなかったな。どうも、ありがとう」

「十時発よ」

「すると東京には、正午前につくな」

「十一時三十分着でしょ」

「明日の朝、八時半にはお別れか」

「そうね。わたし空港まで、送って行かないから……」

「うん。おれは黙って、部屋を出て行くことにする」

「お部屋を出たとたんに、わたしのことを忘れてくださって結構よ」

「そのように、努力しよう」

「わたしもあなたのことを忘れるようにするわ。あなたとのことは、夢の中の出来事だと思うの。そうしないと、耐えられないでしょ。明日からまた、わたしはひとりぼっちなんですもの」

「あんたも、東京へ帰ればいいんだ」

「駄目よ」

「どうしてだい」

「子どものことを、思い出すでしょ。それにもう一つ、亭主に会う可能性だってあるもの」

「会ったって、いいじゃないか」

「わたし、人殺しになるわよ」

「旦那を殺すというのかい」

「ええ」

「そいつは、まずいな」

「東京には、彼だって住んでいるでしょ」

「ヒデキさんか」

「会いたくなっちゃうわ」

「会わないほうが、いいのかい」

「わたしの知っている彼は、ちょうどあなたぐらいの年配だったわ。いまの彼はもう四十すぎ、愛しているんなら会わないほうがいいと思うの」

「確かあんたは、初恋の彼は事故死したって言ったんじゃなかったのかな」

「あれは嘘、でもわたしにとって彼は、死んだも同じ人よ」

「というより、死んだことにしておきたいんじゃないのか」

「まあね」

「東京へ帰れば、生きている彼を意識しなければならない。それが、あんたはいやなんだろう」

「未来へ繋《つな》がるような過去には、もう触れたくないの。あなたと二度と会うまいとするのも、そのためなんだわ」

ナナ子はベンチにすわると、春日の腕を引っ張るようにした。あたりに、人の姿はなかった。何もかも、広々としている。窓という窓はすべて明るいホテルが、まるでオモチャのように見えていた。

「もうそろそろ、話してくれてもいいんじゃないかな」

春日はそう言いながら、ナナ子と並んでベンチに腰をおろした。

「松本塚古墳《まつもとづか》で、見たことね」

春日に凭《もた》れかかって、ナナ子は微笑を浮かべた。

「そうだ」

春日は、脚を組んだ。

「大したことじゃないの」

首を立ててナナ子は、春日の頰に接吻《せっぷん》した。

「どんなことでも結構さ」

「じゃあ、お話ししましょう。七月三十日の朝、わたしは松本塚古墳に行きました」

「うん」

「昼間行ったとき、車を停《と》めたでしょ。そのときも、同じ場所に車を停めたの」

「時間は、九時だったそうだね」

「ええ。古墳まで歩いて行く途中で、小学生たちが大騒ぎをしているのに気がついたの。それで人殺しがあったことを知ってから、こうなると、わたしが目撃者かもしれないって初めて思ったのよ」

「うん」

「つまり、小学生たちが大騒ぎをしているのに気づく前に、わたしはひとりの人間を見かけたわけなの。だから、あとになってあれが犯人だとしたら、わたし目撃者なんだわって思ったのよ」

「その人間を、どこで見かけたんだ」

「自動車を、停めたときだったわ」

「どっちの方向から、来たことになるんだい」

「もちろん、前方からよ。ということは、松本塚古墳のほうからね」

「あの道は、一本道だったたな」

「松本塚古墳にぶつかる道で、あとは周囲の丘陵や松林への小径《こみち》があるだけだわ。その先には、町も村もないわ」

「付近の村へ行くには、ちゃんとした道が別にあるんだろう」

「そうね」

「すると、通り抜けのできない道ってことになる」

「土地の人や子どもたちならともかく、よそから来た人間があの道へはいるとすれば、目的地は古墳どまりだわ」

「その人間は古墳を訪れて、あの道を通って来たことにはならないか」

「あるいは、そうかもしれない。でも、それにしても変わった点が、幾つもありすぎるのよ」

「変わった点とは……？」

「まず第一点は、時間が早すぎるし、ひとりだけだったということね」

「松本塚古墳を訪れて、午前九時にはもう戻って来るなんて、時間が早すぎるってわけか」

「それも団体とかグループとかいうならわかるけど、若い女性がひとりきりで早朝から訪れるというのは、どう考えても不自然すぎるわ」

一若い女性……？」

「そうよ」

「あんたが見かけたのは、若い女だったのかい」

「若いって、要するに二十代よね。正確な年齢ってのは、わからないけど……」

「女か」

「女じゃいけないの？」

「いけないってことはないけど、女というのは気に入らねえ」

「どうしてかしら。殺されたのも、女性だったのよ。相手が女なら、女にだって殺せるでしょ」

「そりゃあまあ、そうだけど……」

「二点目は、荷物を持っていたということよ」

「どんな荷物だ」

「小型のスーツ・ケースに、バッグを持っていたわ」

「小型のスーツ・ケースか」

「バッグはまあ、誰でも持っているわね。でも、スーツ・ケースを持って、古墳を見学に来る人なんて、いないわ」

「旅行者だろうな。だったらスーツ・ケースなどは、ホテルか旅館に置いて来るはずだ。まあ車に乗って来たんなら、話は別だけどね」

「そうなの。それが、第三点目になるのよ。車は停めてなかったし、タクシーも待たせてなかったわ。そうなると、あの女性は西都市の中心地まで、歩いて行かなければならないのよ。ハイヒールで、しかもスーツ・ケースを持って……」

「来るときは、どうだったんだろう。タクシーに乗って来たのであれば、待たせておくはずだ」

「当然そうするわ。古墳の近くをタクシーが流しているわけじゃないんだし、帰りは歩かなくちゃならなくなるってわかりますからね」

「その女は古墳へ向かうときも、西都市の中心地から歩いて来たのか」

「そうとしか、考えられないでしょ」

「なぜ、その女は往復四キロの道を、歩かなければならなかったのか。答えは一つしかない」

「どんな答えかしら」

「松本塚古墳へ行ったことを、誰にも知られたくないからさ。タクシーを利用すれば、運転手の記憶に残る。自分で運転して行ける車がない限り、歩くほかはないだろう」

「きっと、そうだわ」

「殺人者は後日、証人が出るのを恐れて、誰にも見られないようにして現場へ向かう。帰りもまた、歩くことにするだろう」

「その答えの通りよ」

「次の四点目には、何があるんだい」

「その女性が、走って来たことだわ」

「走って来たのか」

「逃げるみたいにね。そして、停めた車の中にわたしがいるって気がつくと、急に走るのをやめて大股《おおまた》に歩くように変わったわ。そのまま、車の横を通りすぎて……」

「確かに、不自然だ」

「最後の五点目だけど、その女性の顔が真っ青だったわ」

「間違いないか」

「化粧っ気がなくて、サングラスをかけていたけど、唇の色さえ失っていたのよ」

「光線の工合《ぐあい》とか、草の色が映《は》えたとか、そんなんじゃないんだね」

「わたし最初、気分が悪いんじゃないのかって、思ったくらいなんですもの」

「よし、わかった。じゃあ、その女の人相、特徴、服装なんかと記憶している限りのことを、言ってみてくれないか」

「人相って言われても困るけど、まあ顔立ちは整っているほうだし、一目見たとき都会的な感じがしたわね」

「美人だね」

「お化粧したら、きっと綺麗になるでしょうね」

「それで、サングラスをかけていた」

「そうよ」

「髪の毛は、どうだった」

「黒くて、長かったわ」

「服装は……?」

「地味だったわね。白のブラウスに紺のチョッキとパンタロン、靴の色は気がつかなかったわ」

「荷物は、バッグと小型のスーツ・ケースだけか」

「バッグは黒、スーツ・ケースはクリーム色よ」

「ほかに、何か……?」

「それだけだわ」

「そう」

「ねえ、わたしの話、役に立ちそうかしら」

「役に立つさ」

「こっちから警察へ出向くほどの情報でもないだろうって今日まで黙っていたんだけど、これでわたしのほうも何となくさっぱりしたわ」

「とにかく、大助かりだよ」

春日は言った。

「そう、よかったわ」

嬉しそうに笑いながら、ナナ子は小刻みに頷《うなず》いていた。

役に立つ、大助かりだというのは、春日の本音であった。これだけのことをナナ子の口から訊《き》き出すのに、ずいぶんと手間がかかったものである。東京へ帰るのを一日延期したし、ナナ子の恋人の代用品を務めなければならなかった。

しかし、そのくらいの苦労をしただけの甲斐《かい》はあったと、春日はナナ子に感謝する気持ちになっていた。ナナ子の証言の信憑性《しんぴょうせい》も、記憶の正確さも、春日は百パーセント認めていた。

いまのナナ子は、信頼できる。

それにしても、重大なことを聞き込んだものである。ナナ子が見た人間が有馬和歌子を殺したのだとすれば、犯人は意外にも女だったということになる。犯人が女では気に入らないと、春日は最初のうち思っていた。

それは、殺された三人に必ず男の声で、呼び出し電話がかかっているからであった。したがって犯人は、男だということになるのである。ところが、ナナ子が見かけたのは、女だったのだ。

しかし、考えてみると、ナナ子の証言を否定する必要はまったくなかったのである。男の声で呼び出し電話がかかり、殺したのは女であっても一向に差しつかえないという見方が、成り立つのであった。

ナナ子は、女だったと言っている。それを、ほんの少し訂正すればいいのだ。

ナナ子が見た限りでは、それは女だった——と、訂正するのである。

春日の脳裡《のうり》には、ミナのことがクローズ・アップされていた。

ミナは誰が見ようと、完全に女であった。まして見るだけで、言葉も交わさないとなれば、ミナのことを男ではないかと疑う人間など、絶対にいないのだ。

だが、ミナは男である。

男ではないかと疑われるとすれば、それはミナの声に原因があると言えよう。つまり、換言すれば、ミナは男の声を出すことができるのであった。ミナが電話で男の声を出せば、誰だろうと相手は男だと判断するのである。

3

朝まで寝かせないとは、口先だけのことではなかった。ナナ子は、異常なくらいに燃え盛って、尽きることがなかったのだ。一途《いちず》というより、女の執念が感じられた。春日もそれに引き込まれて、情熱的に応じたのであった。

朝になったら別れる。二度と会うことがない。そうした気持ちが、男と女を刹那《せつな》的な愛着へと追い込む。しょせんは何も残らない空《むな》しい肉体の悦楽と、性の狂宴に駆《か》り立てるのであった。

ナナ子は一晩中、声を嗄《か》らして『ヒデキさん』と連呼し続けた。汗と粘液にまみれて、途中三度もシャワーを浴びなければならなかった。二人は体位と技巧の限りを尽くして、快楽の蜜《みつ》の底で悶《もだ》えることに打ち込んだ。

ナナ子がようやく、気を失ったように動かなくなったのは、午前八時になった頃であった。ついに二人とも、一睡もしなかったのである。さすがに疲れたが、眠っている暇はなかった。

春日はシャワーを浴びて、着替えをすませた。ドアの前で彼は、動かずにいる白い裸身を振り返った。歓喜の余韻《よいん》に浸っているようなナナ子だが、それはこのうえなく孤独な女の姿であった。

「さようなら、ヒデキさん」

春日のほうは見ないで、ナナ子がそう言った。

「さようなら」

春日は、部屋の外へ出た。

ホテルの前に、頼んでおいたタクシーが停まっていた。春日は、タクシーに乗り込んだ。タクシーが走り出して、みるみるうちに『ホテル西海』は遠ざかった。ナナ子との、永遠の別れであった。

宮崎空港についた。空港から春日は、東京のミナの住まいに電話を入れた。ミナは昨夜十一時まで、病院で春日の帰りを待ったという。春日は午後二時に、もう一度病院まで足を運んでくれと伝えて、電話を切った。

東京行きの全日空機は、定刻の午前十時に離陸した。しばらくは、ナナ子のことを考えた。だが、九州が遠ざかるとともに、春日の頭の中のナナ子も薄らいでいった。彼の思考は前向きに転じた。

間もなく、ミナに会う。

そのミナを、春日は疑っているのだった。よき協力者、熱心な助手を疑う気持ちは、実に複雑なものである。しかし、ナナ子の証言を重んずる限り、ミナのことを疑わざるを得ないのであった。

見た目には女であり、男の声で電話をかけられる人間。

それは事件関係者や身辺を眺《なが》めて、ミナをおいてほかにいないのである。むしろ、ミナにしかできないことと、言えそうであった。ミナに疑惑の目を、注《そそ》ぐほかはなかった。春日は胸の奥に、痛みを覚えていた。

動機は何か。

それは、何とも言えなかった。問題は、動機よりもアリバイであった。ミナには、アリバイがあるのだ。そのアリバイが確かであれば、ミナを疑ったのは春日のほんの思いつきということになる。

七月三十日の正午近くになって、小木曾高広とミナが春日の病室を訪れた。そして間もなく、小木曾商会から電話がはいり、三時間前に有馬和歌子が西都市で殺されたと連絡してきたのだった。

事実、有馬和歌子が殺されたのは、七月三十日の午前九時頃であった。その時間にナナ子が、現場の方角から走って来る犯人らしい女を見かけているのである。もし、その女がミナだとしたら、どういうことになるのだろうか。

午前九時に九州の西都市で人殺しをしたミナが、三時間後には都下狛江《こまえ》市の恵仁堂《けいじんどう》病院にいたということになる。そんなことは、あり得ない。計画的にやろうとしても、不可能であった。

九州の西都市から都下の狛江市まで、最も時間のかからない移動コースは、やはり宮崎と東京を結ぶ空路である。だが、飛行機を利用しても、三時間で移動することは絶対にできない。

松本塚古墳から西都市の中心まで、二キロほど歩く。

西都市から宮崎空港まで、タクシーを走らせる。

宮崎から羽田まで、飛行機が一時間三十分。

羽田から狛江まで、再びタクシーを走らせる。

ほかに、空港での待ち時間などがある。すべてトントン拍子にいったとしても、五時間はかかることになるだろう。病院を訪れる前にミナは、都心で小木曾高広と落ち合っている。そうなるとミナは西都市から都心まで、二時間で帰って来なければ間に合わないのである。

アリバイは、完璧《かんぺき》であった。

羽田に到着した。空港前から、タクシーに乗った。タクシーが走り出したとき、時計を見ると正午であった。ホテル西海を出て、羽田から走り出すまでで、三時間もかかっているのである。

車の渋滞がひどくて、狛江まで一時間三十分も費《つい》やすことになった。恵仁堂病院の狛江分院につくと、春日は特A号室へ直行した。看護婦センターで、鍵《かぎ》をもらわなければならない。

「あら、春日さん！」

「一日、オーバーじゃないの」

「どこで、遊んでいたんですか」

「まだ、入院中なのよ」

「規則違反だわ」

看護婦たちの非難が集中した。しかし、どの顔も笑っているし、深刻な様子は見られなかった。それは春日がすでに、入院加療を必要とする病人ではないことを、立証しているのである。

「場合によっては明日また、外出させてもらいますから……」

鍵を受け取りながら、春日はそう言った。真面目《まじめ》な話であった。

病室にはいってパジャマに着替えていると、食事が運ばれて来た。病院の昼食としては、二時間遅れであった。看護婦センターで気を利《き》かせて、昼食を確保しておいてくれたのだという。

昼食を残らず平らげたとき、ミナが病室を訪れた。白いパンタロン・スーツを着て、相変わらず艶《あで》やかなミナであった。そうしたミナを疑いの目で見る春日は、何とも中途半端な気持ちであった。

「昨夜、どうしたのよ」

ソファにすわって、ミナは脚を組んだ。

「最後の便に、乗り遅れてね」

春日は、ベッドの上に横になった。

「目が真っ赤よ。飲み明かしたの、それとも女の子が朝まで寝かせてくれなかったのかしら」

ミナは、冷やかすように笑った。それにしても、いいカンをしている。

「何とでも言うさ」

満腹したせいか、春日は睡魔に襲われていた。

「成果はあったの？」

「あったよ」

「どんなこと……？」

「まず、ママの報告から先に、聞かせてもらうよ」

「いいわ」

「何があった」

「いちばん新しい情報から、報告するわね。二時間ほど前に、聞いた話よ」

「うん」

「小木曾善造は検察庁の取り調べが終わりしだい、保釈ってことになるらしいわ」

「単純な傷害罪だし、小木曾善造はいわば名士だ。保釈金を積めば当然、保釈が認められるだろう」

「同時に小木曾善造は、引退することになるんですってよ」

「一切の事業から、手を引くってことなのかい」

「そうね」

「さすがに、入道《にゅうどう》も参ったんだろうな」

「ようやく、世間を騒がした責任ってものを、認めたらしいわ」

「三人の秘書が殺された事件、それに彼自身が傷害事件を引き起こしたことで世間を騒がせた。その責任をとって、引退することを決意したか」

「その前に小木曾善造は、弟を追放してしまっているんでしょう」

「高広ひとりの天下じゃないか」

「いつかは必ずそうなることなんだから、高広さんは別に喜んでもいないわ。むしろ、当惑気味よ。だから高広さんは、追放された叔父《おじ》さんを呼び戻すらしいわ」

「例の三人の秘書殺害事件に関しては、小木曾善造はまったく追及を受けていないんだろうか」

「事情聴取という程度じゃないの」

「捜査本部の見方は、いったいどうなっているんだ」

「小木曾善造を、やっぱり疑っているんでしょうね」

「小木曾善造は草薙剣《くさなぎのつるぎ》の探索の件で、三人の秘書に嘲笑《ちょうしょう》され、激怒した。その件では狂信的な情熱家になっていた小木曾善造は、三人の秘書を許すことができずに次々と殺した。と、まあ動機はあるんだがね」

「それで死体には必ず、〝壇ノ浦〟と書き込んだってことになるんでしょ」

草薙剣の恨みを込めてと、狂信的な人間がやりそうなことだ」

「そうね」

「そればかりじゃない。三人の秘書を殺した場所も、三種《さんしゅ》の神器《じんぎ》に関《かか》わりがあるってことに気づいたんだよ」

「本当……」

「西都市は勾玉《まがたま》に、縁のあるところなんだがね」

「じゃあ、八坂瓊勾玉《やさかにのまがたま》ね」

「関市《せき》はご存じ、刀剣類とは切っても切れない歴史を持っている」

「草薙剣だわ」

「喜多方《きたかた》市の場合は、鏡石《かがみいし》町と縁が深かったじゃないか」

「鏡石町……？」

「鏡だよ」

「八咫鏡《やたのかがみ》か」

「三種の神器が、ちゃんと揃《そろ》うだろう」

「本当だわ」

「偶然の一致とは思えないぜ」

「すると小木曾善造が意識的に、その三つの場所へ三人の秘書を連れて行ったってことになるわ」
「うん」
「そういう計画性は、殺意があったってことを裏付けるんじゃないかしら」
「そうなんだ」
「それぞれの場所で商談があったにしろ、小木曾善造にはそういうスケジュールが組めたはずよ」
「しかも小木曾善造は、ひとり殺され、二人殺されても頓着《とんちゃく》せずに、秘書をそれぞれの場所へ連れて行っている」
「だったら、やっぱり小木曾善造が犯人じゃないの」
「彼には、アリバイもない」
「じゃあ、間違いないわ」
「と、言いたいところなんだが、そうはいかないのさ」
「どうしてよ」
「三人の秘書は殺される前に、いずれも男からの呼び出し電話を受けて、いそいそと指定の場所に出向いているんだ」

—その電話の主が、小木曾善造だったとしても、いいわけでしょ」

「電話に嬉しそうな顔や声で応じて、甘えるようなことも言っている。そのうえ、彼女たちは、いそいそと出て行ってるんだ。小木曾善造に呼び出されたからって、彼女たちがそんな言動を示すだろうか」

「そんなこと、わからないわよ。男と女の問題なんですからね」

「いや、彼女たちには、恋人がいたんだと思う。彼女たちは気づかなかっただろうけど、実は三人共通しての恋人だった」

「その恋人というのに、呼び出されたってわけなの」

「そうだ。若くて美しい恋人に呼び出されて、彼女たちは甘い気分でいそいそと出かけて行き、そして殺された」

「若くて美しい恋人だなんて、男に対してはおかしな言い方だわ」

「有馬和歌子を殺した犯人の姿を、見かけた者がいる」

「え……！」

　とミナは立ち上がっていた。

「その目撃者の証言によると、犯人は若くて美しい女だったということだ」

　起き上がって春日は、ミナの顔を見据《みす》えた。視線が、鋭かった。

「女……」

ミナは目を、しばたたかせた。

「だから三人の秘書の恋人は、若くて美しいと言ってもいいわけさ」

「レズなの！」

「しかし、その若くて美しい恋人は、男の声で三人の秘書を呼び出している」

「何だか、よくわからないわ」

「若くて美しい女でありながら、男の声を出すことができる」

「だったら、男じゃないの」

「中身は男で、見た目には女そのものってことになる。したがって、レズということにはならない。外見は美しい女で中身は若々しい男、その妖《あや》しい魅力と刺激的なセックスに、三人の秘書は夢中になっていたのではないだろうか」

春日は、ミナの表情を窺《うかが》った。頰の筋肉の動き、目のやり場、そして顔色にも反応は出るものであった。だが、ミナはそこで春日に背を向けて、窓際のほうへ足を運んだのであった。

「まるで、わたしのことを言われているみたいだわ」

ミナが、背中で言った。声も沈んでいないし、口調も明るかった。

春日は、黙っていた。その通りだとは、言えなかったのである。また、そう明言できる材料も、揃ってはいなかった。いま確かめたいのは、ミナが示すはずの反応だったのである。

「ねえ、高広さんのことは、どう解釈すべきなのかしら」

ミナが向き直って、もの怖《お》じしない目で春日を見やった。やや深刻な表情だが、衝撃を受けた顔ではなかった。視線に迷いもないし、顔色も正常であった。春日としては、肩すかしを喰《く》らった感じだった。

「うん」

春日のほうで、目をそらせた。

「わたしは、こんなこと報告したくないんだけど……」

ミナは両手で顎《あご》を包むようにした。

やはりミナを疑ったりするのは、とんでもない間違いなのだろうか。牧ナナ子の証言に、眩惑《げんわく》されているのかもしれない。だが、その思いつきを否定すると、男の声を出せる若くて美しい女という謎《なぞ》が、解けなくなるのであった。

4

ミナが引き揚げてから、春日は主治医に明日も外出したいと頼んでみた。ついでだからまあいいでしょうと、主治医は苦笑しながら許可した。それで安心したせいもあり、春日は翌朝まで十時間も熟睡した。

午前九時に、ミナが迎えに来ることになっていた。二人は八王子《はちおうじ》市郊外の、小木曾山荘へ行くつもりだった。思い切って直接、乗り込むほかはなかった。それは小木曾高広が、何も語りたがらないからであった。

ミナの話によると、小木曾高広と、かなり激しくやり合ったらしい。ミナは春日の指示通り、小木曾山荘に誰が住んでいるのか、また石塚静香の雇い主は誰かを訊き出そうとしたのである。

石塚静香の雇い主が、小木曾高広自身であることはすでにわかっていた。喜多方市へ向かう春日とミナを、尾行させることができる人間は、小木曾高広を除いてはいないからであった。

それでミナはまず、小木曾山荘についての話を持ち出したのである。とたんに、小木曾高広は凝然と立ちすくんで、絶句したということであった。顔色もやや、青白くなっていた。

「あの山荘には、どなたか住んでいらっしゃるんでしょ」

「答えたくないね」

「どうしてなのよ」

「ママ、そのことだけには、触れないでくれ。頼むよ」

「なぜ、触れられたくないのか、事情を説明してよ。それで納得すれば、わたしだって何も訊かないわ」

「言いたくないんだ」

「何か、秘密があるのね」

「秘密にしたいんだよ。だからこそ、山荘なんかに住まわせているんじゃないか」

「まさか、犯罪に関係していることじゃないんでしょうね」

「とんでもない。人道上の問題というか、少なくとも悪いことじゃないんだよ」

「人道上の問題……？」

「まあ、そういう意味もある」

「だったらなおさら、隠すことなんかないじゃないの」

「いや。とにかくそっとしておいてやりたいんだ」

「夜遅くなって山荘へ、人目を忍ぶように乗用車がやって来ることがよくあるって話だけど、その車を運転しているのはあなたなんでしょ」

「ノーコメントだよ」

「どうして、そんな秘密が必要なんでしょうね」

「ママは、あの山荘の近くまで、行ったのかい」

「行ったわ」

「もう二度と、あの山荘には近づかないでくれ。われわれの友情のためにも、そう頼むよ」

「そうまで言われるんじゃあ、その通りにするほかはないけど……」

「春日の差金《さしがね》か」

「違うわ。春日さんはいま、九州へ行っているもの」

こうした話し合いのあと、やはり石塚静香の名前が出ることになった。むしろ小木曾高広のほうが、そのように仕向けたのであった。

「ママはどうして、小木曾山荘のことを知ってたんだい」

「ある人のあとを追って行ったら、小木曾山荘へ案内されちゃったのよ」

「ある人……？」

「石塚静香って人だわ」

「まさか……！」

「あなたは石塚静香さんに、わたしたちを尾行するように頼んだんでしょ。でも、あの人の尾行は下手で、春日さんがすぐに感づいたわ。それで、わたしだけ東京へ帰って来てから、石塚静香さんを逆に尾行したってわけなの」

「そうだったのか」

「あの人、何者なの？」

「ノーコメントだ」

「じゃあ、どうしてあなたは、春日さんやあたしの行動を、監視しなければならなかったのかしら」

「それは……」

「春日さんとわたしが何時の列車で喜多方市へ向かうか、前もって知っていたのはあなただけなのよ」

「うん」

「しかも、春日さんやわたしが行動を開始したのは、あなたに事件の真相を知りたいからと協力を頼まれたためだわ」

「確かに、そうだった」

「自分で頼んでおいて、わたしたちの行動を監視するなんておかしいじゃないの」

「実は、春日やママの動きを察して、誰かがそれなりの反応を示すんじゃないかと、ぼくは考えた。そのための監視役を、石塚静香に頼んだんだよ」

「春日さんやわたしの行動を、追う者がいるかもしれない。それを石塚さんに、監視させたというのね」

「そうだ」

「それにしては石塚さんも、妙なことをあなたに報告したわね」

「どんな報告だ」

「滝沢さんが、勝間田氏から秘密裡《り》に古銭をもらい受けて、それを私物化したってことよ。それを石塚さんは熱塩《あつしお》温泉の旅館で、盗み聴《ぎ》きしたうえであなたに報告したんでしょ」

「報告するのが、当然だろう」

「あなたはその話をすぐに、お父さんの耳に入れたわね」

「それも、当然のことじゃないか」

「でも、そのために激怒したお父さんは滝沢さんに暴行を加えて、傷害事件を引き起こすという結果にもなったのよ」

「結果まで、責任は持てない」

「いずれにしても、釈然としないみたいだわ」

以上でミナは、小木曾高広との話し合いを一応、終えたのであった。

ミナの言う通り、何とも釈然としない話だった。石塚静香を尾行者とした理由については、完全に嘘をついている。苦しい弁解だが、もちろん通用するものではない。なぜ小木曾高広は、そんな嘘をつかなければならなかったのか。

石塚静香を尾行者にした本当の理由は、いったい何であったのだろうか。春日たちが喜多方市で何を探《さぐ》り出すかが怖かったのであれば、それは小木曾高広が犯人であることを物語るのであった。

小木曾高広は春日に、相談に乗ったりする協力を頼んだ。それはいわば、体裁《ていさい》を整えるためであった。刑事である親友を目の前にして、協力を頼まないほうがむしろ不自然だった。

それで小木曾高広は、春日を頼るような言葉を口にした。しかし、それは病室であれこれと推理するのが精々で、実際行動に移ることはないと思っていた。春日が、入院中の身であったからである。

ところが、春日は実際行動を起こして、喜多方市へ行くと言い出した。小木曾高広は驚き慌《あわ》てたが、まさか思い留《とど》まらせるわけにはいかなかった。それにしても、喜多方市で何をほじくり出すか、小木曾高広は不安であった。

そこで、石塚静香に尾行させることにした。春日が、どこで誰と会い、どんな内容の話し合いをするかを、チェックさせるためであった。

このようにしか、考えられないのである。だが、それはあくまでも、小木曾高広を犯人とした場合のことだった。小木曾高広は、犯人になり得るだろうか。小木曾高広を犯人とする想定が、果たして成り立つだろうか。

否《いな》であった。

午前九時に、ミナが迎えに来た。今日のミナは、Tシャツにジーンズという身装《みな》りであった。春日もネクタイをつけないワイシャツ姿で、ミナの軽装に合わせた。二人は、病院を出た。

駐車場に早くも、強い日射《ひざ》しが降り注いでいた。紫色の車体の国産車が目についた。ミナの車であった。ミナが運転席に、春日は助手席にそれぞれ乗り込んだ。ミナはかなり荒っぽい運転で、車を走らせた。

白工市内を、北へ抜けた。調布市の仙川《せんがわ》から、甲州街道へ出た。調布インターチェンジて中央自動車道へはいる。前方の青空の積乱雲が、銀色に輝いている。視界は、底抜けに明るかった。

「小木曾高広が、犯人ということは、どう考えてもあり得ない」

タバコに火をつけて、春日は溜《た》め息《いき》まじりに言った。

「そんなの当然だし、考えてもみたくないことだわ」

サングラスをかけた顔を一瞬、ミナは春日のほうへ向けた。抗議するような口調だった。

「三人の秘書を殺しても、彼には何のメリットもない」

「万が一、小木曾善造が容疑者にされたとしても、高広さんが特に得をするってこともないでしょ」

「小木曾家の財産も実権も、やがては彼が握ることになっている。陥《おとしい》れるだけ損ということになるだろう」

「つまり、動機なしだ」

「次に、彼にはアリバイがある」

「有馬和歌子が殺されたという連絡は、春日さんの病室で受けたんだったわね」

「それだ」

「わたしも、一緒だったわ」

「有馬和歌子は、九州の西都市で午前九時に殺された」

「高広さんとわたしは、午前十時に赤坂のホテルのロビーで待ち合わせて、コーヒーを飲んでから狛江の恵仁堂病院へ向かったんですからね」

「午前九時に九州で人殺しをした人間が、一時間後に東京の赤坂に姿を現わすことができるはずはない」

「完璧なアリバイだわ」

「木原由美が殺されたときは、どうだったんだい」

「高広さん、お店にいたわ」

「そうだ。〝ローゼ〟にいる小木曾のところへ、木原由美が殺されたという連絡があったんだっけな」

「連絡があったのは十二時頃だけど、高広さんがお店に見えたのは九時だったのよ」

「木原由美が殺されたのは午後八時すぎ、場所は福島県の喜多方市だ。その犯人が、それから一時間もたたないうちに、東京の六本木に姿を現わすことは、人間にできることじゃないだろう」

「やっぱり、アリバイは完璧よ」

「共犯者がいない限り、彼を疑うことはできない」

——共犯者……？」

「石塚静香なんて、どうだろうか」

「あの人が殺人者だなんて、とても思えないわ」

「しかし、犯人は若くて美しい女だという説もあるんだぜ」

「まあ、石塚静香さんと会って、話してみることね。そうすれば、すぐにわかるんじゃないかしら」

ミナが、怒ったような顔で言った。

車は八王子のインターチェンジで、中央自動車道を出た。五日市町《いつかいち》へ通ずる道にはいって北上すると、いかにも夏らしい景色が見られるようになった。山、丘陵、草木と、緑が豊富なのである。

市街地がはるか遠くに感じられて、新興住宅街も、もう目にはつかなかった。八王子市内ではあるが、本物の田園風景が広がっている。山が近づいてくると、確かに都市にいるという気がしなかった。

車は小津川《おつ》の上流に沿った道にはいって、西の方角へ向かっていた。前方には、山しかなかった。左手のあたりが、高尾陣馬《たかおじんば》都立自然公園なのだろう。その山懐《やまふところ》へ、はいりつつあるのだった。

小木曾山荘にいったい誰が住んでいるのだろうかと、春日は緊張せずにはいられなかった。

東京　その二

1

まだ午前中だが、その一帯は日陰になっていた。

北側の山が高く、一部が東のほうへ稜線《りょうせん》を描いている。西からも、山の斜面が迫っていた。山は鬱蒼《うっそう》とした樹木に被《おお》われて、いずこも深い森林になっている。そうした山の斜面と麓《ふもと》は、すべて日陰になっているのだ。

南のほうは、明るい日射《ひざ》しが照りつけていて、地上は鮮やかな夏の色に彩《いろど》られている。だが、北寄りの地面は、黒々としていた。その境が、黒白を分けるように、はっきりしている。

明るい部分では、しきりと蟬《せみ》が鳴いている。しかし、日陰になっている一帯には樹林が風に鳴る音しかなく、午前中とは思えない陰気なものが感じられた。水の上を吹いてくるように、風が冷たいのである。

北側の山の麓で、ミナは車を停《と》めた。村道は麓伝いに、西の方へ向かい、南にカーブしている。北側の山の斜面へも、道が延びていた。樹海を切り開いて、地面を固めた私道であった。

タイヤの跡が、幾通りも残っている。かなり頻繁《ひんぱん》に、車が出入りしているようである。ミナは、春日の顔を見た。その目が、車を私道に乗り入れていいものかと、訊《き》いていた。春日は頷《うなず》いた。

ミナは、アクセルを踏んだ。ただ単に様子を見に来たというのではなく、これから小木曾山荘を訪問するのである。小木曾山荘の住人に、気《け》どられるのは仕方がないことだった。この際は堂々と、門の中まで車を乗り入れるべきであった。

車は急坂をのぼり、アカマツの間を抜けながら二度カーブした、途中、門を通過した。門といっても、二本の杭《くい》が幅広く打ち込んであって、それを長い鎖で繋《つな》いでいるだけのものだった。

いまは、その鎖がはずれていて、地上に投げ出してあった。道は急に広くなって、平坦《へいたん》な広場に通じていた。その平坦な広場が庭であり、駐車する場所でもあるのだった。広場の向こう側の山の斜面に、建物が重々しい姿を見せていた。

　広いベランダが、建物のまわりを囲んでいる。赤煉瓦《れんが》造りの洋館で、一部が木造だった。洒落《しゃれ》た山荘風の建物で、重厚だが陰気な感じがした。古いせいもあるし、周囲が深い森林ということもあるのだろう。

　広場の隅にカーポートがあって、そこに小型の国産車が納まっている。この山荘の住人が普段、使っている車なのだろう。ここに住んでいれば、車という足が必要である。食料品を買うにしても、八王子《はちおうじ》までいかなければならない。

　そのカーポートの近くに、もう一台の車が停めてあった。木の間洩《も》れの陽光に、車体が鈍《にぶ》く光っていた。リンカーン・コンチネンタルである。

　その外車を、春日もミナも知っていた。見覚えがあるだけではなく、助手席に乗ったことさえあるのだ。今年の一月から、小木曾高広が愛用しているリンカーン・コンチネンタルだったのである。

　ミナは、その外車と並べて車を停めた。エンジンの音が止《や》むと、あたりは海底のように静まり返った。鳥の声も、聞こえなかった。思い出したように、風に木々の梢《こずえ》が騒ぐだけであった。

「小木曾が、来ているのか」

春日は、山荘を眺《なが》めやった。

「わたしたちが、ここへ来ることを予想して、先回りしたってことね」

ミナが言った。

赤煉瓦の建物には一部、蔦《つた》が絡《から》んでいる。一階、二階の窓にはすべて、レースのカーテンが引いてあった。その窓の一つから、小木曾高広が目を向けているのに違いない。自動車の音が、聞こえないはずはないのである。

「行くぞ」

春日は、助手席のドアを開けた。

小木曾高広が来ているからと、逃げ出すことはなかった。目的は、この山荘に誰が住んでいるかを、知ることだった。小木曾高広がいれば、かえってわかりやすいというものである。彼と対決したほうが、話が早いということになる。

春日とミナは、平坦な広場を横切った。石段をのぼる。重そうな玄関の扉の前に立ち、垂《た》れているヒモを引っ張った。奥でチャランと、金属が触れ合うような音がした。しばらくし、扉が内側から押し開かれた。

水色のワンピースを着た女が、黙って一礼した。石塚静香であった。薄化粧をしている。相変わらず、気品があって知的で美しかった。女らしさ、女っぽさが、匂《にお》うようであった。

石塚静香は春日とミナの訪問に、少しも驚いていなかった。小木曾から二人が訪れるであろうことを聞かされ、ミナの運転する車が到着したことも、窓の外を見て知っていたのに違いない。

春日が、頭を下げた。

「お邪魔します」

「どうぞ……」

石塚静香が、笑いのない顔で言った。上がり框《かまち》にすでに、二足のスリッパが揃《そろ》えてあった。春日とミナはスリッパを突っかけて、石塚静香のあとに従った。家の中は薄暗く、空気がひんやりと冷たかった。

静香は、突き当たりのドアを、左右に開いた。春日とミナは、その部屋の中へ足を運んだ。十二畳ほどの応接間であった。二方が大きな窓となっていて、アカマツの林が見えている。

この応接間は、明るい感じだった。絨毯《じゅうたん》もマントルピースも、会議用みたいに大きなテーブルも、白いカバーをつけた椅子《いす》やソファも、古色蒼然《そうぜん》としている。壁の額絵や鹿の剥製《はくせい》は、立派なものだった。

奥の窓際に、長身の美男子が立っていた。紺の背広に、銀のネクタイを締めている。小木曾高広であった。小木曾高広は、春日たちを待っていたようである。彼は、苦笑を浮かべていた。

「やあ……」

「妙なところで、会ったって感じだわ」

春日とミナが同時に言った。

「あんたたちがここへ来るだろうって、予測したんでね。だったら、ぼくの口からすべてを語ったほうが、いいだろうと思ったわけさ」

小木曾高広が、二人に椅子をすすめた。春日とミナは、ソファに腰をおろした。小木曾は、立ったままであった。

「ひとつ、何もかも喋《しゃべ》ってくれないか」

春日は、小木曾を見上げた。

「いいだろう」

小木曾は、細い葉巻をくわえた。

「あんたはこの山荘へ、ちょいちょい来ていたのか」

春日が訊いた。

「三日に一度は、来ることにしていた」

小木曽は、葉巻に火をつけた。

「三日に一度、それも夜遅くなってから出入りしていたようだね」

「うん」

「夜遅くなって出入りするのは、人目《ひとめ》を忍んでということか」

「まあね」

「どうして、人目につくことを恐れなければならないんだ」

「どうしても、というわけじゃない。人目につかないほうがいいだろう、という気持ちがあっただけだ」

「なぜだ」

「この山荘に誰が住んでいるかを、世間に知られたくないからだ。あんたたちにも、この山荘のことを秘密にしておいたのだって、そのためだったのさ」

「おやじさんは、どうなんだい」

「おやじも、この山荘に誰がいるかを、知ってはいない。要するに、誰も知らないんだよ」

「この山荘は、あんたのものか」

「そうだ。おやじは、十八年前に、この一帯の山林を買って、その管理事務所のつもりで山荘を建てた。しかし、間もなく広大な山林を所有するようになったおやじは、ここのちっぽけな山林など興味も持たなくなった。そして、おやじはこの山荘を含めた山林を、ぼくに譲ったというわけさ」

「それは、いつのことだったんだ」

「十五年前だ。おやじは、ぼくに譲ったこの山荘については、もう関心すらないんだよ。それで十五年間、おやじはこの山荘へ足も向けていないし、どのように使われているか気にもかけていないのさ」

「それで、おやじさんに対しても、秘密を保つことができたのか」

「まあね」

「その肝心なことなんだが、ここには、いったい誰が住んでいるんだ」

「うん」

「石塚さんも、この山荘に住み込んでいるんだろう」

「そうだ」

「もうひとり、誰かがいる」

「その通りだよ」

「誰なんだい」

「説明する前に、当人の姿を見せようじゃないか」

小木曾は、葉巻を灰皿に押しつけた。

その言葉を待っていたように、春日とミナは立ち上がった。小木曾が、先に立って歩き出した。三人は、応接間を出た。玄関の近くまで戻って、小木曾は二階への階段をのぼり始めた。

階段も二階の廊下も、陰気で薄暗かった。夏の正午前だというのに、寒々としたものを感じた。いったい、この山荘で隠遁《いんとん》生活を送っているのは何者なのか。春日とミナは、緊張感を覚えていた。

石塚静香が、付き添っている。三日に一度は、小木曾もここへ通って来ているのだ。しかも、その人間のために小木曾は、この山荘を提供しているのである。小木曾にとって、大切な人間ということになる。

誰なのか。

二階のいちばん奥の部屋のドアを、小木曾が、そっと開けた。部屋の中へは、はいろうとしなかった。春日もミナも、小木曾と並んで室内を覗《のぞ》くという恰好《かっこう》になった。六畳の和室と六畳の洋室が、一つになっているような部屋であった。

安楽椅子の上に、小さな人影があった。当然、ドアが開いたことに、気づかなければならない。ところが、まったく気がつかずにいるみたいだった。ドアのところにいる三人の方へ、目も向けないのである。

六十すぎに見える老婦人である。痩《や》せてもいるし、背を丸めているせいもあって、小さいという感じだった。色が青白く、顔立ちが整っている。品もあって、若い頃の美貌《びぼう》がまだその影を留《とど》めていた。

浴衣《ゆかた》を着て、帯もきちんと締めている。小ざっぱりしていて、身綺麗《みぎれい》にも感じられる。だが、感情というものが、顔や身体《からだ》に表われていない。じっと動かずにいるし、顔に表情がなかった。

窓の外を見ているようだが、焦点の定まらない目が死んでいた。正常な人間とは、とても思えなかった。身動きもせずに、いつまでも窓の外を見つめていることなど、普通の人間にはできないだろう。

「お母《かあ》さん」

小木曾が、そう声をかけた。

老婦人は、やはり小木曾のほうを見ようとしなかった。しかし、小木曾の声が自分を呼んでいるということは、わかるようであった。老婦人は窓のほうを向いたままで、子どものように無邪気な笑顔を作った。

小木曾は、部屋のドアを閉めた。春日とミナは、茫然《ぼうぜん》となって廊下を歩き、階段をおりた。小木曾の一言で、この山荘に隠れ住む者の正体が明らかになった。その正体が春日たちには、あまりにも意外だったのである。

お母さん——。

小木曾は、そう呼んだ。

小木曾の母親、ということになる。これまでついぞ、小木曾の口から母親の話を聞いたことがなかった。春日やミナが知っているのは、小木曾善造が十五年前に妻の花子と離婚した、ということだけであった。

小木曾は意識的に、母親のことに触れまいとしていたのだ。一つには、父親に秘密にして母親を引き取り、面倒を見ていたからなのだろう。

だが、それよりも重大な問題だったのは、母親が正常ではなくなっているということであった。母親は悲劇的な理由から、正常な人間ではなくなったのだろう。その悲劇を含めて不幸な母親の存在を、小木曾は誰にも知られたくなかったのに違いない。

階下の応接間へ戻ってからも、すぐには口をきく気になれなかった。春日とミナは、茫然となったままの顔でいた。悪夢を見たときのように、一種のショックに打ちのめされていたのだった。

「見た通りさ」

やがて、小木曾が溜《た》め息《いき》まじりに言った。

そのとき、石塚静香がはいって来た。銀盆にのせた食器類を、運んで来たのであった。

間もなく、正午である。昼食を、ご馳走《ちそう》してくれるらしい。静香はテーブルの上に、飯を盛った四枚の皿を並べた。

カレーの容器、四つのコップ、ラッキョウや福神漬、ガラスの水差しなどを、静香は次々に運んだ。ガラスの水差しの中には、レモンと氷が浮かんでいた。

「何もございませんけど……」

静香が、一礼した。

「彼女のカレーは、どこの専門店へ行っても食べられないほどの極上品なんだ」

やや自慢そうに、小木曾が註釈《ちゅうしゃく》を加えた。静香が、恥じらいの微笑を浮かべた。

周囲は緑一色の夏の山荘で、昼食のときを迎える。それにはカレーライスが、いかにも向いている感じであった。一瞬、春日はこの山荘に秘められた悲劇性を、忘れかけていた。

小木曾と静香が、並んで席についた。似合いのカップルだし、新婚の夫婦のようにも見える二人であった。

2

食事中は、雑談に終始した。

食事が終わると、静香はすぐに食器類を片付けた。几帳面《きちょうめん》で、清潔さを好む性質《たち》らしい。

それに、やはり女らしいのだ。無口で控え目で、よく気がつく。最近の若い女としては、稀少《きしょう》価値を誇ってもよさそうである。

静香は、コーヒーを配った。カレーも極上の味だったが、コーヒーもまた感心するほどうまかった。あらゆる意味で、妻にしたら素晴らしいだろうと、思いたくなる石塚静香であった。

「ぼくは、彼女と結婚する」

不意に、小木曾が言った。

春日とミナは、口にすべき言葉を失っていた。二人は黙って、静香へ視線を投げかけた。

静香は顔を伏せて、エプロンを両手で揉《も》んでいた。小木曾と静香の間では、すでに結婚の話が具体化しているのだろう。

「それは、おめでとう」

われに還《かえ》ったように、春日が口許《くちもと》を綻《ほころ》ばせた。

「お似合いよ。それに、素晴らしい奥さんだわ」

ミナが言った。

「二年前に、ぼくは一週間ばかり大学病院にドック入りした」

小木曾は、細い葉巻を手にした。

「うん」

春日はスプーンで、コーヒーを掻《か》き回した。

「そのとき、彼女と知り合った」

小木曾は葉巻に火をつけてから、コーヒー・カップを口へ運んだ。

「一目惚《ぼ》れか」

回転しているコーヒーの渦《うず》に、春日は目を落とした。

「こんな素晴らしい女性は、ほかにいないと思ったね」

真面目《まじめ》な顔で、小木曾は言った。

「まあ……」

静香が、照れ臭そうに笑った。

「ぼくまこの静香さんだけには、母のことを打ち明ける気になった」

天上を見上げて、小木曾は回想する目つきになった。

「わかるような気がする」

その芳香に目を閉じて、春日はコーヒーに口をつけた。

「話を聞いて、静香さんは同情してくれた。そして彼女は自分から、大学病院の看護婦さんをやめて母の付き添いになると申し出てくれた」

「それまでは、誰がお母さんの面倒を見ていたんだ」

「母の郷里は、四国の松山なんだ。それで松山の親戚《しんせき》の人に頼んで、松山から家政婦を送り込んでもらっていた」

「地元とか東京とかの人間を頼まなかったのは、秘密を守るためだったのか」

「そうだ。しかし、松山から来る家政婦たちは、かなりの高給を支払っても長続きしなかった。寂しすぎる毎日で、耐えきれないというのさ」

「そうだろうな」

「それだけに、静香さんに来てもらって助かったよ」

「もう二年か」

「実の母親に対するみたいに、よくやってくれるしね。母が誰だかわかるのは、ぼくのほかに静香さんひとりだけだ」

「そういう意味でも、二人の結婚は理想的じゃないか」

「うん」

「それで、結婚はいつだい」

「この秋にと、思っているんだ」

「ずいぶん急だな」

「静香さんは、二十五になった。結婚は、早ければ早いほどいいって、彼女も希望しているしね」

「ところで、お母さんはいつから、ここにいたんだ」

春日は、本題にはいった。

「十四年前からだ」

小木曾は、葉巻の煙を、天井へ吹き上げた。

「するともう、十四年間もここで暮らしているわけか」

この山荘が小木曾のものになったのは十五年前だったと、春日は計算せずにはいられなかった。それから一年後に、小木曾は母親の花子をここに引き取ったのである。それから、十四年になるのだった。

小木曾善造が妻の花子と離婚したのは、十五年前だったと聞いている。その離婚に、大きな原因があるらしい。花子が正常でなくなったのは、離婚によるショックのせいではないだろうか。

　時期的に一致する。

「見た通りの母だ。十四年もここにいる、という自覚さえもないだろう」

「恢復《かいふく》の見込みは、なかったのか」

「病気になってから、一年間ほど入院させたんだ。しかし、正常に復す可能性はないと、観察結果が出てね。それで、ここを母の住まいにした」

「なぜ、秘密にしなければならなかったんだ」

「ぼくが母を引き取って、面倒を見ているということが、おやじの耳にはいったら、タダじゃすまないからね。ぼくに対して激怒するだけなら、いっこうにかまわんがね。おやじは実力行使で、それを許すまいとするだろう」

「たとえば……？」

「この山荘へ乗り込んで来て、母を叩《たた》き出したかもしれない」

「そんな残酷なことを、平気でやるだろうか」

「おやじは、そういう人間だ。そういう男なんだよ」

「しかし、あんたにとっては実の母、生みの親じゃないか」

「おやじにとっては、赤の他人さ。自分の意に背《そむ》いた人間に対して、おやじは情け容赦《ようしゃ》しないし、徹底して非情になるんだ」

「お母さんは、おやじさんの意に背いたのかね」

「おやじに言わせれば、そういうことになる」

「お母さんはどんなことで、おやじさんの意に逆《さか》らったんだ」

「離婚だよ」

「離婚が、どうしたんだ」

「離婚は、母のほうから申し出た。おやじは、離婚したがらなかった。だが、母は強く、離婚を希望した。つまり、母はおやじの意に逆らったということになるんだ」

「お母さんのほうが、離婚を望んだとは知らなかったな」

「しかし、母を離婚せずにはいられないという気持ちに追いやったのは、おやじのほうなんだからね」

「原因は、何だったんだ」

「おやじの女関係さ」

「そうだろうな」

「おやじの好色ぶり、女への手の早さは、母も十分《じゅうぶん》に思い知らされていた。そのために母は、苦悩もしたし泣きもした。しかし、それまではまだ、耐えきれる段階だったんだろうな」

「十五年前に、おやじさんはそれ以上の女道楽を始めたのか」

「そうだ、十五年前におやじは、初めてそれをやったんだよ」

小木曾の目が、青白く燃えているように見えた。口調も熱っぽくなっていた。

初めて、それをやった——。

それとは、三人の秘書を抱《かか》えたことなのである。小木曾善造は、それぞれタイプの違う美人を三人、秘書として採用する。家が貧しい素人《しろうと》娘で、地方出身というのが善造の理想であった。

秘書としては無能だから、名目というものに重きを置いているのだ。善造は、三人の秘書に、住まいと食事を提供し、高給を支払っていた。もちろん、愛人を兼ねた秘書なのであった。

愛人を兼ねた秘書というのは、けっして珍しいものではない。だが、百パーセントひとりだけの、愛人を兼ねた秘書ということになる。その点が善造の場合は、明らかに違っているのである。

善造は、一度に三人の若い美人を、愛人を兼ねた秘書にするのであった。その三人の女に個室を与えてあるが、同じ屋根の下に住まわせているのだ。職場も、同じであった。旅行に出るときは、そのうちのひとりを連れて行く。

これはスケールこそ小さいが、善造のハレム志向であった。秘書たちは、善造を愛しているわけではない。金のためと、割り切っている。山林王の愛人であれば、手切れ金も莫《ばく》大《だい》なのではないかと、欲と二人連れなのである。

だから三人の秘書は、嫉《しっ》妬《と》したり競争心を持ち合ったりはしない。協力も団結も、彼女たちの間にはなかった。互いに秘密主義を貫き、冷淡な仲ではあったが、とにかく共存しているのだった。

十五年前、善造は初めてこのシステムを思いつき、実行に移したのである。三人の若くて美しい素人娘を一度に三人も秘書として採用し、自宅に住まわせたのであった。やがて、夫がその三人の秘書と肉体関係にあることを、花子は知った。

これには花子も、さすがに耐えきれなくなった。おとなしくて内向的な花子も我慢できずに、善造に激しく抗議した。だが、信頼できる秘書にするためだと称して、善造は妻の抗議を受け付けなかった。

花子はそれから一カ月間を、苦悩のうちに過ごした。骨と皮だけに痩せ細った花子は、一カ月後に、離婚を申し出たのであった。善造に離婚する意志はなかった。

妻と別れて、若い女と結婚するといったことは、考えてもみない善造だったのである。妻はひとり、結婚は一度でいい。それに花子は、善造が、可愛《かわい》くて仕方がないひとり息子の高広の母親だったのだ。

善造は、離婚に応じなかった。三人の秘書は別のところに住まわせると、善造なりに譲歩もしたのであった。だが、ここまできてしまっては、花子もあとへは引けなかった。花子は、執拗《しつよう》に離婚を迫った。

ついに善造は、怒り狂って離婚を承知した。善造は二千万円の現金を用意して、それを慰謝料として花子に叩きつけた。しかし、花子の唯一の要求には、善造のほうが頑《がん》として応じなかった。

唯一の要求とは、高広が欲しいということであった。善造は、それを拒《こば》んだ。それでは離婚しないと、居直るわけにはいかなかった。花子は、小木曾家を出て行った。そのときの花子はすでに、正常ではなくなっていたのである。

二日後に、花子は警察に保護された。花子は、病院へ送られた。精神科であった。その連絡を受けても、善造は知らん顔でいた。代わりに、まだ十四歳だった高広が、病院へ出向いたのである。

「一カ月間、骨と皮だけになるほど、母は苦悩した。そのときすでに、母は、精神状態がボロボロになっていたんだろう」

　小木曾は、二本目の葉巻に火をつけた。厳しい顔つきだった。

「一カ月間も、残酷な拷問《ごうもん》が続いたようなものだったろうからね」

　春日も腕を組み、天井を見上げていた。

「それに、わが子を失うというショックが重なった。ボロボロになっていた母の精神も神経も、音を立てて崩れ落ちたのさ」

　小木曾は、窓の外の緑を睨《にら》みつけるようにした。

「あとは、ずっとあんたが面倒を見ることになったのか」

　春日が言った。

「一年は、病院に入れておいた。それから、この山荘へ連れて来た。当時のぼくには、自由になる金がなかった。それで入院費も、ここへ連れて来てからの諸経費も、おやじが母に渡した二千万円の慰謝料の一部を使ったんだよ」

「実家の人たちは、協力してくれなかったのか」

「母の実家には、もう肉親というものがいなかった。親戚ばかりだし、松山は遠いだろう」

「おやじさんも離婚によって、少しは懲《こ》りたんじゃないのかね」

懲りないね。ただ、さすがに三人もの愛人を兼ねた秘書を持つことだけは、母の一件以来やめていたけどね」

「代わりに、どうしたんだ」

「愛人を兼ねた秘書は、相変わらずいたよ。歴代の秘書が、すべてそうだった。しかし、いつもひとりだけの秘書で、我慢していたようだね」

「だけど、今度の一連の事件で、三人の秘書が殺されているじゃないか」

「三人もの愛人を持つということを、十数年ぶりに復活させたのさ。もう、三人持ってもおやじに抗議する者はいないと、きっと気がついたんだろう」

「なるほどね」

「馬鹿で救いようのない女がいるものだって、ぼくは感心させられたよ」

「殺された三人のことか」

「そうなんだ、十五年前の三人の秘書には、まだ遠慮というものがあった。おやじに対する貞操観念もあったし愛人としての心掛けも持っていたようだ」

「殺された三人は、違うってことになるのかい」

「野心家だよ。それに、自分は愛人という自覚がない。自己中心で、自惚《うぬほ》れている。小木曾家の財産というものに、目をつけていたようだ」

「そうかね」

「まあ、惜《お》しまれる人間じゃない。軽蔑《けいべつ》されて当然、殺されても仕方がないという感じだよ」

小木曾は立ち上がって、ゆっくりと室内を歩き回った。その小木曾を、春日は目で追った。これで、小木曾が秘密にしていたことを、残らず知ったわけであった。石塚静香と、結婚するという話も聞いた。

小木曾ほど恵まれた男はいないと思っていたが、彼も悲劇を引きずっている人間には変わりないのだ。だが、それにしても静かであった。無気味なくらいの、白昼の静寂である。

3

春日とミナは、午後二時に山荘を出た。小木曾は山荘に、居残るということであった。母親と石塚静香がいる山荘に、小木曾がゆっくりしていたいのは当然である。春日とミナも気を利《き》かせて、早めに引き揚げることにしたのだ。

秘密を守ると約束して、春日とミナは小木曾と別れた。

二人は、車に乗った。車の中が、暑くなっていた。しばらくは、窓を開けて走らなけれにならなかった。一気に坂を下って、麓の道へ出た。日陰の部分が広がっていたが、視界には明るい緑の色が多かった。

ミナは、黙っていた。ひどく劇的な母親の姿を見たり、ドラマティックな話を小木曾から聞かされたりしたせいかもしれない。現実に戻るまでの感情の整理に、手間どるのであった。

小津《おっ》川の岸辺に出た。ミナが、スピードを落として、車の窓から首を覗かせた。それほど水は多くないが、清流そのものであった。山ばかりではなく、川もある。夏の故郷、という感じである。

「都心へ、戻りたくないな」

ミナが言った。

「うん」

春日も、同じ気持ちだった。

ミナは木陰に乗り入れて、車を停めた。ミナと春日は、車から降り立った。川の岸辺の夏草の上に、ミナはべったりとすわり込んだ。春日は河原へおりて、川の水の中へ手を差し入れた。

十五分ほど、二人は無言でいた。ミナは、ぼんやりとした顔でいる。春日は何となく、口をきくのが恐ろしかったのだ。だが、いつまでも黙っているわけにはいかない。早々に、そのことには触れなければならないのであった。

「ママ……」

春日は、ミナを振り返った。

「え……？」

浮かない顔で、ミナは春日を見おろしていた。

「話したくないんだ」

「何を……？」

「これから、口にしようとしていることだけどね」

「話さなければならないの？」

「うん」

「だったら、仕方がないでしょ」

「おれは、小木曾を不幸にしたくない」

「当たり前じゃないの」

「小木曾は、友だちだ。それに彼のおふくろさんや、石塚静香のためにも、目をつぶって
ゃりたい」

「わたしも小木曾さんを不幸にするのはいやよ」

「しかし、だからといって、目をつぶることができるかい」

「目をつぶるって、何のことだかわからないわ」

「おれには、目をつぶることができない。だから、あえてママに話さなければならないんだ」

春日は石を拾って、川の中へ投げ込んだ。ポチャンという水の音さえ、哀《かな》しげに聞こえた。

「小木曾さんが、法を犯していると言いたいみたいね」

膝《ひざ》の上でハンカチを丸めて、ミナはそれに目を落としていた。

「小木曾と彼のおふくろさんの関係について、どんなふうに感じた」

春日は、背中で言った。

「どんなふうにって……。要するに小木曾さんは、お母さんのことを、とても愛しているわね」

ミナが答えた。

「その通りだ」

「それが、どうしたのよ」

「小木曾は、母親を愛している。ということは母親を愛している分だけ、小木曾は父親を憎んでいると解釈すべきだろう」

「そうね。愛するお母さんを、お父さんが不幸にしたんだから……」

「さっき、おれは小木曾の目に憎悪《ぞうお》の色を見たね」

「それは、わたしも気がついたわ。憎しみと、恨みの目だったわね」

「それから、三人の秘書のことに触れたときの小木曾は、軽蔑だけではなく、怒りの表情を見せていた」

「そうだったわ」

「小木曾は、殺された三人の秘書に対して、軽蔑と同時に怒りを覚えていたんだ」

「何もかも、お母さんを不幸にされたことが原因なんでしょ」

「直接おふくろさんをあんな姿にしてしまったのは、父親の小木曾善造だった。それに次いで憎むべきは、十五年前、父親の愛人を兼ねた秘書になることに同意した三人の女というわけさ」

「そうね」

「その後、十五年ぶりかで父親は、三人の愛人秘書というやり方を復活させた。そのことが小木曾に、十五年前の三人の女への憎しみや怒りを甦《よみがえ》らせる結果となった」

それで小木曾さんは、殺された三人の秘書に、軽蔑と怒りを覚えたというの？」

「そうだ」

「そこに、殺しの動機があるってことなのね」

「残念ながら、動機として認めなければならない」

「十五年前、まだ十四歳の小木曾少年は父親と三人の女秘書を、殺してやりたいほど憎んだのね」

「ところが、非力な少年には、どうすることもできなかった。それが十五年たったいまになって、復讐《ふくしゅう》という具体的な形に固まったんだ」

「父親には三人の愛人秘書がいる。十五年前の状態がそっくり再現された。そのために、憎しみが甦り、少年時代には果たせなかったことを、実行しようという気になった」

「その通りなんだよ、ママ」

　春日は、いまも九州の宮崎にいるはずの、牧ナナ子という女のことを思い浮かべていた。ナナ子も、夫の女道楽に、苦労させられたのであった。彼女の夫も、一度に三人から五人の愛人を、抱え込んでしまうということだった。

　トラブルの絶えるときがなかった。妊娠した、手切れ金を要求されている、自殺を図った、結婚を迫られている、親が会いに来た、といった騒ぎが常に家庭へ持ち込まれる。ナナ子はそうした七年間を、耐え忍んできたという。

気が変になりそうだったし、ノイローゼ気味になったこともあった。心が休まるときがないので、くたくたに疲れ果てた。

ナナ子は七年間の苦しみについて、そのように述懐していた。そして、挙句《あげく》の果てが、離婚であった。ナナ子も多額の慰謝料は受け取ったが、ひとりだけの子どもは渡してもらえなかった。

いま、ナナ子はお釣りみたいな人生だと、空《むな》しくて孤独なホテル暮らしを続けている。そのナナ子が、いみじくも口にしたのである。もし、どこかであの元亭主に会ったら、殺してやりたい――と。

そのときのナナ子の目には、憎悪の光があった。

「あのお母さんには、もう苦しみも怒りもない。だが、小木曾はそうした廃人になってしまった母親を、十五年間も見てきているんだ」

春日は向き直って、土手の上にいるミナを見やった。

「そうね」

肩を落として、ミナは力なく頷いた。

「可哀想じゃない母親の代わりに、小木曾が十五年間も感じ続けている」

「小木曾さんが、お母さんそのものになっているのね」

「そうだよ。小木曾は、十五年も苦しんでいる自分のために、復讐を思い立ったのに違いない」

「小木曾善造は、かつての妻のことなど忘れきっている。何も知らずにいるし、思い出したこともない。そのうえ、三人の秘書というのが復活して、十五年前の状態を再現させている。その父親と三人の秘書に、復讐してやろうと決心した」

「さっき、小木曾は殺された三人の秘書のことを、こんなふうに言っていた。死んで惜しまれるような人間じゃないし、殺されるのも仕方がないことだって……」

「自分の犯行に対する言い訳、弁解だったのかしら」

「おれは、そう解釈した」

「小木曾さんの狙《ねら》いは、三人の秘書を殺して、それを父親の犯行に見せかけることにあったの？」

「三人の秘書に対する復讐は、殺すというやり方しかなかった。しかし、小木曾善造の場合は、いささか違ってくる」

「どう違うの？」

「憎いとはいえ、実の父親だ。計画的に、殺せるものじゃない。それよりも、父親の今後の人生を灰色にしてやるのが、最も効果的な復讐と考えたんだろう」

「どうしたら、父親の今後の人生を、灰色にできるの？」

「小木曾善造の意欲、精力、生き甲斐《がい》、そして性欲もだけど、いったい何によって支えられているかわかるかい」

「わからないわ」

「仕事だよ」

「なるほど、そうに違いないわ」

「だから、小木曾善造を廃人同様にするには、彼から仕事を奪ってしまうことだ」

「そうすれば、小木曾善造は、生き甲斐を失ってしまうわけね」

「意欲、精力も萎《な》えてしまう。性欲さえも失って、小木曾善造は女に興味を覚えなくなる。つまり、廃人同様さ」

「定年退職した精力的なサラリーマンが、急に元気がなくなって身体も弱くなり、ぽっくり死んでしまうってこともあるそうだけど、それと同じようなものね」

「まあね」

「でも、小木曾善造は、病気で入院しても、仕事から手を引くような人間じゃないわ」

「そこでだ、小木曾善造を引退させるところまで、追い込まなくちゃならない。しかも、二度と現役に復帰したり、山林王としての生活に返り咲いたりできないような引退でなければならない」

「世間を騒がせたり、自分の恥を天下に晒《さら》したりで、その責任をとって引退するというのが、いちばんよかったわけね」

「三人の秘書を殺して、それを小木曾善造の犯行と見せかけることはできる。しかし、警察も欺《あざむ》いて、そうした結論を出させるというのは、とても不可能だ」

「そうね。小木曾善造にアリバイがあれば、最初から問題にされないものね」

「だから結果的に世間を騒がせ、小木曾善造の三人の愛人秘書という乱れた私生活の恥を晒すことにさえなれば、それで小木曾の目的は達せられる」

「小木曾善造は参考人として、何度も警察へ呼ばれる。彼は傲慢《ごうまん》な態度をとり続けて、無恥で非情で非常識であることを天下に示して、世間の信用を失った」

「新聞は表から、週刊誌は裏からニュースを扱って、小木曾善造を叩き続けた」

「そんなときに、小木曾善造は激怒の余り、傷害事件を起こしたのね」

「滝沢清次を、気絶するまで椅子で撲《なぐ》りつけたという事件にしても、小木曾が企《たくら》んだことに違いない」

「小木曾さんが、善造を激怒させるように仕向けたんでしょ」

「滝沢の、反善造の行動と不正を耳に入れて、おやじを焚《た》きつけたんだ」

「傷害事件を引き起こしたとあっては、さすがの善造も観念するほかはない」

「ついに善造は、両手を上げて降参した。小木曾が、引退して、今後は隠居生活をすることで責任をとったほうがいいと、善造を説得したんだろうな」

「善造にしても、至極《しごく》もっともな説得として、それに従わざるを得なかったんでしょうね」

「それで小木曾は、父親の生き甲斐を奪ったうえで、今後の灰色の生活を押しつけるという計画に、まんまと成功した」

「三人の秘書も殺したし、復讐は百パーセント遂げられたということになるわ」

「三人の秘書を殺したことで、小木曾が疑われる心配はまったくない」

「動機がないものね」

「母親のことが秘密として通っている限りは、捜査本部も小木曾の復讐という動機までは考え及ばないだろう」

「それに万が一、動機が明らかになったとしても、小木曾さんには最後の城壁が残されているわ」

「アリバイか——」

「そう」

「おれとママが、そのアリバイの証明者になっているんだ」

「それで、どうするの？」

ミナが立ち上がって、固い表情で言った。

「だから、目をつぶるわけにはいかないって、言っているだろう」

春日は一気に、低い土手を駆《か》け上がった。

「小木曾さんを、裏切ることになるわ」

「いや、彼も覚悟はしているはずだ。隠しきれなくなったためもあるけど、お母さんのことをおれに打ち明けたんだ。遅かれ早かれ、おれの目が小木曾に向けられることを、彼も予測しているだろうよ」

「そうかしら」

「おれは、捜査係の刑事だ。小木曾は行きがかり上、おれに事件解明のための協力を頼んだりした。しかし、おれがどう動くか不安になって、石塚静香を尾行につけた。小木曾は捜査係の刑事の恐ろしさを、十分に知っているんだよ」

春日は別れを告げるように、山と川のある田園風景を見渡した。ミナは先に、車の運転席に乗り込んでいた。小木曾高広を裏切ることへの迷いがあるのか、ミナにしては珍しく深刻な顔つきでいた。

4

ミナは、小木曾のことを『高広さん』と呼んでいた。それがいつの間にか、『小木曾さん』になったのである。それだけミナは小木曾の存在を、遠くに意識するようになったのではないか。

つまりミナは、殺人者として小木曾を、客観視するようになった。以前ほど、親しみを持てなくなったので、よそよそしく小木曾と呼ぶように心掛けているとも、解釈できるのであった。

それに、ミナが身をもって、小木曾を庇《かば》うとは思えない。たとえ無二の親友であろうと、『ローゼ』の大切な客だろうと、犯罪者は告発しなければならないと、ミナもそのくらいの常識は持ち合わせているだろう。

迷ったところで、それは一時的なものである。すぐに気を取り直して、小木曾に自首をすすめることを可とするだろう。けっして小木曾に対する裏切りではないということにも、気づくはずであった。

春日は、そのように考えていた。楽観するというより、それが当たり前だと思っていたのである。八王子郊外からの帰り道、ミナはほとんど口をきかなかったが、春日は気にも留めなかった。

ミナは春日を、恵仁堂《けいじんどう》病院の狛江《こまえ》分院まで送った。普通なら、病室まで一緒に来るところだった。だが、ミナは車を降りる気配すら、見せなかったのだ。春日だけが車から出た。

「じゃあ……」

そう声をかけただけで、ミナは車をスタートさせていた。笑いもしないし、今後の予定を尋ねようともしなかった。春日は走り去る車を見送りながら、何となく様子がおかしいと思った。

翌日、ミナはもちろん、病室を訪れなかった。電話もかからない。さらに二日たったが、ミナからは何の連絡もなかった。異常と受け取ってもよかった。ミナは手を引いたと、春日は初めて気がついたのである。

五日がすぎて、ようやくミナから電話がかかった。夜の八時をすぎていたが、店から電話をかけている感じではなかった。ミナの声そのものも、陰気で弱々しかった。口のきき方が、ひどく投げやりでもあった。

「病人みたいだな」

「病人なのよ」

「本当か」

「小木曾山荘へ行って以来、ずっとお店も休んでいるのよ」

「いまも、マンションからか」

「ベッドの中だわ」

「どうしたんだ」

「食欲がないの。何も食べないから、お店にだって出られないわ」

「ずっと、寝込んでいたのか」

「そう」

「もっと早く、電話をくれればよかったのにな」

「その気に、なれなかったのよ」

「なぜだ」

「憂鬱でね」

「おれの声なんて、聞きたくなかったってわけか」

「まあね」

「まっきり言うな」

「とにかく、わたしもうやめたわ」

「やめたとは……？」

「おりるわ」

「そうかい」

「探偵ごっこなんて、もううんざりよ」

「協力しないというんだな」

「悪いけど、そういうことなの」

「理由は、病気になったからというんじゃあないだろう」

「うん」

「じゃあ、どういう理由だ」

「わかっているでしょ」

「小木曾を告発したくないから、という理由か」

「そうなの」

「わかったよ」

「ごめんなさい。こんなことになるとわかっていたら、最初からノータッチだったんだけどね」

「おれだって、同じだよ」

「いずれにしても、わたしは目をつぶることにするわ」

「仕方ないだろう」

「もうこのことでは、あなたと会わないようにするわね」

「いろいろと、ご苦労さまでした」

「じゃあ……」

「さよなら」

春日のほうで、先に電話を切った。何となく寂しかったたし、春日はミナに失望感を覚えていた。しかし、ミナがいなければ困る、ということにはならない。同僚の刑事のように、頼りになる相手でもなかった。

春日ひとりで、十分であった。もう行動する必要もないのだし、人手不足にはならなかった。思索し推理するだけなら、ミナの智恵《ちえ》を借りることもない。むしろ、ひとりのほうがいいと、春日は思った。

ミナは春日がすぐにでも、小木曾を追いつめるみたいに思っている。だからこそ、協力はできない、手を引くと連絡してきたのだろう。だが、もう五日も分析を続けているが、いまだにアリバイという難問が解けずにいるのだった。

動機という城は、攻め落とした。

だが、アリバイという最後の砦《とりで》は、依然として健在である。どうやら、難攻不落の砦ということになりそうであった。ほかにも、不可解な点がある。

たとえば、三人の被害者の胸に、書き残された文字だった。赤いマジックで、いずれも『壇ノ浦』と書いてあったのだ。この意味が、どうしてもわからない。

小木曾高広は、何となく父親の善造の犯行臭いことを、匂わせようという計画であった。善造を、犯人にするためではない。事件と善造が結びつくようにして、騒ぎを大きくすることが狙《ねら》いであった。

小木曾高広には、前もって、父親の善造の行動予定を知ることができる。小木曾はその行動予定を調べているうちに、あることに気がついたのであった。

七月三十日、宮崎。

八月五日、喜多方《きたかた》。

八月十二日、関《せき》。

善造の旅行の予定が、こうなっていたのである。

善造は本物の草薙剣《くさなぎのつるぎ》を探し出すという夢みたいな事業に、真剣になって取り組んでいた。そのことに彼は意欲と情熱を注ぎ込み、生き甲斐をさえ見出《みいだ》していたのだった。だが、三人の秘書はそれを、馬鹿げたことだと嘲笑《ちょうしょう》した。

それで、善造は激怒し、三人の秘書を罵倒《ばとう》した。その怒りが殺意となって、三人の秘書の死に結びついたと、世間が想像してくれることを小木曾は期待した。したがって、それなりの舞台装置や、小道具が必要であった。

三人の秘書の死に場所と、三種《さんしゅ》の神器《じんぎ》を関連させようと思いついたのも、そのためだったのだ。小木曾は善造の三つの旅行先を調べているうちに、その小細工が、可能であることに気がついた。

宮崎市。

近くに、西都《さいと》市がある。西都市は勾玉《まがたま》に縁があり、八坂瓊勾玉《やさかにのまがたま》に結びつけることができる。その西都市で、有馬和歌子を殺す。

喜多方市。

同じ福島県内に鏡石《かがみいし》町があるので、八咫鏡《やたのかがみ》にこじつけることができる。喜多方市で、木原由美を殺す。

関市。

関市は、刀剣類と、古い歴史によって結びついている。したがって、草薙剣と関連性を持たせることができる。関市において、長谷部陽子を殺す。

こんなふうに思いついたとき、小木曾は、計画を実行に移す時期を決めたのに違いない。それは、それでいいのである。そして、三人の死体にあった『壇ノ浦』も草薙剣ゆかりの地として、いかにも善造が書きそうだからと小木曾が思い立った小細工とも、受け取りたいのである。

しかし、それにしても、あまりに小細工らしすぎる小細工なのだ。児戯《じぎ》に等しいし、馬鹿らしくなる。小木曾が考えついたことなら、もっとほかの意味がありそうな気もするのであった。

それに加えて、完璧《かんぺき》なアリバイという難関がある。

西都市での有馬和歌子殺し、喜多方市における木原由美殺しに関しては、小木曾のアリバイは完璧であった。春日とミナが、皮肉にも証人となっている。いずれも犯行一時間後に、小木曾は、東京にいたということが立証されているのだった。

アリバイの有無《うむ》がはっきりしないのは、関市での長谷部陽子殺しの場合だけであった。アリバイが完璧ならば、共犯者がいたと解釈するほかはない。共犯者がいたとすれば、石塚静香以外には考えられなかった。

噂《うわさ》をすれば影というが、念頭に置いていた人間が、目の前に現われることもよくあるものだった。ミナからの電話があった翌日の午後、当の石塚静香が春日の病院を訪れたのであった。

「やあ、これはどうも」

春日は、狼狽《ろうばい》せずにいられなかった。石塚静香を共犯者と想定して、あれこれと考えをめぐらせていた最中だったからである。

「先日は、失礼しました」

石塚静香はケーキの箱をテーブルの上に置き、花束をとりあえずという形で花瓶の中に入れた。

「あなたが見舞いに来てくださるなんて、思ってもみませんでしたよ」

ベッドの上にすわって、春日は淡いピンクのスーツを着た石塚静香の美しさを再確認していた。

「高広さんの代理ですわ」

静香は笑った。知的で上品な、笑顔であった。

「小木曾は、どうしています」

「山荘にいます」

「二人で来れば、よかったのにな」

「そうまできませんの」

……ようしてです」

「どちらかが、お母さんと一緒にいてあげないと……」

「ああ、そうだったですね」

「お見舞いは男よりも女のほうが、病人の気持ちが和《なご》むのではないかと言われて、わたしが高広さんの代理を引き受けて参りました」

「小木曾も、なかなか話がわかる。まさに、その通りですよ」

「まあ……」

「それにしても、大変ですね」

「お母さんのお世話をすることが、でしょうか」

「ええ」

「それが、まるで手がかからないんですよ。一日中、じっとしていらっしゃるだけですからね」

「勝手に、外へ出て行ったりはしないんですか」

「お部屋から出るのは、トイレへいらっしゃるだけなんです」

「あとは、ただ動かずにいるだけなんですかね」

「お腹《なか》がすいたとき、高広さんかわたしの名前を呼びます」

「だったら、赤ン坊より楽ですね」

「はい」

「そうですか」

春日はやりとりを交わしながら、これが殺人者だろうかと繰り返し胸のうちで呟《つぶや》いていた。外見とか性格などで、犯罪者かどうかを判断してはならない。現実には、目が澄みきっていて、純情そうな顔をした殺人犯もいるのである。

だが、人情として静香を、人殺しとは思いたくないのだ。ミナではないが、静香が人殺しであろうはずはないと、言いたくなるのであった。共犯者は静香のほかにいないのだと、春日は自分に言い聞かせていた。

「まだ、退院にはならないんですか」

静香が訊《き》いた。

「もうしばらくですがね」

春日は、タバコに火をつけた。

「外出も、なさらないみたいですね」

「このところ、おとなしくしているんですよ」

「ミナさんは、お見えになるんでしょ」

「それが、すっかり敬遠されてしまいましてね」

「どうしてでしょう」

「よく、わからないんです。この前、二人で山荘にお邪魔しましたね」

「はい」

「あれ以来、まったく姿を見せないんですよ」

「まあ、どうなさったのかしら」

「当人は、身体の工合《ぐあい》が悪いって言っていますがね。小木曽に、伝えておいてください。ママの様子が、おかしいみたいだって……」

「承知しました」

静香は微笑した。

何かを探りに来たのではないかと、春日は感じ取っていた。小木曽自身は、来たくないのだろう。春日の顔を見るのが、恐ろしいのに違いない。しかし、だからといって、知らん顔はしていられないのだ。

春日やミナの動静が、気になるからである。それで静香を、代理としてよこしたのだろう。見舞いというのは口実で、春日なりミナなりが、その後どうしているかを知ることが目的なのだ。

「春日さん……」

ドアが開いて、看護婦が顔を覗かせた。

「はい」

春日は、ドアのほうへ目を走らせた。

「お客さまですよ」

と、看護婦が冷やかすように、笑って見せた。看護婦の背後に、女の姿があった。女の見舞い客ばかりだと、看護婦は冷やかしているのだろう。だが、その新たな客が、病室へはいって来たとき、春日は慌《あわ》ててベッドから降り立っていた。

それは、牧ナナ子だったのである。

東京　その三

1

春日多津彦は、挨拶《あいさつ》をするのも忘れていた。虚《きょ》を衝《つ》かれたというか、度胆《どぎも》を抜かれたというか、意外な人物の出現に呆気《あっけ》にとられていたのである。目をこすりたくなるというのは、こうしたときの気持ちを言うのに違いない。

「どうも、その節は……」

牧ナナ子はベッドの近くまで来て、淑《しと》やかに、やや恥ずかしげに会釈《えしゃく》をした。白いスーツに白いバッグ、靴も白であった。そして手にしている二十本ほどの真紅のバラの花が、鮮やかで豪華だった。

いい女だと、春日は改めて思った。九州の宮崎で会ったときのナナ子とは、また別の美しさと魅力が感じられた。奔放《ほんぽう》で投げやりでニヒリスティックだった宮崎のナナ子とは、よく似ているけど別人だという印象なのである。

上品で清楚《せいそ》で、しっとりとした女らしさを感じさせる人妻のようであった。性の歓喜に酔い痴《し》れて、凄《すさ》まじいほどの狂態を示した牧ナナ子と同一人だとは、ちょっと信じられないくらいだった。

「あのう、わたしはこれで……」

ベッドの反対側にいた静香が、微笑を浮かべながら足許《あしもと》のほうへ回った。新たに女の見舞い客が訪れれば、石塚静香が、気を利《き》かせて立ち去ろうとするのは当然だった。一種の遠慮であった。

こういう場合に遠慮しないのは、春日と特別な関係にある女に限られる。そうした女は意地でも、病室を出て行くまいとする。その点で静香は、春日と単なる知り合いであることを立証したのだった。

「そうですか。どうも、わざわざありがとうございました。小木曾によろしく、言ってください」

春日はベッドの上に、すわったままで頭を下げた。

牧ナナ子は好奇の目で石塚静香を見守っていた。そのナナ子に目礼して、静香は病室を出て行った。これで病室内に、春日はナナ子と二人きりになったのである。春日は何となく、息苦しくなっていた。

「ごめんなさいね。急に、お邪魔したりして……」

ナナ子は使われていない花瓶を持って、付添人のベッドと炊事場《すいじ》がある隣の小部屋へ消えた。

「いったい、どういうことなんだ。そこにいるのがあんただって、いまだに信じられないくらいだよ」

隣の小部屋へ、春日は声をかけた。

「別に大した意味なんかないわ」

水を入れた花瓶を捧《ささ》げ持って、牧ナナ子が姿を現わした。

「東京へ来たのは、いつだったんだい」

春日は目で、ナナ子の動きを追った。

「一昨日《おととい》よ」

テーブルの上に花瓶を置いて、ナナ子はバラの花束をそっくり活《い》けた。

「自分の意思で、東京へ来たのか」

「もちろん、違うわ」

「東京にいる家族に、呼び戻されたってわけかい」

「まあね」

「〝ホテル西海《さいかい》〟にいるってことが、家族に知れてしまったんだな」

「違うの。家族からの連絡は、〝宮崎観光ホテル〟のほうへはいったのよ。それで宮崎観光ホテルの吉野マネージャーが、わたしに知らせてくださったの」

「東京の家族に、何かあったんだね」

「姉が亡《な》くなったのよ。交通事故だから、急死ってことになるわね」

「ほう、それはまた大変だったな」

「昨日、告別式がすんだの。それで今朝早くそっと、東京の家を抜け出して来たのよ」

「家族の人たちに気づかれないようにかい」

「そう」

「家族はあんたを、東京に落ち着かせたかったんだろうが……」

「告別式の最中だって、わたしから目を離さないようにしているのよ」

「あんたのほうには、依然としてその気がなかったんだな」

「当然だわ。わたしはひとりで、お釣りみたいな人生を過ごすんだって、あなたにも言ったでしょー

「しかし家族の気持ちも、わかってやるべきだろう」

「わかってるわ。家族はみんな、慰謝料として受け取った大金を、わたしひとりに浪費させたくないと、そのことで必死になっているのよ」

「間違いないのか」

「家族の胸のうちを、見抜けないはずはないでしょ」

「それで、今後どうするんだ」

「二、三日中にまた、宮崎のホテル西海へ引き揚げるわ。それまでは、都心のホテルにいるけど……」

「そのついでに、ここに寄ってくれたってわけかい」

「ついでなんかじゃないわ。〝幻のヒデキさん〟に用があったのよ」

ベッドの脇《わき》の椅子《いす》にすわって、牧ナナ子は悪戯《いたずら》っぽく笑った。悪戯っぽくはあっても、どことなく寂しげな笑顔だった。

「おれに、どんな用があるんだ。いや、その前におれがここに入院しているって、よくわかったね」

春日は、タバコをくわえた。ライターの火をつける。煙があたりに散った。ナナ子が身を乗り出して、灰皿を春日の手許に構えた。ナナ子はそのまま、灰皿を持っていてくれるつもりなのだろう。

漂う煙を見やりながら、春日は空《むな》しさのようなものを覚えていた。ナナ子に〝幻のヒデキ〟といった呼び方を、されたせいかもしれなかった。宮崎のホテル西海での、あのせつないほど空しい燃焼と消耗《しょうもう》を思い出さずにはいられなかったのだ。

いまこうして、春日とナナ子は二人きりでいる。だが、同じ二人がもうホテル西海における男と女では、なくなっているのである。あのときの燃焼と消耗に男女としての情念が尽きてしまい、いまは脱《ぬ》け殻《がら》となった二人がいるだけなのだ。

男女とは、そんなものなのだろうか。そのことにもまた、春日は空しさを感じてしまうのであった。消耗しきって別れた男女、そして行きずりの恋には、余韻《よいん》を伴っての再会というものがないのだろうか。

「あなた、宮崎観光ホテルの吉野マネージャーに、名刺を渡したでしょ」

ナナ子が言った。

「うん」

春日は、顔をしかめた。その名刺の肩書きには、『警視庁雪ケ谷《ゆきがや》警察署刑事課捜査一係』とあるのだ。

「その名刺、見せてもらったわ」

ナナ子は笑って、春日を睨みつけるような目をした。

「怒ったかい」

ナナ子が差し出している灰皿に、春日はタバコの灰を落とした。

「あら、どうして……？」

「おれの正体が、わかってさ」

「別に……。だって警察の人だろうと、察しはついていたもの。それに、あなたの職業なんて、どうでもよかったのよ。わたしはただひたすら、〝幻のヒデキさん〟を求めていたんですもの」

「それで雪ケ谷署に問い合わせた結果、おれがここに入院しているってことがわかった」

「そうよ」

「ところで先に、おれのほうで訊《き》きたいことがあるんだ」

春日は灰皿にこすりつけて、丹念にタバコの火を消した。

「何かしら」

ナナ子は、灰皿を引っ込めた。

「いまここにいた彼女を見て、何も感じなかったかい」

「ここにいらした女性を見て、わたしが何か感じなければいけないの？」

「たとえば、見覚えがあるとか……」

「綺麗《きれい》な人だなって、思っただけだわ」

「彼女の顔を、はっきり見たんだろう」

「よく、見たわよ」

「それでも、誰かに似ているなんて、まるで思わなかったかな」

「別に……」

「松本塚《まつもとづか》古墳の近くで見かけたという女に、似ていなかったかい」

「だったら、似ても似つかない別の人ってことになるわ。まるでタイプが違うんですもの」

「そう」

春日はベッドの上に横になって、白い天井へ目を向けた。期待していなかったので、失望することはなかった。だが、これで石塚静香が共犯という仮説は、成り立たなくなったのである。

松本塚古墳の近くで、ナナ子が犯人と思われる女を見かけている。その目撃者であるナナ子が、石塚静香とは似ても似つかない女だと断言しているのである。彼女の否定は、正しいのに違いない。

やはり石塚静香は共犯者として、人を殺したりするような女ではない。いかに愛する小木曾からの要望だろうと、人殺しを引き受けるほど彼女は、無知でも非常識でもないのだ。また、小木曾にしてもそうである。

静香に人殺しを迫るような犯罪者的な素質を、小木曾が具《そな》えているはずはなかった。彼はやむにやまれぬ気持ちから、父親の三人の秘書を殺したのであった。そのことに愛する静香が巻き込まれるのを、むしろ小木曾は何よりも恐れたのではないだろうか。

小木曾が、静香を共犯者にするなどと、考えるほうがどうかしている。静香は小木曾の犯行と承知の上で、彼に寄り添っているのにすぎない。絶望的な愛と知りながら、小木曾と静香は気持ちのうえだけの共犯者として、離れまいとしているのである。

石塚静香が共犯者でなかったことで、春日はかえって安堵《あんど》を覚えていたのだ。しかし、そうなると小木曾には、共犯者がいなかったということになる。共犯者がいなければ、小木曾のアリバイはさらに完璧《かんぺき》、ということになるのだった。

「実は、わたしも、その松本塚古墳の近くで見かけた女について、あなたに伝えたいことがあったの」

ナナ子が言った。

「その女のことに関しては、あんたから詳しく聞かされているけど、そのほかにまだ何かあるのかい」

首をよじった春日は、ナナ子のほうへ顔を向けた。

「あなたと別れたあとになって、言い忘れていたことを思い出したのよ」

「つまり、おれに用があったというのは、そのことなのかい」

「そう」

「そのことを伝えに、わざわざここまで来てくれたとは申し訳ない」

「折角《せっかく》なんですもの。どうせなら、徹底的にお役に立ちたかったのよ。それに、こうしてあなたの顔を見ることもできるしね」

「感謝するよ」

「その代わり、お願いがあるの」

「何だい」

「わたしが宮崎へ引き揚げるとき、空港まで送って欲しいの」

「いいよ、そうしよう」

「じゃあ、お話しするわね。忘れていたってのは、こういうことなのよ。松本塚古墳の近くでわたしが車を停めたとき、前の方から例の女が走って来たって言ったでしょ」

「うん」

一わたしは当然、どうしたんだろうと思って、その女から目を離さなかったわ。その女は、わたしの車の横を駆《か》け抜けることになるわね」

「うん」

「そのとき女は、気分が悪くなっていて、それを我慢できなくなったらしいの。女は吐きそうになって、こみ上げてくるものを堪《こら》えようと、走る速度を緩《ゆる》めると同時にハンカチで口を押さえたのよ」

「それがちょうど、あんたの車の横を通りすぎるときだった、というんだね」

「そうなの」

「もちろん、あんたは車の窓の外に、そのときの女を見ることになる」

「ええ」

「あんたが、見たものは……?」

「ハンカチだわ」

「吐きそうになって、口を押さえたときのハンカチだね」

「ピンク色のハンカチよ」

「それだけ……?」

「まだあるわ。一瞬だったけど、チラッとわたしの目に映じたものがあった。ハンカチの隅の紺色の記号みたいなもの。恐らくイニシャルじゃないかと思うのよ」

「どういう記号だ」

春日はそこで、思わず飛び起きていた。彼はその瞬間に、闇《やみ》に一筋の光明を見たのである。

「わたしの印象には、Yというふうに残っているわ」

ナナ子が不意に、春日の手を握りしめた。無意識のうちに、やったことなのだ。

「Y……。ほかには、何も見えなかったのか」

春日は鋭い視線を、ナナ子の顔に突き刺していた。

「Yだけだったわ」

ナナ子が、目で頷《うなず》いた。

「ピンク色となると、女物のハンカチという可能性が強い。そのハンカチの隅に、紺色でYとあった。Yはその女自身のイニシャルの一部と、見ていいだろうな」

春日もいつの間にか、ナナ子の手首を摑《つか》んでいた。やはり、意識せずにやったことだった。それだけ春日も、興奮していたということになる。当然である。春日はいま、重大な手がかりを得たのであった。

三人の秘書のうちのひとり、有馬和歌子を殺した犯人は、イニシャルの一部が『Y』となる名前の女――。これ以上の手がかりを、ほかに望めるものだろうか。

2

その夜のうちに、春日は主治医から外出許可をもらっておいた。明朝、早い時間に出かけることになりそうだったからである。主治医は何も言わずに、外出を許可してくれた。もう口にする言葉もない、といった感じだった。

夜八時すぎに、牧ナナ子から電話がかかった。東京に二、三日いるつもりだったが、気が変わったというのである。東京のホテルにいても寂しいだけだし、〝幻のヒデキ〟に会いたくなってしまう。

だから早々に、宮崎へ引き揚げることにした。宮崎市の『ホテル西海』で、ひとり人生のお釣りである日々を過ごすのが、いちばん自分には向いているらしい。ナナ子はそう言って、自嘲《じちょう》的に笑った。

それで、明日の十八時発の宮崎行き、最終便の航空券を買ったということであった。ついては約束通り、空港まで送って欲しいという電話だったのである。約束は、守らなければならなかった。

たとえ約束は抜きにしても、春日にはナナ子に対して見送りぐらいはする義理があるのだ。ナナ子の証言の情報がなければ、春日も到底、事件解決の結論には至らなかったはずである。

それに加えて、春日は〝幻のヒデキ〟としてナナ子と愛し合った仲だということもあるのだった。春日は明日の午後四時に、赤坂のホテルへ迎えに行くことを約束した。それは同時に、明日の午後四時までに、すべてを終わらせなければならないことを、意味するのであった。

翌朝八時に、春日は病院を出た。病院の前で、タクシーを拾うと、春日は新橋にある小木曾事務所へ向かった。株式会社小木曾事務所は事実上、一切の業務を停止していた。事務所は閉鎖されてはいないが、そこにいるのは残務整理をする事務員ひとりだけだったのである。

そうした小木曾事務所に、春日は一時間三十分ほど留《とど》まっていた。春日は三人の社長秘書の勤務状態を調べ、経理専門だったという残務整理の社員からも話を聞いた。春日が、小木曾事務所を出たのは、午前十一時三十分であった。

春日は、新橋の中国料理の店で昼飯をすませてから、赤坂のミナのマンションへ足を延ばした。ミナのマンションを訪れるのは、これが初めてであった。だが、『タウン赤坂』

というマンションを捜すことは、さして骨の折れる仕事ではなかった。

『タウン赤坂』は、赤坂七丁目の坂の上にあった。一《ひと》ツ木《ぎ》公園とカナダ大使館の中間あたりで、近くに寺院が五つほどある。六階建てのマンションだが、高台にあるので眺めがよさそうであった。

駐車場が広くて、静まり返っている。人の気配が感じられないようなマンションだが、空室があるわけではない。各階へそれぞれ直接、階段が通じるようになっていて、珍しい建築構造のマンションだった。

六階のE号室と、聞いていた。E号室は、東の端にある部屋だった。鉄製のドアのネーム・プレートに、『中川秀雄』とあった。ミナの戸籍上の名前である。用心のために、その本名である男の名前を、ネーム・プレートに明示しているのに違いない。

春日は、チャイムを鳴らした。

「どなたです」

インターホンを通じて、ミナの声がそのように応じた。

「おれだよ」

春日が言った。

「あら、春日さん……！」

ミナは、ひどく驚いたようだった。

「突然お邪魔して、申し訳ない」

春日はハンカチで、顔と首筋の汗を拭《ぬぐ》った。

「ちょっと、待ってね」

ミナの声が、慌《あわ》てているように聞こえた。あとはミナがドアを開けるのを、待つほかはないのである。春日は夏も盛りをすぎた空を見上げて、サラサラという葉ずれの音を耳にした。

日陰にいると、風が涼しかった。真夏の匂《にお》いが、懐《なつ》かしく感じられる。もう秋が、目の前まできている。感傷の秋ではないが、小木曾高広と石塚静香のことを、春日は寂しい気持ちをまじえて、思い浮かべていた。

五分ほど待たされた。鍵をはずす音がして、用心深くドアが開かれた。ミナの顔が覗《のぞ》いた。薄化粧をしているが、何となく生彩を欠いた顔だった。ミナは白いパジャマの上に、白いガウンを着込んでいた。

「どうぞ……」

ミナは、笑顔で言った。だが、けっして歓迎はしていないと、春日は感じ取っていた。

「寝てたのかい」

部屋の中へはいって、春日は靴を脱いだ。キッチンやバス・ルーム、トイレなどが手前にあって、その奥が部屋になっている。部屋は十畳ほどのリビング・ルームであり、右の壁にドアが取り付けてある。

隣室へのドアだった。隣の部屋はたぶん、寝室なのだろう。東と南側がガラス戸になっていて、その外はバルコニーであった。室内は豪華だが、家具調度品も装飾も、あくまで女性的なものに統一されていた。

「ベッドの上で、ごろごろしていたのよ」

ミナはアーム・チェアにすわり、春日にはソファをすすめた。

「まだ、工合《ぐあい》が悪いのかい」

春日はソファに、腰を落とした。冷房が効《き》いていて、背広を着たままでちょうどよかった。

「何の気力もないのよ。痩《や》せたでしょ」

ミナは両手を、頰《ほお》から顎《あご》へと滑《すべ》らせた。

「精神的ショックから、立ち直ることができないのか」

そう言いながら、春日はある特殊な残り香に気がついた。いままで誰かが、ここにいたようである。春日の訪問と知って、ミナがひどく驚いたり慌てたりしたのは、そのせいだったのではないか。

春日を五分も待たせたが、それはここにいた人間が隠れるまでの時間稼ぎだったのかもしれない。そうは思ったが、春日は知らん顔でいた。いまここでミナを刺激しても、無意味だったからである。

「そうなの」

ミナは椅子の背に、頭を凭《もた》せかけた。疲れているという感じを、強調しているようであった。

「ますますおれは、歓迎されないいってことかな」

春日は、皮肉っぽく笑った。

「そんなことはないけど、わたしのほうは、そっとしておいてもらいたいわ」

ミナは、冷ややかに言った。

「ところが、そうはいかないんだ」

春日は、腕を組んだ。

「どういう意味……？」

ミナは、警戒する目つきになっていた。

「ママに改めて、断わっておこうと思ってね」

「何をなの」

「小木曾と静香さんを、不幸にはしたくない。しかし、目をつぶるわけにはいかないと、ママに言った」

「それで……？」

「それで一言、挨拶に来たんだ。いくら何でもママに一言の断わりもなしに、おれだけで勝手に行動することはできないからね」

「何の挨拶かしら」

「目をつぶるわけにはいかない、というそのときが来たんだよ」

「え……？」

「小木曾のアリバイはもう、問題じゃなくなったのさ。ようやく、小木曾が仕掛けた罠《わな》ってものを、具体的に知ることができたんだよ」

「本当なの？」

弾《はじ》かれたように、ミナは腰を浮かせていた。

「残念ながらね」

春日は、正面にある寝室のドアを見据《みす》えた。

「説明して欲しいわ」

気をとり直したように、ミナが姿勢を正して言った。

「聞きたいのか」

春日の表情が、ふと厳しくなった。

「聞きたいわ」

「おかしいな」

「おかしい……？」

「うん」

「どうしてよ」

「ママはそのことについて一切、関知したくないんだろう。だからこそ、今度の件に関してはおれに協力したくない、探偵ごっこをおりると、言ってきたんじゃないか」

「でも、一応の結論が出たのであれば、やっぱり知りたいわ」

「そうなると、単なる好奇心からってことになるぜ」

「そう、好奇心よ」

「本心じゃないね」

「本心だわ」

「無理するなよ、ママ」

「え……？」

「ママが聞きたいというより、ママ以外の人間に聞かせたいんだろう」

「聞かせたいって、誰によ」

「ドアの向こうにいる人さ」

「ドアの……！」

「寝室に隠れているんだろう」

「そんなことないわ」

ミナは、激しく首を振った。哀れになるくらいの狼狽《ろうばい》ぶりである。

「ママ、タバコを喫《す》うのかい」

春日は言った。

「喫わないわよ」

「この部屋には、タバコの匂いが残っているぜ」

「そんな馬鹿な……」

「それも、葉巻の匂いだ」

「知らないわ、そんなこと……」

「小木曾ひとりで、ここへ来ていたとは思えない。たぶん、静香さんも一緒だろう。つまり寝室に隠れているのは、小木曾と静香さんの二人ってことになる」

「つまらないことを、想像するのね」

「小木曾はここへ、何をしに来たのか。自分は疑われるようなことをしていないが、春日がどんなつもりでいるかが気になる。すべてを水に流し、忘れてしまってくれるように、何とか春日を説得してはもらえないだろうか。と、小木曾はママのところへ、頼みに来ていたんじゃないのかい」

「違う、違うわ！」

「まあ、いいだろう。寝室のお二人さんにも、そのまま話を聞いてもらうことにしようじゃないか」

春日は身を屈《かが》めると、ソファの下へ手を入れて、右に左にと探るようにした。すぐ春日の手に、冷たいものが、触れた。彼はそれを引っ張り出すと、両手でテーブルの上に置いた。

クリスタルガラスの灰皿で、その中には、細い葉巻の吸殻が三つほど転がっていた。ミナは顔を伏せたまま、テーブルの上の灰皿を見ようともしなかった。春日はおもむろに、タバコに火をつけた。

しばらくは、沈黙のうちにあった。顔を伏せたミナは、それっきり無言でいる。春日も黙ってタバコの煙を舞い上げていた。そのタバコの半分以上が灰になったとき、春日はふわりと立ち上がっていた。

春日は、東側のガラス戸に近づいた。彼が立ち上がったときに、ミナがハッとなって顔をあげた。ミナは春日が、寝室へ行くと思ったらしい。だが、春日が反対側へ足を運んでいくのを見て、ミナは目だけで彼の動きを追っていた。

春日はガラス戸の外を、目を細めて眺めやった。バルコニーの彼方に、視界を占める明るい午後の街があった。左手の方に、テレビ局が見えている。正面には、小さなビルが密集していた。

「小木曾ほど女にとって魅力のある男は、十万人にひとり、いや五十万人にひとりぐらいしかいないだろう」

春日が、背中で言った。

「オーバーな言い方をすれば、そういうことになるでしょうね」

背後でミナが、不安を含めた低い声で応じた。

「容姿に、申し分なしだ。芸能界では、個性的な美男スターとして通用するだろう。それに男っぽいムードが、実に素晴らしい。しかも、まだ若くて独身だ。そのうえ、間もなく東日本の山林王となり、一大財閥を作り上げる可能性さえ秘めている。女から見れば文句のつけようがない、非の打ちどころがない男ということになる」

「そうね」

「女であれば、小木曾に惹《ひ》かれるのが当たり前だ。ましてや小木曾から求愛され、結婚を申し込まれたとしたら、その女はどうなるだろうかね」

「夢心地ってところだわ。素晴らしき人生だって、有頂天になるでしょうね」

「どんなことがあっても、小木曾との結婚を実現させようとするだろう」

「そのことだけが、生き甲斐《がい》になるだろうから……」

「また同時に、小木曾の妻になるためなら、どんなことでもしようって気になる」

「その人によってだけど、気持ちとしてはそういうことでしょうね」

「欲の皮の突っ張った野心家の女であれば、手段や方法を選ばないはずだ。しかも、ほかにライバルがいたとしたら、もう必死になるだろう」

「春日さんは、いったい何が言いたいの」

ミナも立ち上がって、春日のほうへ三歩、四歩と近づいた。

「いまおれが言った通りのことを、小木曾はやったんだよ。つまり、小木曾は女に求愛したうえで、近い将来に必ず結婚すると約束したのさ。相手の女は、ひとりだけじゃない。木原由美、有馬和歌子、長谷部陽子の三人ってことになる」

向き直った春日は、唖然となっているミナの顔を、目の前に見た。

3

小木曾高広の一世一代の演技は、真に迫っていた。そのために唐突《とうとつ》で不自然な彼の求愛を、三人の女が三人とも信じてしまったのだろう。いや、三人の女がそれぞれ、密《ひそ》かに夢として描いていたことなのだ。

先日、八王子郊外の小木曾山荘で、小木曾高広は三人の殺された秘書を、次のような言葉で批判していた。

殺された三人は野心家だよ。それに、自分は愛人という自覚がない。自己中心で、自惚《うぬぼ》れている。小木曾家の財産というものに、目をつけていたようだ。

この言葉が、すべてを物語っている。

『野心家』だから、小木曾善造の秘書を兼ねた愛人でありながら、ひとり息子の高広の妻になることを夢としていた。『自分は愛人という自覚がない』から、『善造に対する貞操観念もない』し、小木曾高広の誘惑にあっさりと応じたのである。

『自己中心で自惚れている』から、三人が三人とも、自分こそ小木曾高広に愛されている女だと思い込み、また彼の言葉を容易に信じたのであった。そして『小木曾家の財産に目をつけていた』から、欲と二人連れで、何としてでも小木曾高広の妻になろうという気持ちが先行したのである。

小木曾高広は三人の女を口説《くど》いたことの経験から、そのように的確な批判も下せたのであった。

「きみを、愛している。こんな気持ちになったことは、本当に初めてなんだ。ぼくの妻にできる女性は、きみを除いてこの世に存在しない。そのときがきたら、必ずきみと結婚するつもりだ。だから、きみもそのつもりでいてほしいし、二人の結婚に障害となるものは協力して取り除こうじゃないか」

小木曾高広のそうした言葉に、三人の女たちは酔い痴れて、日本一の幸せ者だと狂喜したのだった。もちろん、三人の女それぞれが、そのことを誰にも知られないように努めたし、互いに何食わぬ顔でいたのである。

小木曾高広からも、固く口止めをされていたのだ。だが、そこは女であって、世界中に吹聴《ふいちょう》したいようなことを、完全黙秘でいられるはずはなかった。三人が三人、はっきり

[illegible]に言わずに　ただそれとなく匂わすように曖昧《あいまい》な手紙の内容を、親しい者のところへ送っている。

有馬和歌子が、新潟の母親へ送った手紙——。
思わぬ幸運が、訪れようとしています。結婚です。まるで夢みたいで、まだ実感が湧《わ》きません。大金持ちの奥さんになれば、みんなの生活も楽になるでしょう。

長谷部陽子が、福井県の姉のところへ送った手紙——。
とても、いい話がありました。でも、指輪ぐらいもらってからでないと、詳しいことは話せません。あんまり、あっさりイエスと言われたので、まだ半信半疑というところなのです。

木原由美が、岡山県の親友宛《あて》に送った手紙——。
果報は寝て待て、まさにその通りだわ。三十まで、独身でいた甲斐《かい》があったみたい。相手との年の差が気になるけど、とにかく山林王の奥さまになれるのよ。来年になると思うけど、わたしのイニシャルはY・Oに変わります。

この三通の手紙にある結婚の相手とは当初、小木曽善造だろうと推定されていた。善造が三人の若い愛人に、結婚の空手形《からてがた》を濫発《らんぱつ》したものと、見られたのである。だが、三人が手紙の中で歓喜している結婚相手とは、小木曽高広だったのだ。

木原由美の手紙にある『山林王の奥さま』とは、『未来の山林王の奥さま』のことであった。また『年の差が気になる』とあるのは、年が離れすぎているという意味ではなくて、年上であるということを案じているのだった。

「これで、準備は整った。あとは三人の女を、殺すだけとなった」

春日は、テーブルの上にコップとジュースの瓶を並べているミナに、やや大きく張った声で言った。

「そのやり方については、動機のことで話し合ったときに聞いたわ。小木曽善造の犯行と見せかけるのは不可能でも、世間の注目を善造に集めてその失脚を狙《ねら》うために、重大な関連を持たせるよう小細工することは可能だったんでしょ」

ミナは栓《せん》を抜いてジュースを、氷を入れたコップに注いだ。

「そうだ。そのために小木曽は、三つの殺人事件と三種《さんしゅ》の神器《じんぎ》を結びつけることを思いついた」

春日は席へ戻って、ソファにすわった。

「小木曾善造はひとりずつ連れて旅行をするし、旅行先では善造単独で精力的に行動する。秘書はいつも、ホテルで留守番をすることになる。その善造の旅行のスケジュールや目的地を、小木曾高広は詳しく知ることができる。小木曾はたまたま七月二十九日に宮崎、八月五日に喜多方《きたかた》市、八月十二日の関《せき》市という父親の旅行スケジュールを知り、これを三種の神器にこじつけられることに気がついた。同時に、これこそ、計画を実行に移す絶好のチャンスだと意を決したんだ」

「宮崎は西都《さいと》市の勾玉《まがたま》、喜多方市は鏡石《かがみいし》町の鏡、関市は剣《つるぎ》……」

「そうだ」

「そして計画通り、殺人事件を実行に移したというのはわかるけど、小木曾さんには、あなたやわたしが証人にもなっている完璧なアリバイがあるのよ」

ミナはジュースのコップを手にして、南向きのバルコニーに面している窓際に立った。

「そのアリバイなんてものは、実は問題にならないんだよ」

ミナの後ろ姿に、春日は目を走らせた。

「どうしてなの」

ミナは振り向こうとしなかった。

「小木曾は、東京にいたからさ。長谷部陽子殺しの場合を、除いてはね」

「小木曾さんは直接、手を下してはいないってことなのね」

「その通りだ。直接手を下したのは、共犯者なんだよ」

「やっぱり、共犯者がいたの」

「うん」

「共犯者って、誰なのよ」

「第一の殺人、つまり有馬和歌子が西都市の松本塚古墳付近で殺された事件に関しては、犯人を見たという目撃者がいる」

「そうだったわね。春日さんが、宮崎まで行っての収穫だったわね」

「その目撃者の証言によると、犯人は三十くらいの女だったという」

「女ねえ」

「化粧っ気はなかったが、かなりの美人だったそうだ」

「女の共犯者って、いったい誰なのかしら」

「おれは、静香さんまで疑ってみた。だが、そうではなかった」

「それに、ママではないかとも思った」

「わたしまで、疑ったのね」

「殺された女はいずれも、男の声による電話で呼び出されている。見た目には美しい女で、声は男ってことになると……」

「わたしには、可能なことね」

「それにママから、郷里の岐阜《ぎふ》県には中学を出てから一度も帰っていない、という話を聞いたことがある。岐阜県の関市で、長谷部陽子が殺されている。それでふと、ママを事件に結びつけてみたくなった、ということもあったのさ」

「そんなふうに関心を寄せてくれるなんて、わたしにとっては光栄ね」

「しかし、もちろんママへの疑惑なんて、簡単に打ち消されるようなチャチなものだった」

「次は、誰を疑ったの」

「犯人らしい女を見たという目撃者から、新たな情報の提供があったんだ。犯人らしい女は、イニシャルの一部らしいYの縫い取りがあるハンカチを持っていたということなんだよ」

「Y……？」

「そう。それで、おれにはすべてが読めた。一挙に解決さ」

「Yって、誰のことなのよ」

ミナは横顔を見せて、ジュースのコップに口をつけた。

「その前に、触れておかなければならないことがある。それは三人の被害者を、電話で呼び出している男は誰かということだ」

春日も一口、ジュースを飲んだ。

旅行先で、小木曾善造は常に出かけていた。それをちゃんと承知しているように、ひとりでいる女のところへ必ず男から電話がかかる。そして三人の女はいずれも嬉々《きき》として呼び出し電話に応じ、その結果、殺されているのである。

その電話の男とは、誰なのだろうか。

もちろん、小木曾高広でなければならない。小木曾高広からの電話でない限り、三人の女が朝だろうと夜だろうと呼び出しに応じて、いそいそと出かけて行くはずはないからである。

小木曾高広は三人の女がそれぞれ旅行に出る前に、旅先で密会しようではないかと持ちかけているのだった。将来、小木曾高広の妻になれる恋人だと信じきっている女が、その申し出を歓迎こそすれ、拒《こば》むことなどあり得ない。

女たちはいずれも、旅先で小木曾からの電話を待ち受けていたということになる。まず有馬和歌子の場合は、七月三十日の朝、宮崎市の周辺で小木曾と落ち合うという約束になっていた。

その通りに七月三十日午前七時四十分に、宮崎観光ホテルの五〇一号室にいる有馬和歌子のところへ、小木曾高広から電話がかかった。もちろん小木曾当人の声だから、有馬和歌子が疑ったりするはずはない。

「いま、宮崎についたところだ。これからすぐに、会おうじゃないか。人目につかないほうがいいから、少し離れたところにしよう。西都市の郊外に松本塚古墳というのがあって、その裏手に人気のない松林があると聞いている。ぼくもいまからそこへ向かうから、きみもすぐに来てくれ」

小木曾高広はそのように言って、有馬和歌子を松本塚古墳の裏手の松林へ誘い出したのである。

次の木原由美だが、彼女には前もって八月五日の午後七時に『とんぼ』という喫茶店で待機しているようにと言ってあった。それはこの夜、善造が外出するという見通しがついていなかったためだろう。それで喜多方市の花沢荘《はなざわそう》へ、いきなり電話を入れるわけにはいかない。そのために、木原由美が花沢荘から遠くない喫茶店『とんぼ』へ出かけて行き、そこで小木曾の電話を待つという約束になったのである。

午後七時十五分に、『とんぼ』にいる木原由美のところへ電話がかかった。小木曾当人からの電話であり、だからこそ木原由美は嬉《うれ》しそうに甘える声で話をしていた、ということにもなるのである。

「いま、喜多方駅についたところだ。とりあえず人目につかないところで、どうやって二人だけの時間を持つか相談しようじゃないか。天満《てんまん》公園の北にアベック向きの暗いところがあるというから、そこで落ち合うことにしよう」

小木曾は、電話でそう伝えた。木原由美は、じゃあこれからブラブラ行きますと言って、殺されるべき場所へ向かったのであった。

「実は、この呼び出し電話というやつに、おれたちはまんまと胡魔化《ごまか》された。惑乱させられたんだよ」

春日は、残っていたジュースを一息にあけた。氷片が、口の中へはいってきた。

「呼び出し電話をかけた男こそ犯人、と誰だって思うからね」

ミナはまた、後ろ姿を見せていた。

「呼び出し電話を受けた有馬和歌子や木原由美にしたって、電話をかけてきた小木曾の言葉を頭から信じてしまったくらいだからな」

春日に光を、噛み砕きながら言った。

「でも、小木曾さんは宮崎へも、喜多方へも行っていなかったわ」

「そうさ。有馬和歌子が殺されたときも、また木原由美が殺されたときも、小木曾は東京にいたんだからね。そのアリバイだけは、まさに完璧なものだ」

「いま宮崎にいる、いま喜多方駅についたところだというのは、どっちも嘘《うそ》だったというんでしょ」

「特に喜多方駅にいるって男の言葉については、ママもおれも疑問を感じたじゃないか。いま喜多方駅につく列車はないってね」

「つまり、電話でそう言っただけにすぎないってことなのね」

「電話とは、そういうものだ。相手の姿は見えなくて、声と言葉だけで意思の疎通を図るんだからな。必ず来るという約束だった相手から電話があって、いま駅についたと言われれば、誰だろうと本気にする」

「これからすぐに、どこどこで落ち合おうと言われたら、どうしても指定の場所へ行ってしまうわ」

「ところが、その相手ははるか遠くの東京にいて、そこから電話をかけていたんだ。要するに小木曾は東京からの電話によって、有馬和歌子や木原由美を殺人者が待ち受けている場所へ、おびき出したというわけさ。一種のリモコン操作だから、小木曾は東京にいて完璧なアリバイが成り立つってことになるんだ」

「もう一つ、長谷部陽子の場合は、どうなるのかしら」

「実は、これだけが例外なんだ。長谷部陽子の場合だけはリモコン操作ではなく、小木曾みずからが岐阜県関市へ出向いている。したがって、長谷部陽子殺しに関してのみ、小木曾にはアリバイがないんだよ」

寝室のドアを凝視《ぎょうし》しながら、春日は最後の大きな氷をガリッと嚙み砕いた。

4

八月十二日の午後になって、小木曾は車を運転して東京を離れた。目的地は、岐阜県関市である。当然、リンカーン・コンチネンタルなどではなく、目立たない国産車を運転して行ったはずだった。

夜の九時頃《ごろ》に関市について小木曾高広は、すぐに『関の孫六苑《まごろくえん》』へ電話を入れた。その電話は、『養老の間』に繫《つな》がれた。たまたま養老の間で夜具をのべていたカズエという客室係が電話に出て、そばにいた長谷部陽子に送受器を手渡した。

「わたしに……？」

と、そのときの長谷部陽子は、意外そうな顔つきだったという。それは長谷部陽子に、電話がかかるような心当たりがなかったことを、物語るものであった。つまり長谷部陽子に限っては、事前に小木曾と何ら打ち合わせをしていなかったということになるのだった。

「あら……。いま、どちらなんですか。え……？　関の市内に」

さらに長谷部陽子は、そうした驚きの言葉を口にしているのである。

「いまから、すぐに会いたい。市民会館の前で、待っている」

小木曾は、電話でそう伝えた。長谷部陽子はタクシーを呼んで、一秒、一分の時間を惜しみながら市民会館へ駆けつけた。市民会館のまえでタクシーを降りた陽子が、ひとりきりになるのを見定めてから、小木曾は車を彼女のところへ近づける。

喜びを抑えきれない顔で、長谷部陽子は助手席に乗り込む。小木曾は十六所《じゅうろくせん》の南西の津保《つぼ》川の岸辺へ車を走らせて、そこで長谷部陽子を殺した。後頭部を鈍器で一撃し、絞殺するという殺害方法によってである。

そのあと小木曾は長谷部陽子の乳房の間に、赤いマジックで『壇ノ浦』と書いたのであった。

「どうして長谷部陽子に限っては、事前の打ち合わせをしなかったのかしら」

ミナがコップを持って、歩いて来ながら言った。

「その必要が、なかったからさ。リモコン操作ではなく、小木曾自身の手で殺すんだ。だったら、むしろ予期させずに関市へ行ってから、彼女を呼び出したほうが確かってことになる」

春日は、火をつけたばかりのタバコを、灰皿の中へ投げ捨てた。気持ちだけではなく、頭まで重く感じられたのである。

「長谷部陽子を殺すときだけ、なぜ共犯者を使わなかったの？」

ミナは春日と並んで、ソファに腰をおろした。

「その時点にはもう、共犯者になるものがいなくなったからだ」

「どうして共犯者が、急にいなくなっちゃったのよ」

「死んでしまったのさ」

「え……？」

「有馬和歌子殺しの共犯者、すなわち有馬和歌子に直接手を下した殺人者は、木原由美だったんだ」

「そんな馬鹿な……！」

「木原由美のイニシャルはＹ・Ｋだ。そのうちＹというハンカチの縫い取りだけを、目撃君が見たんだってことになる」

「長谷部陽子だってY・Hというイニシャルになるわ」

「おれはさっき小木曾事務所であれこれと調べたり、残務整理の経理係から話を聞いたりして来たんだよ。その結果、七月二十九日と三十日に木原由美だけが、病気で健康診断を受けるという口実で休暇をとっていることが明らかになった。それに木原由美は親友宛に出した手紙に、間もなくイニシャルが変わると書いているように、イニシャルというものへの関心が強い。残務整理の経理係も、木原由美はイニシャルの縫い取りのあるハンカチを持っていたと、証言してくれたよ」

「その木原由美がどうして、有馬和歌子を殺す気になったの」

「簡単な動機さ。おそらく何日か前に小木曾と木原由美の間で、有馬和歌子殺しの計画が煮つめられていたんだろう。もちろん、木原由美は、小木曾の嘘に乗せられたんだ」

「どんな嘘かしら」

「小木曾は木原由美に、こうした相談を持ちかけた。自分たちの仲を、有馬和歌子に感づかれてしまった。有馬和歌子は、木原由美との仲を清算しなければ、二人の仲をおやじに打ち明けると言っている。二人の仲をおやじに知られたら、もう何もかもおしまいだ。自分は謹慎《きんしん》を命じられ、木原由美は解雇ということになるだろう。自分は木原由美を愛しているし、何としてでも有馬和歌子という障害を取り除かなければならない。そのためには、有馬和歌子を殺すほかはないだろう。ついては二人で協力し合って、計画的に有馬和歌子を殺そうじゃないか……」

「小木曾さんの妻の座を、小木曾の財産を、栄光ある将来を、二度と得られない幸福と幸運を、失いたくないという一心から、木原由美はその気になったのね」

「そういうことだ」

「その木原由美を、喜多方市で殺したのは……」

「新たに、小木曾の共犯者は、長谷部陽子に替わったというわけだ。小木曾は長谷部陽子にも、木原由美の場合と同じような話を持ちかけた」

「木原由美は西都市郊外の松本塚古墳近くの松林の中で、小木曾さんの電話によって誘い出された有馬和歌子を待ち受けていて殺した。長谷部陽子は喜多方市の天満公園の北、遠《えん》田堀《でんぼり》に沿った小径《こみち》で待ち受けていて、やはり小木曾さんのリモコンによって呼び出された木原由美を殺した」

「長谷部陽子も八月五日、六日と郷里の福井県の家に急用ができたからという口実で、休暇をとっているよ」

「長谷部陽子も、小木曾さんの話に乗せられたってことか」

「たぶん、長谷部陽子に対しては、より具体的に話を打ち明けたのに違いない」

「小木曾さんが……？」

「うん」

「具体的な話って、どういうことなの」

「自分と長谷部陽子の仲を知って脅迫した有馬和歌子は、何とかうまく木原由美をけしかけて殺させることに成功した。だが、今度はその木原由美を始末してしまわないと、自分と長谷部陽子の結婚にとって障害となる。木原由美さえいなくなれば二人の関係は安泰であり、自分も最愛の長谷部陽子と晴れてゴールインということになる。三種の神器に譬《たと》えるならば、勾玉と鏡が消えてこそ、残った剣だけが絶対のものになる」

「長谷部陽子にとっては、最高の言葉の贈り物だわ」

「それで長谷部陽子は、〝関の孫六苑〟で小木曾からの電話を受けているとき、玉や鏡に比べると剣は世界一幸せねって、口にしたりしたんだろう」

「死体の乳房の間に赤いマジックで、〝壇ノ浦〟と書いたことにも、何か意味があるんでしょうね」

「大ありだよ」

「善造との関連性を、それとなく匂わせるためだったんでしょ」

「それもあっただろうが、ほかにより重要な意味があるんだ。〝壇ノ浦〟だけじゃなくて、後頭部を鈍器で一撃してから絞殺するという殺害方法も統一する必要があった。木原由美が有馬和歌子を殺すとき、長谷部陽子が木原由美を殺すとき、いずれも小木曾の指示を忠実に守って同じやり方で殺し、〝壇ノ浦〟という字を書いた。そして小木曾自身が長谷部陽子を殺したときも、同じ殺害方法と〝壇ノ浦〟を忘れなかった」

「その意味は……?」

「そうすることによって、三人を殺したのはすべて同じ犯人、同一の犯行と見せかけようとしたんだ」

「なるほどね。でも、そんな小木曾さんの妙な注文に、よく由美も陽子も疑問を感じなかったわね」

「小木曾善造の犯行と思わせ、彼をこの世から追い払うためだと説明すれば、木原由美も長谷部陽子も納得したうえ、喜んで協力するさ」

「そうか」

「結果的にはすべて、小木曾の計画通りに運んだ。三人の女は、女であるがための俗っぽさを発揮して、小木曾の甘言《かんげん》によっていいように振り回される。一方は、小木曾の電話のリモコン操作で死地へ赴《おもむ》き、他方は、わが身の幸せだけを考えて殺人者となる」

「三人の憎むべき女は死んだし、善造に対する母親のための復讐《ふくしゅう》もちゃんと遂げたってことになるわ」

「しかも、そうした小木曾の計画の根底にある動機というものが、明らかにされることはまずなかっただろう」

「そうね」

「そのうえ、同一人の犯行によると思われている三件の殺人事件のうち、二件までは完璧なアリバイを有している小木曾だ。百パーセント、安全圏にいたわけさ」

「でも最後には、こうして……」

「そいつは小木曾のただ一つの失敗が、致命的な破局へ通じてしまったってことになるんだ。小木曾のたった一つの失敗とは、行きがかり上、このおれを事件に引っ張り込まなければならなかったことだよ」

と、春日は口を噤《つぐ》むと、自分でも驚くほど長い溜《た》め息《いき》をついた。同時に、彼が最も恐れていて、忌避《きひ》したかったときが訪れたのであった。それは、すべてを話し終えたあとの、張りのない沈黙だったのだ。

何も口にすべきことはないし、最初からまるで話などなかったような沈黙である。やりきれなくて、いたたまれなくなるような無言の行《ぎょう》であった。虚脱感と空しさと味気なさが、胸に染みるような静寂だった。

不意に、寝室のドアが開いた。だが、春日もミナも、目を伏せたままでいた。寝室から出て来たのが小木曽高広と石塚静香だとはわかっているが、あえてそれを確認する気にはなれなかったのである。

「いろいろと、ありがとう」

小木曽が言った。春日とミナと、そのどちらへ投げかけた言葉なのか、判断はつかなかった。おそらく、春日とミナの二人に、言ったことなのだろう。ただ、はっきりしているのは、小木曽の声がひどく明るいということだけであった。

「春日君に訊きたいが、ぼくと静香は、この部屋を自由に出て行ってもいいんだろうか」

小木曽の声が、正面から飛んで来た。それでも春日はまだ、小木曽へ目を向けようとはしなかった。

「おれのやることは、ここまでさ。あとは、あんたたちの判断に従って、好きなようにしろよ」

春日は、顔をそむけて答えた。

「感謝するよ。じゃあ、これでさよならしよう」

「さようなら―

小木曾と静香が声を重ねるようにして言った。一瞬、春日は思わず二人の方へ、チラッと目を走らせていた。春日はそこに、小木曾と静香の屈託《くったく》のない笑顔を見た。春日は黙って、目を伏せた。

小木曾高広と石塚静香は、腕を組み、寄り添って玄関のほうへ立ち去った。間もなく、ドアを開閉する音が聞こえて、そのあとは元の静けさとなった。その静寂と沈黙は、十分以上も続いた。

「バッカヤロー！」

突然、ミナが大声で叫んだ。春日は、知らん顔でいた。

「あの二人は、死ぬつもりだよ！　一緒に、死ぬつもりなんだ！　そのくらい、あの二人は愛し合っているんだよ！」

ミナは立ち上がると、東側のガラス戸のほうへ走って行った。

「わたしが小木曾さんのことを、どんなに愛していたか……。でも、わたしがどんなに好きだって、彼女には敵《かな》わないんだ！　あの二人みたいには、なれないんだよ！」

泣き叫ぶように言って、ミナがガラス戸を開けると、バルコニーへ飛び出した。

春日は、バルコニーを見やった。バルコニーの手摺《てす》りに縋《すが》って、肩を震わせているミナの後ろ姿があり、その向こうには、底抜けに明るい午後の大都会が一望できた。春日はエキゾチックで美しい女の姿を、そこに見たような気がした。

赤坂のホテルから空港へ向かうタクシーの中で、春日多津彦と牧ナナ子は一言も口をきかなかった。ナナ子は、春日の膝《ひざ》の上の手を、握り続けているだけであった。春日がナナ子の手を握り返すと、彼女は黙ってニッと笑うのだった。

間もなく、一つの別離が生まれることになる。だが、悲しむことはないと、春日は思った。何のために知り合い、何のために別れるのか、当人たちにもよくわからないのである。

空港についた。国内線の出発ロビーは、それほど混雑してはいなかった。これからは、夜間の便になるためだろう。しかし、そこに多くの別離があることは確かであり、春日とナナ子も、その仲間入りをするのであった。

「もう、お帰りになって……」

ナナ子が言った。

「そうしようか。別れのときを待っているってほど、馬鹿らしいことはないからな」

春日は、右手を差し出した。

「今度こそ、永久にお別れね。さようなら、〝ヒデキさん〟」

春日の手を握りしめながら、ナナ子があえて華やかな笑顔を作った。

「さよなら」

春日はナナ子に背を向けて、人を掻《か》き分けながら歩いた。彼は一度も、振り返らなかった。これで何もかも終わったと思えば、前へ向かって歩くほかはなかったのである。

解説　本格ミステリの愉しさを味わえる逸品

福井健太（書評家）

ミステリ小説の復刊は珍しくないが、一人の作家が遺《のこ》した鉱脈が注目を浴《あ》び、発掘が継続されるケースは稀《まれ》だろう。笹沢《ささざわ》左《さ》保《ほ》の著作が次々に再刊されるのは、それが圧倒的な質と量を伴う宝の山だからだ。

改めてプロフィールを見ておこう。笹沢左保は一九三〇年東京都生まれ。五八年に交通事故で重傷を負い、病床で書いた『招かざる客』を第五回江戸川乱歩賞に投じ、翌年に同賞の最終候補となった。同作に加筆した『招かれざる客』で六〇年に本格的なデビューを遂げ、第二長篇『霧に溶ける』の刊行を機に郵政省を退職。六一年に『人喰い』で第十四回日本探偵作家クラブ賞に輝き、筆名を「佐保」から「左保」に変更した。

六〇年代前半にトリックとロマンが融合する〝新本格推理〟を量産し、後半には風俗小説を中心に活躍。七〇年代前半に〈木枯し紋次郎〉〈地獄の辰〉などの時代小説シリーズで人気を博し、後半には〈岬〉シリーズなどのミステリを発表。八〇年代には官能サスペンス〈悪魔〉シリーズや『真田十勇士』などの時代小説で支持を得た。九〇年代には〈帰って来た紋次郎〉シリーズをはじめとする時代小説、元刑事のタクシードライバーが主役の〈夜明日出夫の事件簿〉シリーズなどを著している。九九年に第三回日本ミステリー文学大賞を受賞し、二〇〇二年に逝去（享年七一）。恋愛論や文化論にまつわるエッセイも多く、著作は約三百八十冊に及ぶ。

蔦屋書店が企画した文庫本復刊プロジェクトにおいて、一四年に『どんでん返し』が九万部のヒットを記録したことは、笹沢作品の再評価のきっかけとなった。このプロジェクトは一六年に〈復刊プロデュース文庫〉に発展し、笹沢の『セブン殺人事件』『人喰い』『金曜日の女』『白い悲鳴』『死人狩り』『異常者』『殺意の雨宿り』『その朝お前は何を見たか』『死にたがる女』『断崖の愛人』などの復刊に繋がった。二〇年に〈ＴＳＵＴＡＹＡ文庫〉にリニューアルされた後にも『遅すぎた雨の火曜日』『沈黙の追跡者』『霧に溶ける』『取調室　静かなる死闘』『取調室２　死体遺棄現場』などが復刊されている。

これだけでも相当のハイペースだが、二一年には〈有栖川有栖選 必読！ Selection〉シリーズが始まり、現在までに『招かれざる客』『空白の起点』『突然の明日』の三冊がリリースされた。笹沢ファンの有栖川がセレクトと解説を務める同シリーズは、新規層への強いアピールになり得るだろう。推理小説の基礎は本格ミステリだという立場を貫き、謎解さに加えてロマンや社会性やリアリティを併せ持つ〝新本格推理〟を生む——笹沢はそんな高い目標を達成してきた。この令和の時代において、本格ミステリ作家・笹沢左保の凄さが再認識されつつあるのだ。

＊　　＊

笹沢が『小説サンデー毎日』（一九七六年五月号〜七七年三月号）に連載した『三種の神器に見た』は、大幅な加筆と修正を経て、七七年四月に『三種の神器殺人事件』（祥伝社ノン・ノベル）として単行本化された。同作を改題した『愛人はやさしく殺せ』は、八六年七月に祥伝社ノン・ポシェット、九八年十月に徳間文庫で刊行された。本書『愛人は優しく殺せ』はその新装版である。

乗用車に撥《は》ねられて三か月間入院し、暇を持て余していた二十九歳の捜査一課刑事・春日多津彦《かすがたつひこ》は、二人の友人——傷害事件で知り合った小木曾高広《おぎそたかひろ》、六本木のゲイバーのママであるミナ（本名＝中川秀雄《なかがわひでお》）の訪問を受ける。小木曾は東日本の山林王と呼ばれる資産家・小木曾善造《ぜんぞう》の息子にして、山林管理会社の社長でもあった。そこへ善造の秘書・有《あり》馬《ま》和歌子《わかこ》が宮崎県西都《さいと》市で殺されたという知らせが届き、病院を出られない春日は九州へ向かう小木曾に嫉妬《しっと》を抱《いだ》いてしまう。

善造は三人の若い女——有馬和歌子、木原由美《きはらゆみ》、長谷部陽子《はせべようこ》を秘書兼愛人に囲っていた。ほどなく木原が福島県喜多方《きたかた》市で殺され、長谷部も岐阜県関《せき》市で殺害される。三人の死体の胸には赤い文字で「壇《だん》ノ浦《うら》」と書かれていた。三種の神器の一つである草薙剣《くさなぎのつるぎ》の捜索に情熱を燃やし、その信念を三人に否定された善造には動機がある——と考えた警察は善造を逮捕するが、当人は被害者への興味を示さず、有効な物証も得られなかった。小木曾の相談を受けた春日は四日間の外出許可を貰い、ミナとともに喜多方市へ向かう。二人は木原の泊まった旅館を訪れ、善造の部下だった男の不審な動きを知ることになる。

笹沢は時代小説作家でもあるが、現代ミステリに歴史的なモチーフを使うことは珍しい。三種の神器をストーリーに絡めた理由は『三種の神器殺人事件』の「著者のことば」で簡潔に述べられている。全文を引用しておこう。

> 少年時代を戦争下で過ごしたわれわれの世代には、「三種の神器」という言葉に微妙な感懐がある。歴史小説を書くときなど、わたしにはいつもこの言葉が頭のスミにある。そして、いつかこれをテーマに推理小説を書いてみたいと思っていた。
> 他人の眼から見て、何ひとつ不自由のない人間にも、触れられたくない秘密の部分が

ある。この〝貧〟の部分が白日のもとに晒《さら》されようとするとき……。殺人の動機は、人間の心の奥深くに根ざしている。だれでもその芽を持っている。それをこの小説では書いてみたかった。

本作は歴史の謎を解く話ではないが、春日が入院患者に設定されたのは、笹沢が（自身の経験に加えて）入院患者を探偵役とする歴史ミステリの数々――ジョセフィン・テイ『時の娘』や高木《たかぎ》彬光《あきみつ》『成吉思汗《ジンギスカン》の秘密』などを想起したからかもしれない。

自由時間を得た主人公と異性が足で捜査を進めるプロットは、笹沢ミステリの定型の一つに違いない（春日とミナはその変化球）。シチュエーションを手短に説明し、布石《ふせき》を敷《し》いてから話を動かす構成もファンにはお馴染《なじ》みだろう。喜多方市、関市、西都市を渡り歩く旅行要素や春日を尾《つ》ける女の存在は、テレビドラマ的なキャッチーさにも通じている。人々の孤独が全篇に陰を落とし、クライマックスで最高潮に達するドラマ性も含めて、いかにも笹沢らしいサスペンス小説なのだ。

しかし本作の真価はそこではなく、犯人探し小説としての秀逸《しゅういつ》さにある。春日は次々に容疑者を切り替え、読者は幾度も右往左往させられる。ダミーの伏線で勘の良い読者の警戒を緩《ゆる》ませるトラップ、旧作の結末をミスリードに活《い》かすギミック。それらを得意技のアリバイトリックと連動させ、大きな誤認を指摘して事件の背景を覆《くつがえ》し、トリッキーな真相に辿《たど》り着く――この手際《てぎわ》は鮮《あざ》やかとしか言いようがない。

もとより笹沢はプロット構築の名手だが、フーダニットの技巧において、本作のそれはとりわけ鋭い切れ味を備えている。ストーリーを味わうタイプの読者諸氏にも、今回は積極的に殺人者は誰かを推理することをお勧《すす》めしたい。笹沢作品の常として登場人物はさほど多くないが、真相を見抜ける人はそうはいないはずだ。

前段でも記したように、本格ミステリ作家・笹沢左保の凄さが再認識されつつある。密室とアリバイ崩しと暗号と強烈な動機が詰まった『招かれざる客』、テクニカルな犯罪計画を暴く『霧に溶ける』、心中と策謀が結びつく『人喰い』、奇抜なアリバイトリックが印象的な『空白の起点』など、最初期の作品群がその牽引役であることは確かだろう。しかし七〇年代にも『他殺岬』『求婚の密室』のような野心的な本格ミステリは書かれていた。改題後のタイトルの印象ゆえか、その文脈で語られることは少なかったが、本作もその一つにほかならない。

巧妙な罠の数々や逆転劇を織り込み、スリリングな犯人探しとサプライズを演出する。そんな正統派の趣向が盛られた本作は、本格ミステリの愉《たの》しさを存分に味わえる掛け値ない決作だ。いわゆる代表作が続々と復刊されてもなお、これほどの作品がまだ残っているという事実には、つくづく笹沢の偉大さを感じさせられる。

　現代作家の新作はもちろん必要だが、ミステリ界が紡《つむ》いできた財産に光を当て、新たな気持ちで愉しむのも大切なことだ。その試みが最も活発に行われているのが笹沢作品という宝の山であり、本作はその中でも注目されるべき逸品なのである。

二〇二二年一月

本書は1998年10月に刊行された徳間文庫『愛人はやさしく殺せ』の新装版です。刊行にあたり『愛人は優しく殺せ』と改題しました。なお本作品はフィクションであり実在の個人・団体などとは一切関係がありません。本作品中に今日では好ましくない表現がありますが、筆者が故人であること、および作品の時代背景を考慮し、そのままといたしました。なにとぞご理解のほど、お願い申し上げます。　（編集部）

徳間文庫

愛人《あいじん》は優《やさ》しく殺《ころ》せ

〈新装版〉

2022年3月15日 初刷

著者 笹《ささ》沢《ざわ》左《さ》保《ほ》

発行者 小宮英行

発行所 株式会社 徳間書店

東京都品川区上大崎三-一-一 〒141-8202
目黒セントラルスクエア

電話 編集〇三(五四〇三)四三四九
販売〇四九(二九三)五五二一

振替 〇〇一四〇-〇-四四三九二

印刷
製本 大日本印刷株式会社

ISBN978-4-19-894727-9 (乱丁、落丁本はお取りかえいたします)